War Mage

워메이지

김재한 퓨전 판타지 소설
FUSION FANTASY STORY

워메이지 4

김재한 퓨전 판타지 소설

초판 1쇄 찍은 날 § 2009년 10월 14일
초판 1쇄 펴낸 날 § 2009년 10월 23일

지은이 § 김재한
펴낸이 § 서경석

편집장 § 문혜영
편집책임 § 서지현
편집 § 주소영

펴낸곳 § 도서출판 청어람
등록번호 § 제1081-1-89호
등록일자 § 1999. 5. 31
어람번호 § 제1-1081호

주소 § 경기도 부천시 원미구 심곡2동 163-2 서경B/D 3F (우) 420-822
전화 § 032-656-4452 팩스 § 032-656-4453
http://www.chungeoram.com
E-mail § eoram99@chollian.net

ISBN 978-89-251-1963-2 04810
ISBN 978-89-251-1897-0 (세트)

FUSION FANTAST STORY
War Mage
워메이지
김재한 퓨전 판타지 소설
4
요정의 후예
도서출판
청어람

Contents

*본문에 등장하는 모든 인명, 지명, 단체명은 현실과 관계가 없습니다.

Intermission

　바르셀로나의 특급 호텔 객실. 긴 금발을 뒤로 모아서 옥비녀를 꽂고 앉은 채 책을 들여다보는 여성이 있었다. 20대 중후반 정도로 보이는 그녀는 키가 늘씬하고 스타일이 좋아서 그저 그러고 있는 것만으로도 그림이 되는 느낌이다.

　그런 그녀가 걸터앉아 있는 침대에는 한 소녀가 드러누워 있었다. 긴 백발에 창백한 피부를 가진 어린 소녀였는데, 의식이 없는 상태로 괴로운 표정을 지은 채 땀을 뻘뻘 흘리고 있었다.

　"콜록."

　문득 소녀가 기침을 했다. 금발의 여성은 책을 내려놓고 그녀를 돌아보았다.

"깨어났군."

그녀의 입에서 현지인이라고밖에 생각할 수 없는 매끄러운 에스파냐어가 흘러나왔다.

백발소녀의 눈은 머리카락과 피부만큼이나 창백한 푸른색이었다. 백발소녀는 잠시 동안 눈이 제대로 보이지 않는지 찡그린 표정으로 그녀를 바라보았다. 하지만 곧 알아보고는 환한 미소를 지었다.

그녀의 입술이 달싹였다.

하지만 소리는 없다.

그저 말을 하는 것처럼 입술을 움직일 뿐이다. 일반인이라면 당황했겠지만 독순술을 공부한 적이 있는 금발여성은 소녀의 입 모양만으로도 그녀가 하고 싶은 말을 알아보았다.

—와주었군요.

"그렇게 애타게 불러대니 안 올 수 없었지."

그 말에 백발소녀는 기쁜 기색으로 품을 뒤적거렸다. 그리고 핸드폰을 꺼내더니 마치 대한민국 여고생처럼 무시무시한 속도로 문자를 타이핑해서 액정 화면을 보여주었다.

와줘서 정말 고마워요.

백발소녀는 벙어리였다. 보통 수화를 쓰지만 그것을 알아볼 수 있는 사람은 별로 없다. 그래서 하고 싶은 말을 필기해서 상대방에게 보여주는데 요즘은 핸드폰을 애용하고 있었다.

하지만 금발여성은 고개를 저었다.

"그새 독순술을 더 공부했어. 이젠 전문 용어도 어렵지 않게 알아들어. 그러니까 번거롭게 그러지 말고 그냥 말로 해도 돼.

그 말에 벙어리소녀는 놀란 표정을 지었다. 그녀가 독순술을 더 깊게 공부할 필요는 없었을 것이다. 물론 쓸 수 있으면 편리한 기술이기는 하지만. 그렇다면 혹시 자신을 위해서?

—정말이에요?

"그래. 시간이 좀 남아서."

금발여성은 무표정하게 말했지만 오랫동안 사귀어온 소녀는 그녀가 쑥스러워하고 있다는 사실을 알아보았다. 금발여성은 이 화제로 더 이야기하고 싶지 않다는 듯 재빨리 다른 이야기를 꺼냈다.

"하지만 조직의 감시망은 괜찮은가?"

—괜찮아요. 덕분에 앓아누웠는걸요. 여기는 조직의 누구도 알 수 없는 사각이에요.

"예지와 탐지 마법의 사각이란 말이지. 언제 봐도 대단해. 그럼 다들 네가 나왔다는 사실조차 모르는 건가?"

소녀가 속해 있는 조직은 연옥에서도 모르는 이가 없을 정도로 거대하고 강력하다. 소녀는 그 중추에 속해 있긴 하지만 새장 속의 새와 같은 존재라 움직임이 자유롭지 못했다. 그러나 여러 예지능력자와 텔레파시스트, 그리고 마법사들에 인력이 돌아다니면서 펼치고 있는 탐지망에 미세하게 존재하는, 시간이 지날 때마다 변화하는 허점을 기적처럼 찾아내어 여기까지 온 것이다.

─네. 기도실에 들어가 있는 줄 알아요. 하지만 네 시간 안에는 들어가 봐야 해요.

"그럼 시간이 별로 없군."

─네. 일단 일 이야기부터 할게요.

"그렇게 해."

─아일라, 한국으로 가줄 수 있나요?

"한국?"

아일라라 불린 금발여성이 눈살을 찌푸렸다. 한국이라고 하면 그녀에게는 별로 좋은 기억이 없는 나라다. 마지막으로 갔던 것이 7년 전, 아직 조직에 속해 있던 시절에 임무 때문에 갔었는데 토착 조직과 충돌하면서 상당히 악몽 같은 경험을 해야만 했다.

"한국은 왜?"

─거기에 운명이 기다리고 있어요.

"…아니, 릴리아나, 네가 예언자라는 것은 아주 잘 알고 있는데 나는 예지능력자도 텔레파시스트도 아니거든? 좀 알아들을 수 있게 설명해 줘."

—미안해요. 근데 그냥 릴리라고 불러요. 그렇게 부르기로 했잖아요.

"알았어, 릴리."

—혹시 한국에서 어떤 사건이 일어났는지 들었어요?

"아니. 난 중동에 있었기 때문에 한국 이야기는 전혀 들은 바가 없는데."

—도시 하나가 궤멸했어요. 10만 명 이상이 죽었다고 하고요. 다이몬의 소행이에요.

"도시 하나가? 그것참 엄청난 사태였군."

예언자 소녀 릴리아나가 다이몬이라 부르는 것은 한국에서는 요괴라 불리는 존재다. 대요괴쯤 되는 존재가 폭주하면 수십, 수백 명 단위의 희생자가 나오기도 하지만 도시 하나가 박살나다니? 도대체 어떤 존재가 난동을 부렸기에?

"하지만 한국이라면 육도가 나서서 정리를 했겠지. 그놈들이라면 충분히……."

—이번 사태를 해결한 것은 육도가 아니에요.

"뭐? 한국에 육도 말고 그런 사태를 해결할 만한 조직이 또 있었나?"

—조직이 아니에요. 한 남자예요. 왼쪽 눈에 안대를 한 남자가 그 일을 해결했어요.

"그 남자 때문에 한국에 가봐 달라고 하는 건가?"

—네.

릴리아나가 고개를 끄덕였다.

─가서 그 남자를 도와주세요.

"도와주라고?"

─미안해요. 나도 구체적으로 말하지 못하겠어요. 나의 예지가 그 사람에게는 잘 닿지 않아요. 이름도 알아내지 못했어요.

"특이한 경우군. 이름조차 알아내지 못하다니."

─하지만 그는 한국의 안산이라는 도시에 살고 있어요. 그리고 왼쪽 눈에 이상한 안대를 차고 있고, 당신보다도 훨씬 어려요.

"그 정도 근거로 찾으라니 좀 어려울 것 같은데……."

연옥에 좀 특이한 녀석들이 많은가? 안대를 한 젊은 녀석이라는 조건이 따라붙는다고 해도 좀 어렵지 않을까 싶었다. 하긴 그래도 안산이라는 도시에 살고 있다는 것을 알고 있으니 그나마 다행인가?

─몽타주를 그려봤어요. 이걸 가지고 가서 그 지역에서 제일 큰 조직에 가면 찾을 수 있을 거예요.

다시 품을 뒤적거리더니 꼬깃꼬깃한 종이를 하나 꺼냈다. 그녀는 종이가 너무 꼬깃꼬깃하자 민망했는지 얼굴을 붉히며 그것을 건넸다.

아일라는 풋 하고 웃으며 그것을 받아 들고는 천천히 펴 들어보았다.

섬세하게 잘 그려진 몽타주였다. 그새 실력이 더 늘었군. 아일라는 괜히 흐뭇해져서 슬쩍 미소를 지었다.

릴리아나는 후천적으로 목소리를 잃었다. 예지력이라는 특수 능력을 얻는 대가로 그녀는 목소리만이 아니고 영혼을 가진 생명이라면 사실은 누구나 갖고 있는 의사 전달 수단을 모두 잃었다.

그녀는 텔레파시를 받아들일 수는 있지만 화답할 수는 없다. 마인드 리딩 능력으로도 그녀의 마음을 읽어낼 수 없다. 그런 영적인 소통 방법만이 아니라 신경에 전극을 이용하고 뇌파를 잡아내려고 해도 불가능했다.

상대가 독순술을 터득한 상대이거나, 아니면 수화를 알아들을 수 있거나, 필기구가 쥐어지지 않으면 아예 의사를 표현할 수가 없다.

그래서 그녀의 취미는 그림 그리기였다. 자신이 예지력으로 본 것을 말로 설명하기보다 그림으로 그려서 보여주는 데 익숙한 것이다.

"젊다기보다는, 어린 애송이군. 이런 꼬마가 도시 하나를 엎어버린 재앙을 해결했다고?"

ㅡ네. 그리고 그는 앞으로 중요한 일을 할 거예요. 우리 모두의 운명을 좌지우지할.

"우리 모두? 그건 어느 정도의 규모를 이야기하는 거지?"

조직의 중추가 될 정도로 소중하게 모셔지는 예지력자인

그녀가 하는 말인만큼 허투루 들을 수 없다. 스페인 바르셀로나에 있는 그녀가 먼 한국에 있는 존재, 그것도 단 한 명을 잡아내어 이렇게 말할 정도면 필시 엄청나게 중요한 일이 닥친다는 의미다.

—아마도…….

릴리아나는 잠시 동안 생각하더니 곧 마음을 굳히고 말했다.

—인류 전체.

Chapter 12

금발의 검사

문명의 냄새라고는 눈곱만큼도 맡을 수 없는 장소였다. 우거진 숲은 햇빛마저 차단하기에 사람들은 어스름 속에 잠겨 있는 그곳을 검은 숲이라고 부른다.

그 숲 속을 전혀 어울리지 않는 한 남자가 걷고 있었다.

숲보다는 뉴욕의 도심이 어울릴 것 같은 세련된 남자였다. 20대 후반 정도로 보이는 외모에 건강하게 그을린 피부, 약간 그늘져 깊어 보이는 푸른 눈동자 위로 금발을 단정하게 빗어 넘기고 고급스러운 비즈니스 슈트를 입고 있었다.

적어도 숲길을 거닐기에는 전혀 어울리지 않아 보이는 차림새였다. 하지만 그는 개의치 않고 이 지방 사람들마저 들어

가길 꺼리는 숲의 깊은 곳까지 들어갔다. 그 움직임이 마치 유령 같아서 사람이 뛰는 것보다 훨씬 빠르고, 그러면서도 우거진 수풀에 스치지도 않았으니 다른 사람이 보았다면 기겁했을 것이다.

　웅웅웅웅웅…….

　사람의 발길이 닿지 않는 숲의 심장부에는 희미한 울림이 계속되고 있었다. 남자는 그 자리에서 멈춰 섰다.

　그리고 그 주변에 남자들이 나타났다.

　아니, 정확히는 방금 전까지 나무였던 것들이 남자의 모습으로 변한 것이다. 마법이라고밖에 볼 수 없는 변화였다. 그러나 남자는 당황하지 않는다. 자기 자신을 보면서 놀라는 자는, 아니, 생각해 보면 많겠군. 하지만 적어도 그는 아니다.

　모두 똑같은 얼굴을 가진 남자였다.

　비즈니스 슈트를 입은 남자와 똑같은 얼굴들이 각양각색의 복색을 한 채 그 자리에 서 있는 것이다. 어떤 이는 로마 시대의 시원스런 복장을 하고 있기도 했고 어떤 이는 한술 더 떠서 이집트의 헐벗은 듯하면서도 화려한 복장을 하고 있었다. 어떤 이는 중국의 비단 면포를 입고 있었고, 어떤 이는 일본의 군주인 사무라이가 입을 법한 기모노를 입고 있었다. 어떤 이는 성직자의 옷을 입고 있었고, 어떤 이는 패션모델 같은 차림새를 하고 있다.

　이런 상황이다 보니 남자의 비즈니스 슈트도 전혀 어색하지 않았다.

남자, 에밀 크레이그는 씩 웃으며 입을 열었다.

"다 모이는 것도 오랜만이군."

똑같은 목소리들이 화답한다.

"그렇군."

"근 50년 만인가?"

"한국전쟁 이후로 처음이니까."

"좀 더 자주 모이는 게 낫지 않을까 싶군."

"그건 의미없어."

"어차피 정보는 공유되고 있다. 다들 연락도 꾸준히 하고 있고."

"하긴 어차피 우리 의식은 쉽게 연결되니까."

그들은 순차적으로 떠들어댄다.

에밀은 그들을 보고 웃는다.

그들 역시 에밀을 보고 웃는다.

에밀은 고개를 절레절레 저었다.

"솔직히 다들 내 얼굴로 떠드는 것은 내키지 않는데. 하긴 다들 실체가 사라지고 지워진 지 오래이니까 어쩔 수 없나?"

"인간의 모습조차 빌릴 수 없는 우리니까 그 정도는 양해해. 어차피 모두가 너인데 뭔 상관인가."

"기분 나쁘다 이거지. 하긴 너희들에게 말해봤자 의미없군. 나도 실체가 아니니."

에밀이 자신의 손을 바라보며 말했다. 그의 손은 어둠을 희미하게 투과시키고 있었다. 그 자신이 빛을 발하는 환영에 불과하기 때문이다.

그의 본체는 아주 먼 곳에 있다, 미드가르드의 중추가 있는 뉴욕 맨해튼에.

그러나 그는 나무가 있는 곳이라면 어디든지 정신을 보낼 수 있었다. 그것은 그가 몇몇 이능력자, 예를 들면 라이칸스롭처럼 현생 인류와는 다른 피를 지닌 존재이기 때문이다.

"어쨌든 한국에서 일어난 일에 대해서는 지난번에 정보 전달을 했으니 모두 알고 있으리라 생각한다."

"솔직히 그건 좀 놀랐어."

"그렇게까지 화려하게 저지를 줄은 몰랐는데."

"약간 시기가 일렀던 것 아닐까?"

"하지만 결과적으론 잘 마무리가 되었으니 다행이지."

"아니, 다행이 아냐. 그 사건 자체보다는 그 사건을 막은 존재를 주시해야 하지 않을까?"

마지막 목소리가 중요한 점을 짚었다.

안산에서 이무기가 깨어난 사건은 에밀의 의도에 의해 일어난 것이다. 전국을 돌아다니는 신윤범은 지금 이 자리에 모인 존재들을 통해 전 세계를 들여다보고 있는 에밀과 접촉하게 되었고, 그는 자신의 신병을 보호해 주는 것을 조건으로 오랫동안 구상해 왔던 이번 일을 실행에 옮겼다.

그 결과는 파멸적이었다. 안산의 희생자 수는 20만 명에 가까웠다. 인구가 80만 명 정도 되는 도시에서 20만 명 가까이 죽었다면 그 피해 수준을 알 만했다. 부상자나 실종자 수도 상상을 초월할 정도였고 피해액은 조 단위를 가뿐하게 넘어서서 정부를 괴롭게 하고 있었다.

그런데 그런 대재앙을 일으킨 존재를 막아낸 인간이 있었다.

진유현.

미드가르드 상층부에서 '퀘이사의 문'이라고 부르는 그 존재는 그들의 예상을 초월하는 능력을 갖고 있었다. 이전에는 아직 잠재력만을 인정하는 수준이었지만 이번 사건으로 확실해졌다.

그는 위험하다.

"제거해야 하지 않을까?"

"하지만 대마법사 모건은 되도록 그를 건드리지 말라고 말하고 있다."

"퀘이사의 힘을 소유한 인간은 확실히 미지수지."

"설령 죽인다고 하더라도 그걸로 끝난다고 장담할 수는 없어."

"원래 퀘이사 포인트에 형성되었어야 했을 문으로서의 역할 대부분을 그가 가져갔으니, 자칫하면 대재앙이 일어날 수도 있지."

"우리가 제어할 수 없는 수준으로."

대화는 빠르다. 보통 서로 말을 받으면서 이야기하는 게 당연하다는 듯 물 흐르는 것처럼 자연스럽게 대화가 진행된다. 그들의 사고 속도가 인간과는 달랐기에 일어나는 일이었다.

"하지만 이번 일로 그가 우리 계획의 범주 안에 들어왔다는 것도 잊어서는 안 돼."

"그가 독자적으로 움직여서 우리를 방해할 가능성도 배제해선 안 되겠지."

"퀘이사의 힘은 골치 아파. 이무기 같은 신수(神獸)까지 소멸시킬 정도라면 사실상 지구상의 어떤 존재도 없애는 게 가능하다고 봐야 해."

"그는 적인가?"

"적이다."

"모건이 준 정보를 토대로 분석해 보건대 그가 우리의 아군이 될 가능성은 없어."

"그렇다고 쉽게 배제할 수도 없다는 것이지."

"어차피 계획 종반에는 그가 필요하게 될 수도 있어."

"활용할 수 있는 요소는 하나라도 많은 게 좋지."

"제어가 안 된다면 곤란하지 않을까?"

"어차피 그 정도 위험은 감수해야 해."

대화는 빠르게 이어지고 있었다. 그들의 대화를 가만히 듣고 있던 에밀이 입을 열었다.

"일단 그는 놔두고 움직임을 지켜보는 쪽으로 하지. 그가 우리를 향해 행동을 개시할 경우 대응한다. 그가 아무리 퀘이사의 문이라고 해도 우리가 동원할 수 있는 무력이면 그를 지우는 것은 어렵지 않아. 문제는 뒤처리겠지만 그 부분은 모건과 이야기를 해보도록 하겠다."

"그게 좋겠군."

"그럼 그건 그렇게 정해두고, 아까부터 말하고 싶었던 소식을 전해야겠군. 세계수(世界樹)의 묘목을 길러내는 데 성공했다."

웅성.

마치 한 사람이 말을 이어가듯 매끈하게 대화를 이어가던 그들 사이에 처음으로 혼란이 일었다.

에밀의 말이 이어졌다.

"이걸로 위그드라실의 부활도 가능해졌다. 문제는 완벽한 토양을 찾는 것과 절대 방해받지 않을 상황을 만드는 것, 그리고 초기 성장에 필요한 양분을 준비하는 것이다."

"그 문제들은 좀 더 시간이 필요하겠군."

"어쩔 수 없는 문제야. 하지만 지금 안산에서 많은 것들을 채집할 수 있지 않을까?"

"그건 찬성. 실행 부대를 보내야 한다고 본다."

"당장에라도 실행해야지. 시간이 지나면 지날수록 불리해."

에밀이 입을 열었다.

"그 부분은 이미 실행해 두었다. 하지만 아직까지 필요한 양분이 갖춰지려면 한참 부족해. 너희들은 지금처럼 이전 세계수들의 잔해를 찾아라."

"북극에 있을 것 같긴 한데."

"구전대로라면 극점(極點)에 있겠지. 하지만 문제는 우리가 거기 도달할 수 없다는 거고."

그들은 지구를 돌리는 중심축을 이야기하고 있었다. 백야(白夜)가 펼쳐져 있는 그곳에 그들이 찾는 세계수라는 존재가 있다고.

"결국 인간을 이용하는 수밖에 없나?"

"탐험가들에 대한 조력은 계속하고 있겠지?"

"이사진에서 말이 좀 나올 정도로 예산이 많이 책정되어 있을걸."

"그럼 우리가 할 일은 나머지 파편을 찾는 것이로군."

"기왕이면 퀘이사 광맥도."

에밀이 입을 열었다.

"퀘이사 광맥은 지금까지 찾은 것만으로도 충분해. 모건이 더는 필요없다고 했을 정도니까. 그보다는 세계수의 파편들을 찾는 데 주력하도록 해. 정신을 분산시키면 너희들은 효율이 너무 떨어져."

"알겠다."

"그렇게 하지."

그들은 순순히 고개를 끄덕였다. 에밀이 말을 이었다.

"그럼 안산의 일을 시작으로, 슬슬 전 세계를 상대로 일을 벌일까 하는데 반대 의견 있나?"

"너무 빠르지 않나?"

"아직 준비가 부족한 느낌인데?"

"하지만 쇠뿔도 단김에 빼라고 했지."

"지금 일을 벌인다면 기세를 탈 수 있을 거야."

"이사진의 반응은?"

에밀이 대답했다.

"모두들 찬성했다. 슬슬 준비가 끝났다는 느낌이야. 조직을 재정비하고 전투태세로 들어가도 될 것 같다."

"그럼 나도 반대하지 않아."

"나도."

"괜찮을 것 같군."

"하긴 너무 오래 기다렸어."

그들은 에밀이 내민 안건을 수락했다.

에밀은 웃었다. 그는 먼 곳까지 보내온 환영을 다시 철수시키며 말했다.

"그럼 오늘 회동의 목적은 끝났다. 이 시간부로 계획은 실행 제1단계로 들어간다. 너희들의 건투를 빌지."

"너도."

그의 의식이 숲에서 벗어났다.

숲은 다시 울림을 잃고 적막이 감도는 자연스러운 모습으로 돌아갔다.

*   *   *

안산은 유사 이래 최악의 재앙을 겪었다. 왜구가 쳐들어와서 민초들의 목숨이 파리 목숨처럼 날아가던 시절도 아니고, 21세기의 문명시대에 이렇게 많은 사람이 죽게 되리라곤 아무도 상상하지 못했을 것이다.

추정 사망자 18만 명 이상.

하루 사이에 엄청난 숫자의 사람이 죽었다. 부상자의 숫자는 수만 명이었고 실종자 수도 수천에 달했다. 피해액은 정부로서는 생각하기도 싫을 정도로 엄청난 거액이었다.

이번 사태는 정말 믿을 수 없는 일들뿐이었다. 사람들은 영화에서나 보던 용권풍 수십 개나 도시를 덮었고, 중앙역 부근을 하늘로부터 몰려온 해일이 휩쓸었다고 주장했다. 그리고 벼락이 한곳으로 모이더니 도시의 일부를 날려 버렸다는 것이다.

이 말을 믿지 않을 도리도 없는 것이, 그 와중에도 일부 사람들이 핸드폰 카메라 등을 이용해서 장면, 장면을 촬영해 둔 데다가 실제로 피해 지역에서는 그들의 말을 입증할 흔적들이 있었다. 덕분에 사건조사위원회에 속한 과학자들은 이 일을 두고 연일 갑론을박을 벌이는 중이다. 해일도 해일이지만 도시 일부를 날려 버린 엄청난 뇌격은 도대체 어떻게 해석해야 하는가?

하지만 더더욱 믿지 못할 이야기도 있었다.

사람들은 재앙이 안산을 덮치는 동안 먼 곳에서 용의 존재를 보았다고 증언했다. 그것을 입증하는 사진들도 있었다. 하늘과 땅을 연결하고 용트림하는 용권풍 사이에 모습을 드러낸 거대한 뱀의 모습을 찍은 영상.

게다가 그것과 함께 심령사진이라고밖에 볼 수 없는 사진들과 증언이 빗발치고 있어서 더더욱 골치 아팠다. 물론 이런 이야기들은 그냥 괴담으로 치부해 버리면 그만이지만 애당초 이 사건 자체가 너무 비상식적이지 않은가.

덕분에 전국적으로 여론이 흉흉해지고 있었다. 과학으로는 전혀 예측하지 못한 천재지변에 심령현상이 더해졌으니 그럴 만도 하다. 지금 언론과 인터넷은 안산 시민들을 동정하고 도움의 손길을 이야기하는 한편, 이 문제를 두고 격렬한 토의가 오가고 있었다.

그런 가운데 정부는 물론이고 전국에서 구호물자와 봉사자들이 들어와서 안산 시민들을 돕기 위한 활동을 펼치고 있었다. 하지만 이 악몽이 지워지려면 아주 오랜 시간이 걸릴 것이다.

　　　　　*　　　　*　　　　*

　그곳에 들어서자 달갑지 않은 얼굴이 기다리고 있었다. 알고 있긴 하지만 꽤 오랫동안 보지 못했던, 그리고 앞으로도 보지 않고 살기를 바랐던 얼굴이다.

　전혀 표정을 읽을 수 없는 남자였다. 나이는 서른 중반 정도 될까? 돌처럼 무표정한 얼굴에 푸른 눈동자로 이쪽을 내려다보고 있다.

　"왔군."

　남자가 말했다.

　"오랜만이군요."

　유현은 달갑지 않은 심기를 노골적으로 드러내며 그의 맞은편 소파에 앉았다.

　안준후. 육도의 수라 계급 중 한 사람으로 독심술을 비롯한 텔레파시 능력과 약간의 예지력을 같이 갖고 있다. 유현도 그의 서포트 아래 임무를 수행한 적이 있었기에 서로 잘 아는 사이라고 할 수 있겠다. 하지만 그는 상대방의 마음을 자유자재로 읽어내고 조작하는 대신 자기 자신의 마음이 죽어버린, 진정한 의미에서 인성을 잃고 전투기계가 되어버린 존재이기에 유현은 그가 꺼림칙했다.

　"날 너무 괴롭히는군요. 말해줄 만한 것은 다 말해준 것 같은데?"

유현은 공허한 그의 눈을 들여다보며 신경질적으로 말했다. 그러는 동안에도 그가 텔레파시를 이용해 자신의 심리를 읽어내려는 것이 느껴진다. 하지만 그대로 읽혀줄 생각은 없었기에 퀘이사 에너지의 잔향을 발산, 그의 독심술을 차단했다.

"대단하군. 나도 읽을 수 없다니."

"그만 포기하지 그래요? 사람 앞에 두고 노골적으로 마음 읽으려고 하는 거, 짜증나는데."

이무기 사태가 있고 나서 2주가 지나는 동안 유현은 육도 때문에 상당히 스트레스가 쌓였다.

본부로 귀환한 신아연과 진선희의 증언 때문에 육도에서 나서서 그를 심문하는 상황이 벌어진 것이다. 참고로 쉐도우 머더러 정도일에게 치명상을 입은 신아연은 마인혈의 재생 능력 덕분에 기적처럼 살아났지만 당분간 정양해야 한다고 한다.

어쨌든 고작 수라 급에 갓 진입하려던 애송이였던 그가 마인혈을 개방한 신아연과 거의 동급의 전투 능력을 키웠다는 것, 그리고 2년 만에 이무기 같은 존재를 완전 소멸시킬 수단을 손에 넣었다는 것은 그들로서는 그냥 넘어갈 수 없는 문제였다.

심문 과정에서, 유현은 거짓말 탐지기를 사용하는 것까지는 허락했지만 마음을 직접 읽는 것은 완강한 거부 의사를 표했다. 그것도 많이 양보해 준 것이었다.

거대한 조직인 육도에서는 마음만 먹으면 그를 폭력으로 굴복시키는 수단도 충분히 사용할 수 있었을 것이다. 하지만 그러지 않았던 것은……

'적어도 10년 동안 조직에 봉사해 준 인물에 대한 예우라고는 죽어도 못하지.'

그런 인간적인 이유일 리는 없다.

그만큼 육도에 여유가 없다는 증거겠지. 유현의 전투 능력을 미지수로 봐야 하는 상황에서 적으로 돌려서 골칫거리를 늘리고 싶지 않은 게 아닐까. 아마 이것은 상층부의, 예지능력자들도 개입한 판단일 것이다.

'정말 많이 약해졌나 보군. 도대체 무슨 일이 있었던 거야?'

한반도를 호령하며 전 세계를 무대로 당당하게 맞서 싸우던 육도가 이렇게까지 소극적인 자세를 취하다니. 2년 전까지 거기 몸담고 있던 입장에서 애처롭기까지 하다.

물론 육도가 무너지든 말든 감정적으론 별문제가 없다. 연옥의 조직 따위, 다 죽어서 망해 버리건 말건 무슨 상관이겠는가?

문제는 그렇게 될 경우의 여파다.

육도는 한반도 전역의 요괴 사건을 컨트롤하는 조직이었

다. 육도와 필적할 조직은 적어도 한국에는 없다. 그들이 쓰러질 경우 요괴 사건에 대응하는 연옥의 대응력에는 커다란 공백이 발생한다. 한 나라를 예로 들어 설명한다면 한순간에 무정부 상태가 되는 것과 같다고 할 수 있다. 아마 그것만으로도 희생자가 수십 배, 혹은 수백 배로 늘어날 것은 자명하다.

게다가 육도가 극도로 약해진다면 그들을 쳐 쓰러뜨리고 그 자리를 차지하려고 할 만한 조직들은 꽤 있다. 전국적인 기반을 갖추지는 못했어도 지역에서는 맹주라고 할 수 있는 강호들이다.

실제로 육도는 그런 조직들의 노림을 받고 있을 것이다. 평소 육도에 눌려서 여러 가지 제약을 받는 것이 굴욕이었을 테니 이런 상황에서 가만있지는 않겠지.

"자네가 어떻게 이무기를 완전히 소멸시켰는지 그것만 알려주면 돼. 그럼 우리도 자네를 핍박하지 않을 것이다. 그리고 그냥 공짜로 달라는 것도 아니야. 자네가 바라는 만큼 보상을 할 것이다. 그게 얼마가 되든 말이지."

대요괴마저 초월한 이무기를 완전히 소멸시킬 수 있는 수단.

그것은 육도의 전략 병기를 사용해도 어려운 일이다. 상식적으로는 신이라 불려야 마땅한 그들의 존재는 인간이 아무리 공격한다고 해도 완전히 소멸하지는 않는다. 언제든 부활

할 수 있기 때문에 봉인이라는 불안한 수단을 사용할 수밖에 없는 것이다.

그러나 만약 그들을 완전히 소멸시킬 수 있는 수단이 개발된다면…….

그렇다면 연옥의 싸움은 커다란 전환기를 맞이하게 될 것이다.

육도는 그렇기에 진유현에게 집착하고 있었다. 그들은 진정 수백 억, 아니, 조 단위의 돈까지도 낼 의향이 있었다. 만약 유현이 불로장생을 원한다면 육도에 비장된 수단을 사용해서 그것을 선물할 것이 틀림없다.

유현도 자신이 가진 카드의 가치를 잘 알고 있었다. 하지만 문제는 이것이 돈이나 다른 것으로 팔 수 없는 종류의 것이라는 것이다.

퀘이사 에너지는… 육도 같은 조직이 갖기에는 너무나도 위험한 힘이다.

게다가 어차피 유현 자신도 이 힘을 그들에게 가르쳐 주거나 할 수도 없었다. 그 힘은 비술이나 도구가 아니니까. 유일한 방법은 자기 자신을 연구 재료로 제공해서 그들이 퀘이사 에너지를 끌어내고 이용할 방법을 알아내게 하는 것인데, 그랬다가 도대체 무슨 꼴을 당하라고? 그들의 방식을 너무나도 잘 알고 있기 때문에 자청해서 모르모트가 될 생각은 추호도 없었다.

"거절합니다. 돈이나 그런 게 아쉬워서 가르쳐 줄 수가 없다는 게 아니에요. 애당초 불가능한 이야기라서 그러는 겁니다. 내 말이 진실인지 아닌지 정도는 충분히 알 수 있을 텐데요?"

"그럼 이런 이야기는 어떻겠나?"

안정후는 턱을 괴면서 말했다.

"자네 가족의 목숨 같은."

"……."

순간 유현은 벌떡 일어나서 그를 노려보았다.

무시무시한 살기가 퍼져 나가면서, 동시에 알 수 없는 힘이 안준후를 압박했다. 그의 주변으로 뻗어나가던 정신파가 마치 나무의 가지들이 말라죽듯 유현에게서 뿜어져 나오는 기운에 먹혀 고사(枯死)하고 점차 심각한 압박감이 덮쳐 온다.

'이것인가?'

이것이 이 녀석이 2년 사이에 손에 넣은 힘인가?

그의 흉흉한 기세에 반응하여 경호원들이 움직였다. 투명화된 기척이 다가오며 총구를 겨누는 것이 느껴진다. 하지만 안준후는 힘겹게 손을 들어 그들을 제지했다.

유현은 그들의 움직임 따윈 신경 쓸 가치도 없다는 듯 안준후만을 노려보며 말했다.

"어디 한번 해봐. 내가 너희들이 하는 짓을 막을 수 없다는 건 잘 알아. 아주 잘 알지."

유현이 주먹을 쥔다. 그러자 그와 안준후 사이에서 경악할 만한 일이 벌어지기 시작했다.

테이블이… 분해된다.

갑자기 허공에서 출현한 빛이 테이블 모서리부터 삼켜서 사라지게 하고 있었다. 빛에 먹힌 부분은 빛의 입자가 되어 허공으로 흩어진다.

콰드드득.

갑자기 지탱해야 할 부분을 잃어버린 테이블이 붕괴됐다. 하지만 그 절단면들이 너무나도 깨끗해서 도저히 뭔가로 잘라내거나 부서졌다고 여길 수가 없었다.

마음이 죽어버린 안준후조차 이 상황에는 동요하지 않을 수 없었다. 이것은 그가 가진 온갖 지식으로도 결코 이해할 수 없는 불가해한 상황이었다.

"이게 너희가 그렇게 갖고 싶어하는 힘이다. 하지만 결코 얻을 수 없을 거야. 이건 갖고 싶어한다고 가질 수 있는 게 아니니까. 너희가 이걸 얻을 수 있는 순간은 스스로가 파멸할 때뿐이지."

유현은 안준후 앞에 손을 가져갔다. 공포라는 감정이 말라죽은 지 오래인 안준후조차 그 동작에 흠칫했다. 이것은 마음을 넘어서서 생물, 아니, 좀 더 근원적인 부분에서 보내는 경고다.

눈앞의 존재는… 그의 영혼조차 말살할 수 있다.

"너희가 만약 그 사람들에게 손을 댄다면 나는 너희들을 없앨 거다. 이 힘으로, 일생에 걸쳐 육도라는 조직과 관련된 모든 것을 없앨 거야. 너희들이 설령 조직이 멸한다 해도 결코 소멸되지 않을 거라 생각하는 모든 것, 너희들이 지금의 지위를 차지할 수 있었던 이유, 그 모든 것을 사라지게 하겠어. 완벽하게, 흔적조차 남지 않도록."

유현은 말을 마치고 손을 거두어들였다. 안준후는 자신의 몸이 식은땀으로 축축하게 젖어 있다는 사실을 깨닫고 경이로워했다. 마음이 죽어버린 자신의 영혼이, 그리고 육체가 공포를 느끼고 전율하고 있단 말인가?

"더는 심문을 받아들이지 않겠어. 앞으로 이런 요구를 한다면, 나와 적으로 지내고 싶다는 뜻으로 알아듣지."

너희들은 건드려서는 안 되는 역린(逆鱗)을 건드렸다.

유현은 그런 의사를 온몸으로 표현하고는 몸을 돌려서 그곳을 나가 버렸다. 안준후는 그가 사라진 자리를 가만히 바라보다가 테이블이 붕괴된 곳으로 시선을 돌렸다.

깨끗하다.

부순 것도, 분해한 것도 아니다. 소멸된 부분은 잔해가 전혀 남아 있지 않다. 처음부터 없었던 것처럼 사라져 버렸다.

마법 중에 물질을 입자 단위로 분해해 버리는 비술이 있긴 하지만, 그것은 꽤나 규모가 크고 효과가 요란해서 이런 식으로 사용할 수는 없다. 게다가 안준후는 유현이 테이블을 소멸시킬 때 전혀 마력이 움직이는 기미를 느끼지 못했다.

"말도 안 되는 힘을 가졌군. 일단 보고를 해둘 수밖에 없나."

상부가 자신의 판단을 묻는다면 '적어도 지금은 적으로 돌려서는 안 되는 존재'라고 대답할 것이다. 자신을 노려보는 유현의 눈을 떠올리면서, 안준후는 죽어버린 마음이 다시 생명력을 얻고 꿈틀거리는 것 같은 착각에 사로잡혔다.

2

"어, 사부님 돌아오셨어요?"

집에 돌아가자 한창 청소를 하고 있던 신우가 반갑게 그를 맞이해 주었다. 부엌에서 저녁 식사를 준비하고 있던 한얼도 고개를 내밀었다.

"아아."

유현은 대충 고개를 끄덕이고는 거실의 소파에 가서 앉았다. 그의 표정에서 안 좋은 기색이 풀풀 풍겨났기 때문에 신우는 조심스레 그의 시선이 미치지 않는 곳으로 몸을 피했다.

불쾌하다.

머리를 괴고 앉은 유현의 온몸에서 그런 감정이 풍겨나고 있었다. 아니, 그것을 넘어서 용암처럼 끓어오르는 분노가 안개가 되어 피어나는 듯했다.

'따르지 않으면 당신의 가족을 죽이겠습니다.'

상투적인 협박이다. 인류 역사가 시작된 이후 이 협박은 도대체 몇 번이나 사용되었을까? 수천 번? 수만 번? 그도 아니면 수억 번?

육도는 되도록 일반인을 희생시키지 않는다는 룰을 준수하는 조직이지만, 그것은 어디까지나 원리 원칙일 뿐이다. 현장에서는 그것이 무시되는 경우도 얼마든지 있었고, 자신들의 존재가 드러나서 뒤처리가 골치 아파지지 않는 한 그런 일을 벌인 존재에게 별다른 문책도 들어가지 않는다.

인류 문명 전체를 지키는 입장에서, 개개인의 희생은 사소한 것이다. 그들은 몇천 년 전부터 발생한 추진력에 떠밀리고 있을 뿐이다. 그들이 자신을 바라봐 주지 않는 인간 개개인을 배려할 이유는 없다.

하지만 이미 거래가 끝난 문제를 다시 들고 나와서 협박을 하다니.

그래, 어차피 조직이라는 것은 그런 것이지. 유현은 사나운 미소를 지었다.

만약 녀석들이 그 협박을 포기하지 않는다면, 그때부터는 전쟁이다. 진유현이라는 개인이 육도라는 거대 조직과 죽고 죽이는 싸움을 시작하는 것이다. 이 세상에서 쓸 수 있는 수단이란 수단은 모조리 써서 그들을 소멸시킬 것이다.

승산이 없는 싸움이라고 해도 좋다. 그래도 자신은 싸울 것이다. 적어도 저들이 무시하지 못할 대가를 치르게 만들어주 겠다.

"가족이라⋯⋯."

분노 속에서 결의를 다지던 유현은 문득 중얼거려 보았다.

그는 12년 전에 가족을 잃어버렸다. 그들을 살리는 대가로 이 세계로 들어왔고, 그 거래로 인해 그와 가족은 다시는 만 날 수 없는 관계가 되었다.

이제 와서는 소중한지 아닌지도 알 수 없는 존재들이다. 그 들을 위해 희생하긴 했지만 12년간의 세월은 마음속에 있는 혈육의 존재감을 마모시키는 데 충분했다. 이제는 그들의 얼 굴조차도 잘 기억나지 않는다. 마음속으로 떠올리는 일조차 거의 없었고, 그렇다고 사진을 갖고 있는 것도 아니니까.

그런데도 불구하고 자신은 왜 이렇게 화가 나는 걸까.

물론 자신은 정말 그래야만 하는 때가 온다면 그들 대신 죽 을 수도 있을 것이다. 자신이 지켜낸 그들은, 적어도 지금의 자신보다는 가치있는 존재들일 테니까.

하지만 그렇다고 해서 이렇게까지 화를 내야 할 이유가 있 을까? 좀 더 냉정하게 반응하는 게 정상일 것 같은데, 현실에 서는 그렇지가 못했다.

돌이켜 보면 어릴 때의 자신은 달랐다. 아빠, 엄마가 세상 에서 제일 좋았고 육도에 와서도 그들을 부르며 울었던 날이 하루 이틀이 아니었다.

언제부터 이렇게 되었을까.

갑자기 가슴 한구석이 지끈거린다. 유현은 가슴을 붙잡으며 입술을 깨물었다.

끼잉.

그때 볼에 와 닿는 보드라운 감촉이 있었다. 유현은 고개를 들어 자신의 어깨에 올라온 존재를 바라보았다.

꼬리가 두 개인 작고 하얀 여우였다. 마치 유현의 마음을 읽고 위로하려는 듯이 다가온 그 여우를 유현은 쓴웃음을 지으며 쓰다듬어 주었다.

이것은 난슬이다.

은혜를 갚겠다는 이유로 그를 감싸고, 500년 수행을 허사로 돌려보낸 난슬은 죽지 않고 살아남았다. 하지만 대요괴로서의, 요괴선인으로서 쌓은 힘은 모두 잃고 약간 특이한 하얀 여우가 되고 말았다. 지금은 유현의 집에서 같이 사는 애완동물 같은 신세다.

유현은 그녀를 돌보는 한편 원래대로 돌릴 방법을 찾고 있었다. 여태까지 요괴를 죽이는 법은 많이 알았어도 살릴 방법에 대해서는 생각도 해보지 않아서 거의 성과가 없었지만.

일단은 선도(仙道) 쪽에 대한 자료를 수집하면서 그녀의 상태를 지켜보고 있는 중이다. 여우치고는 무척 똑똑하기 때문에 좋아하는 것이나 싫어하는 것 등은 알아낸 상태다.

잠자리로 비싸디비싼 정령석을 하나 건네주었다. 혹시나

정령석의 에너지를 흡수해서 힘을 회복할 수 있지 않을까 하는 마음에서 한 일인데 어느 정도는 효과가 있는지 조금씩 정령석의 크기가 줄어들어 가는 것을 알 수 있었다. 그 외에도 도가 계열의 비약을 입수하는 대로 먹이면서 상태를 보고 있었는데, 아직까지 눈에 띄는 효과는 보지 못했다.

"바보 같군."

유현은 난슬의 머리를 쓰다듬어 주며 투덜거렸다.

이무기 소멸 이후 보름이 지났다.

심각하게 파괴된 안산에는 전국으로부터 많은 물자와 사람들이 몰려들었다. 병원 시설 중 멀쩡한 곳은 모두 환자로 가득 찼고, 임시 구호소를 차려서 다친 사람과 집을 잃은 사람들을 받아들였다. 복구 작업도 한창 이루어지고 있지만 이제 시작일 뿐이다. 년 단위의 시간이 지난 후에야 안산은 이전의 모습을 되찾을 것이다.

이번 일로 연옥의 일원들 역시 심각한 타격을 입었다.

이무기가 직접 대규모 공격을 가한 곳에 있던 조직들은 완전히 소멸되었고. 다른 조직들도 이래저래 인적, 물적 피해를 많이 입었다.

게다가 이무기의 출현과 동시에 수많은 요괴, 망령들이 양산되어서 그것들을 상대하느라 다들 피 튀기는 나날을 보내고 있었다. 일반인들도 알아차릴 수밖에 없을 만큼 막대한 피해를 입은 도시에서는 엄청나게 많은 심령 현상이 일어나고 있다. 조직들은 다들 전력이 감소한 상황에서도 자신들의 본분을 다하고 있는 중이었다.

이걸 감동적이라고 해야 할까, 아니면 슬프다고 해야 할까?

유현 역시 신우와 한얼을 데리고 밤마다 도시를 순찰하며 눈에 띄는 것들이 있으면 해치우고 있었다. 덕분에 안산의 조직들은 눈에 띄게 그에 대한 태도가 호의적으로 변했다.

지금 유현에게 집요한 육도의 심문 외에 단 하나 골칫거리를 꼽으라면 아마도……

"음료수 드세요."

생각은 신우가 오렌지 주스가 담긴 잔을 갖다 주는 바람에 중단되었다. 유현은 그것을 받아 들고는 잠시 동안 그를 바라보았다.

신우가 어리둥절해하며 물었다.

"왜요?"

"아니, 그냥."

얼마 지나지도 않는데 이 녀석들 얼굴 보고 사는 게 이렇게 당연하게 느껴지다니. 사람이란 참 적응력이 좋은 생물인 것 같다.

그날 이후, 신우와 한얼은 유현의 집에 얹혀살고 있었다. 자기들 집이 완전히 풍비박산이 났기 때문이다. 일단 수리업

자를 부르긴 했지만 완전히 집을 잃은 사람들이나 우선적으로 수리해야 할 곳이 많은 안산이다 보니 쉽사리 차례가 돌아오지 않았다. 이걸 해결하려면 돈으로 우선권을 손에 쥐어야 하는데 신우와 한얼은 그리 재정적으로 넉넉하지 못했다.

그래서 결국 유현의 집에서 얹혀살면서 가사 전반을 담당하는 식모살이를 하고 있는 것이다. 이걸 용인한 것을 보면 유현 자신도 이 녀석들에겐 참 물렁해졌다는 생각이 들 정도였다.

"너도 슬슬 마법을 배우는 게 나을 것 같다."

"마법요?"

유현이 툭 던진 말에 신우가 깜짝 놀랐다. 지금까지 두 달 정도 유현에게 훈련을 받아왔지만 그건 전부 육체적인 기술을 향상시키고 각종 상황에 대응하는 법을 늘리는 것에 치중되어 있었다. 물론 거기에는 마법적인 상황에 대응하는 법도 들어 있다.

하지만 마법을 직접 배우라는 말을 하는 것은 처음이었다. 골수 무벌 조직인 자염에서 자라난 신우로서는 상상도 해본 적이 없는 일이다.

"그래. 연옥에서 행세 좀 하고 살려면 아무래도 마법을 배워야지. 배울 수 있으면 주술이나 선술도 좋고. 너도 마법 아이템이나 간단한 주술적 처치는 쓰잖아?"

무벌 조직의 전사라곤 해도 연옥의 인물인 이상 그런 기술을 모를 수는 없다. 상대해야 하는 적, 요괴부터가 물리력만으로는 상대할 수 없는 존재이니까.

일단 신우도 일반인들의 인식을 흐리는 아이템은 갖고 있었고, 기감을 조절, 무기에 진기를 실어서 요괴나 영체에게 데미지를 줄 수 있었다. 그리고 자기 자신이 영적인 능력을 발휘하지 않는다고 하더라도, 일반인도 하는 법만 알면 되는 여러 처치를 통해―자기 피로 특정한 문자를 써서 귀신의 눈을 피하는 것 같은―영적인 영향력을 행사한다.

하지만 그것과 본격적으로 마법을 배우는 것은 완전히 다른 문제였다. 일단 신우는 자신이 마법사가 될 수 있을 정도로 머리가 좋다고 생각하질 않았다.

"마법은 어렵잖아요?"

"음… 좀 그렇지?"

"그 수학이나 물리보다 어렵지 않아요?"

"중학교 과정이랑 비교해서 묻는 거라면, 당연히 그렇지?"

심지어 고등학교 과정이나 대학교에 가서 전문적으로 파는 것보다 더 어렵다. 왜냐하면 수학과 물리, 화학 등을 다 알아야 제대로 된 마법사가 될 수 있으니까. 현대 마법은 과학과 완벽하게 맞물려서 발전해 왔기 때문에 그런 지식들을 습득하지 않으면 높은 경지에 이르는 것은 불가능하다.

"제가 그거 공부해서 알 수 있을 것 같지가 않은데요?"

"하면 돼. 패면서 가르치면 다 잘하더라."

"아, 아니, 그게……."

"뭐, 나도 너에게 너무 많은 것을 바라진 않아. 기초만 배워. 어차피 넌 그냥은 제대로 된 마법을 못 써."

"에? 그게 무슨 의미에요?"

"너는 선천적으로 영적 능력을 타고난 타입이 아니라서 마법을 연구하고 이해하기보다는 돈 처발라서 몸에 술식을 각인시키고 그것을 사용하는 쪽이 되어야 한다는 거야, 나처럼."

마법의 지고한 경지는 결국 선택받은 소수를 위한 것이다. 마법 도구는 그 작동 원리는 물론이고 프로그램의 정체조차 제대로 모르는 일반인이 컴퓨터를 사용하듯 누구나 다 쓸 수 있지만, 마법 그 자체의 심오한 비의를 이해하려면 그것을 몸으로 체현할 수 있는 체질의 소유자가 아니면 안 된다. 자기가 구현할 수 없는 것을 공부만 해봤자 얼마나 이해도가 높아질 수 있겠는가?

유현도 그 점에서는 마찬가지라서, 육도에서 후천적으로 몸의 신경계 일부를 마법회로화시키고 수술을 통해서 필요한 술식을 각인시켜서 마법사용자로 만들어졌다. 그래서 선천적인 영능력자들에 비하면 마력의 충전이 느려서 정령석 같은 마법 촉매를 이용하는 것이다. 물론 퀘이사 에너지를 능숙하게 컨트롤할 수 있는 지금은 마력 따윈 얼마든지 퍼다 써도 되는 남아도는 에너지에 불과한 몸이 되긴 했지만.

여기에 유현도 계속해서 마법회로를 개수, 보수하고 새로운 술식을 추가하고 기존 술식을 삭제하는 등의 최적화를 계속해 왔다. 유현이 여기에 들이는 비용은 연간 1억 원 이상이다.

그러는 한편 마법에 대해서도 공부를 계속해서 몸에 내장된 술식 일부를 사용, 훨씬 다양한 마법을 쓸 수 있었다. 마법역시 과학기술과 마찬가지로 하루가 다르게 발전하기 때문에 시장에 유입되는 최신 이론과 데이터를 공부하지 않으면 뒤떨어질 수밖에 없다.

"그, 그럼 저도 수술 받아야 돼요?"

"그럼."

"근데 그거 돈 많이 들잖아요?"

"음. 내가 아는 마법사들에게 의뢰하면 한… 넌 지금 나이를 좀 먹었으니 아주 기본적인 시술만으로도 1억 정도는 부르겠지?"

"…저, 저 그런 돈 없는데요."

유현이 1억이라는 돈을 너무 태연하게 말하는 바람에 신우는 완전히 질려 버렸다. 유현이 부자라는 것은 알고 있었지만 말하는 단위 수가 다를 때마다 흠칫흠칫하게 된다.

"그건 내가 대주지. 일단 명목상 내 제자로 되어 있으니 그 정도는 후원하는 셈치고 내준다."

"어, 어… 진짜요?"

신우가 믿을 수 없다는 듯 눈을 휘둥그레 떴다.

유현이 1억이라는 돈을 선뜻 내주겠다고 하는데도 놀랐지만 그가 자신을 '제자'라고 불러주는 데도 놀랐다. 두 달 동안 그 사실을 인정해 준 적은 한 번도 없지 않았던가?

"물론 공짜는 아냐. 대신에 이 자리에서 맹세해라, 앞으로 무조건 내 편에서 싸우겠다고."

신우는 유현이 무섭도록 차갑게 가라앉은 채 자신을 노려보자 흠칫 굳어버렸다.

나름대로 산전수전 다 겪었고, 그와 두 달간 훈련하면서 온갖 험한 꼴은 다 당했다고 생각하지만 이런 때의 그는 정말 무섭다. 그의 마음의 황폐함은 아직 인간미를 간직하고 있는 신우나 한얼에 비할 바가 아니다. 그가 다른 감정을 지우고 살의를 비칠 때면 마음속까지 칼에 찔려 죽어가는 것 같은 착각이 든다.

"그, 그게 무슨 의미예요?"

"말 그대로의 의미지. 나를 배신하지 않고, 나의 동맹으로 일하겠다고 맹세하라는 거다. 그럼 나는 너를 제자로 인정하고 후원을 아끼지 않겠다. 하지만 만약 그러지 않을 거라면 지금 당장 이 집에서 나가라. 그리고 되도록 두 번 다시 내 앞에 모습을 드러내지 마."

유현에게 있어 연옥의 관계란 지극히 심플하고 삭막하다. 도덕과 선의, 신의 따윈 없는 쓰레기 같은 세상. 하지만 그럼에도 불구하고 필요와 감정에 따라 적아가 나뉜다. 필요에 따라 손을 잡을 때도 있고, 필요한 상황이 되면 뒤통수에 총알을 박고 심장을 검으로 꿰뚫는다.

그런 관계를 굳이 맹세 따위의 낯 뜨거운 행위를 통해 확정지을 필요는 없다. 그러나 단순히 같은 공간에 있는 것만이 아니라 그 이상을 바란다면, 스승과 제자라는 관계가 되어야만 한다면 그때는 지극히 인간적인 절차를 밟을 수밖에 없다.

신우는 어깨에 난슬을 올린 채 무기질적인 눈으로 자신을 바라보는 유현을 마주하면서, 지금 이 순간이 자신의 인생을 결정할지도 모르는 선택의 순간이라는 사실을 깨달았다.

'저 사람이면… 정말로 그럴 거다.'

같이 살면서 정이 들었다?

그럴지도 모르지.

하지만 그럼에도 불구하고 그는 자신을 얼마든지 내칠 수 있을 것이고, 필요하다면 베어버리는 것도 서슴지 않으리라. 그는 그럴 수 있는 사람이다.

꿀꺽, 침이 넘어간다.

지금 이 자리에서 하는 맹세가 일반인들이 나누는 그것과 같은 달콤한 것이 되리라곤 생각하지 않는다. 그것은 마법의 힘으로 일생 동안 자신의 행동을 구속하는 족쇄가 되리라.

너의 인생을, 지금 이 자리에서, 너 스스로의 의지로 결정해라.

지금껏 남이 깔아준 레일 위에서만 살아왔다. 이 세상에 태어나는 것부터 시작해서 무엇 하나 자신의 의지로 해본 적이 없다. 있다면 단 두 가지, 한얼을 살려서 자신의 호위무사로 삼은 것과 진유현을 자신의 스승으로 선택하고자 한 것이다.

신우의 입꼬리가 슬쩍 들어 올려졌다.

무엇을 고민하는가? 처음부터 답이 나와 있는 문제인데.

하긴 모든 고민이란 그럴지도 모른다. 처음부터 답은 나와 있고, 인간의 이성과 감정은 그것을 뒤쫓는 것에 지나지 않는 것인지도.

"하겠습니다."

신우는 정중하게 무릎을 꿇고 유현에게 큰절을 올렸다.

유현은 그를 가만히 내려다보다가 피식 웃었다. 예상했던 결과이긴 하지만 이 녀석의 행동거지를 보고 있자니 왜 괜히 웃음이 나오는지.

'이로써 악연 하나가 완성된 셈인가.'

앞으로는 신경 쓸 일이 더 많아지겠군. 유현은 그렇게 생각하며 난슬을 쓰다듬었다. 난슬이 기분 좋은 듯 갸릉거리는 소리를 냈다.

그런 그와 신우를 바라보며 부엌에 있는 한얼은 슬며시 미소를 짓고 있었다.

*　　　*　　　*

벌써 8월 중순이지만 아직 햇살은 따사롭기만 했다. 슬슬 여름의 끝자락이라는 소리가 어울리는 시기이건만 태양의 기력은 전혀 쇠하지 않은 듯하다. 아직도 여름은 한참 더 계속될 거라고 말하는 듯이.

윤성아는 그 태양 아래서 한숨을 쉬고 있었다.

안산을 덮친 최악의 재난 이후로 가장 피해가 컸던 조직을 꼽으라면 바로 망혼이다. 안산의 맹주라고 할 수 있는 망혼이었지만 조직의 최고 능력자인 신관 중 하나가 배반했지, 이런 일까지 일으켰지, 요괴와 손잡고 아지트를 공격하는 바람에 조직원 중 상당수가 죽었지, 게다가 이무기가 죽으면서 그들 조직의 주춧돌이라고 할 수 있었던 신령까지 소멸해 버리는 바람에 완전히 박살났다고 봐도 과언이 아니었다.

아니, 사실 망혼은 지금 존재의 이유 자체가 없어진 상태였다.

왜냐하면 망혼은 이무기의 선량한 인격이 스스로의 진신(眞身)을 가두고, 깨어나지 않도록 감시하면서 그의 존재에 영향을 받아 나타나는 요괴들을 처리하기 위해서 만들어진 것이었으니까. 그런 목적도 300년의 세월 속에 묻혀 조직원 중에서 아는 이가 없어졌지만, 신관인 성아는 그런 사실을 알고 있었다.

그렇다고 해서 조직을 해산하고 제각각 갈 길을 가라고 할수도 없는 노릇이다. 그들은 조직을 재정비하고 앞으로도 계속 연옥에서 살아갈 수밖에 없다.

"후우. 그나마 윤범 오빠 일이 알려지지 않은 게 다행인가?"

이번 일의 주범이 망혼의 배신자 신윤범이라는 사실은 알려지지 않았다.

일이 벌어지고 일주일쯤 후에, 육도 측에서 진선희를 보내서 침묵 협약을 제안했다. 육도에서는 신윤범이 이번 일의 범인이라는 것을 알리지 않을 테니, 망혼에서도 쉐도우 머더러정도일이 이 일에 개입되어 있음을 밝히지 말아달라고 제안한 것이다.

물론 성아에게 선택의 여지는 없었기에 그것을 받아들였다. 진선희는 정중하게 고개를 숙여 보이고는 가타부타 다른말을 늘어놓지 않고 물러갔다.

'정도일.'

성아는 그 이름이 가진 의미를 생각해 보았다.

물론 그녀는 그 인물이 어떤 인물인지 모른다. 원래 육도에 속해 있었으며, 쉐도우 머더러라는 별명으로 불렸고, 놀라운 솜씨를 발휘해서 신아연을 암습해 쓰러뜨렸다는 것 외에는.

하지만 진유현은 다른 모양이었다. 그 이름을 들려주었을

50 워메이지

때 그가 보인 눈빛을 성아는 결코 잊을 수 없을 것 같았다.

그 순간 유현의 눈빛은 너무나도 인간적이었다.

충격과 당혹, 그리고 혼란스러움이 뒤섞인 인간의 눈을 성아는 그에게서 보았다. 그것은 지금까지 그가 보여준 모습과는 심한 괴리감을 보이는 것이라서 왠지 모르게 쇼크를 받았다.

과연 두 사람은 어떤 인연으로 엮여 있는 것일까?

"하아, 이런 일에 관심 둘 때가 아니지."

"뭘 그렇게 혼자 고민해, 언니?"

또 다른 신관, 연지혜가 다가오며 물었다.

신윤범의 공격 때문에 요단강을 건너기 직전이었던 그녀는 난슬의 힘으로 목숨을 부지할 수 있었다. 연지혜의 말로는 자신이 눈을 떴을 때, 대요괴이자 요괴선인인 난슬도 상당한 힘을 소모했는지 안색이 창백해져 있었다고 한다. 그래서 결국은 그런 결말에 이르게 된 거겠지.

생각해 보면 난슬에게는 정말 아무리 감사해도 모자랄 것 같다. 그래서 일단은 조직의 데이터베이스에서 유현이 필요로 하는 자료들을 찾아서 건네주는 것으로 은혜를 갚고 있는 중이다.

어쨌든 연지혜는 아직 몸이 완전히 회복되지 않아서 지팡이를 짚고 절룩거리며 걷고 있었다. 육체뿐만 아니라 영적으로도 꽤 큰 상처를 입은 데다 신령까지 사라지는 바람에 상당히 힘겨워하고 있을 텐데, 자기보다도 어린 견습생들이 동요할 것을 우려했는지 그들의 시선이 있는 곳에서는 애써 의연한 모습을 보이는 것이 대견스럽기도 하고 안쓰럽기도 했다.

"너도 참. 일단 방에서 쉬라니까."

"방에만 있으려면 답답해서 그래. 그리고 이런 때는 많이 움직여야 빨리 나을 것 같아."

연지혜는 헤헤 웃으며 대답했다. 열두 살밖에 안 된 아이가 이렇게 의연하다니.

"아가씨."

두 사람이 이야기를 나누고 있을 때, 수석 주술사 홍승영이 다가왔다. 그 역시 지난번에 입은 상처가 완치되지 않아서 온몸에 붕대를 둘둘 감고 돌아다니고 있었다. 좀 더 쉬게 해주고 싶은 마음은 굴뚝같지만 그가 없으면 조직이 굴러가질 않는다.

"손님이 찾아오셨습니다."

"손님?"

성아는 눈살을 찌푸렸다.

이 시기에 찾아올 손님이 있었나? 육도하고는 협약도 맺은 상태이니 그쪽에서 또 사람을 보내올 것 같지는 않고…….

그녀가 의아해하며 손님맞이용 방으로 가보자 웬 금발의 외국인 여자가 와 있었다. 키가 크고 늘씬해서, 가슴이 크고 몸매가 아주 스타일 좋게 빠지지 않았다면 뒷모습만으로는 남자로 착각했을지도 모를 그런 여자였다.

'위험한 여자다.'

성아는 그녀를 보는 순간 그 사실을 직감했다.

그녀는 아주 우아하게 앉아서 차를 마시고 있었다. 하지만 느슨하게 풀린 것 같은 그녀의 무표정한 얼굴에서는 생존 감각을 자극하는 위험한 기운이 느껴졌다.

그녀 자신은 아무런 기운도 발하고 있지 않다. 마치 평범한 인간처럼 보인다.

그러나 성아의 천부적인 영감은 그녀가 무척이나 위험한, 어쩌면 얼마 전에 만난 육도의 수라 급 에이전트 신아연보다 더더욱 위험한 존재일지도 모른다고 알려주고 있었다.

그녀는 성아가 들어오자 고개를 들어 그녀를 바라보며 희미하게 미소 지었다.

"아, 당신이 이 조직의 우두머리인가?"

"우두머리?"

자신을 그런 식으로 부르는 사람은 처음 봤기 때문에 어리둥절해했다. 그리고 그다음에는 마치 한국인처럼 매끄럽게 한국어를 구사하고 있다는 사실에 놀랐다.

"아, 미안. 내 한국어는 어휘 선택 면에서 좀 문제가 있을지도 모르겠어. 그걸 감안하고 들어줬으면 좋겠군."

"아니, 별로 이상하진 않아요. 다만 그렇게 불려본 적이 없어서……."

"하긴 '우두머리'는 별로 당신 같은 소녀에게 어울리지 않는 말 같군. 한국어의 뉘앙스는 미묘해서 잘 알 수 없는 부분이 많지만 그래도 내 지식 기반 하에서 보면 투박한 남자에게 어울리는 것 같아. 그럼 뭐라고 부르는 게 좋을까?"

"신관이라고 불러줬으면 좋겠군요."

모실 신도 잃어버린 처지이긴 하지만.

성아는 속으로 그렇게 중얼거리며 그녀와 마주 앉았다. 정말 이상한 말투를 쓰는 여자다. 그래도 그녀가 약한 편인 영어로 대화하진 않게 되어서 다행이지만. 여차 하면 번역용 정령을 소환할까 생각하고 있었는데.

"그럼 신관이라고 부르도록 하지. 그것도 뉘앙스가 묘하군. 토착신앙, 슈퍼스티션?"

"그 비슷한 거죠. 어쨌든, 저는 윤성아입니다. 무슨 일 때문에 우리 조직을 찾으셨는지?"

"아일라 스카우드다. 내 용건을 말했더니 당신의 재가가 필요하다고 하더군. 그래서 독대를 요청하게 되었어."

"그들이 그렇게 판단했다면, 그럴 거예요. 무슨 일이시죠?"

"한 사람을 찾고 있다. 안산에 살고 있고, 남자고, 아주 젊어. 어리다고 하는 편이 옳을까? 소년과 청년의 기준이 어느 정도 되는지 잘 모르겠군, 동양인은 전부 어려 보여서. 어쨌든 아마 당신과 비슷한 나이이거나 아니면 좀 더 많은 정도가 아닐까 싶은데."

그녀 아일라는 그렇게 말하면서 품에서 한 장의 종이를 꺼내 보였다. 그것을 처음 보는 순간 성아가 떠올린 감상은,

'정말 꾸깃꾸깃하네.'

라는 것이었다. 어쩌면 머나먼 스페인 땅에서는 갑자기 귀가 간질거리는 것을 의아하게 여길 소녀가 있을지도 모른다.

어쨌든 성아는 그것을 받아 들고는 잘 펴서 보았다.

그리고 눈을 크게 떴다.

'유현이잖아?'

연필로 세밀하게 그려진 진유현의 몽타주가 거기 있었다. 정말 본인하고 쏙 닮았다. 왼쪽 눈의 특이한 안대가 없더라도 대번에 그라는 사실을 알아볼 수 있었을 것이다.

"알고 있군."

그녀의 표정 변화를 본 아일라가 고개를 끄덕이며 말하는 바람에 다시 흠칫했다.

이런 아마추어 같은 실수를 하다니, 고객에게 대응할 때는 포커페이스가 기본인데. 물론 일반인을 상대로 장사할 때는 여기에 적절하게 미소와 심각한 표정도 더해줘야 한다.

"그 애가 안산에서 제일 큰 조직으로 가면 찾을 수 있을 거라고 해서 왔더니 딱 맞을 줄이야. 하여튼 예지력자들이 하는 말들은 알쏭달쏭하면서도 신기해."

"예지력자의 소개로 오신 건가요?"

"맞아. 그 인물을 찾아보라고 하더군."

아일라는 싱긋 웃으며 말했다.

"자아, 그럼 이제 내 의뢰를 받아들여 줬으면 좋겠는데. 대가는 충분히 지불하지. 나와 그를 만나게 해줘."

3

폐허가 된 안산의 거리를 한 소녀가 걷고 있었다.

아직 앳되어 보이는 소녀가 평일 낮인데도 불구하고 사복을 입고 돌아다니는 것은 역시 방학 기간이기 때문이다. 하지만 이번 재해로 인해서 학교가 풍비박산 났기 때문이기도 했다. 덕분에 여름방학을 연장하고, 대신에 겨울방학을 줄인다는 상당히 미묘한 통보를 받았다.

이번 재해는 정말 끔찍했다. 혼자 사는 그녀의 집도 창문이 날아가고 집은 수몰되고 난리도 아니었다. 그 과정에서 어깨뼈가 탈구되는 바람에 아직까지 구호소에 신세를 지며 병원에 다니고 있었다. 왼팔에는 깁스를 하고 머리와 눈, 그리고 무릎에도 붕대를 칭칭 감고 있었다.

모퉁이를 돌던 그녀는 문득 앞을 보지 못해서 마주 오던 사람과 가볍게 부딪치고 말았다.

"앗!"

다행히 상대방이 쓰러지지는 않았지만 대신 이쪽이 넘어지게 생겼다. 하지만 상대방은 번개처럼 반응해서 그녀를 잡아주었다.

"아, 고, 고마워요. 죄송합니다."

그녀는 얼굴을 붉히면서 상대에게 사과했다.

"아니, 괜찮아. 한쪽 눈을 그러고 있으면 앞이 잘 안 보일 테니 더 조심해야지."

"네……."

소녀는 상대의 말에 얼굴을 붉히며 대답했다. 그리고 상대방의 얼굴을 확인하고는 눈을 크게 떴다.

상대가 고개를 갸웃한다.

"왜 그러지?"

"아니, 저기……."

소녀는 머뭇거리면서 그를 바라보았다. 뭔가 말하고는 싶은데, 이걸 말했다가는 바보 취급을 당하는 게 아닐까 생각하는 그런 얼굴이다.

"말해봐."

"아, 저기 있잖아요. 우리 혹시… 전에 만난 적 없었나요?"

"풋."

아아, 예상대로다. 상대방은 어처구니없다는 듯 웃음을 터뜨렸다.

내가 미쳤지. 왜 이런 소리를 한 거람? 무슨 드라마에서 사람 꼬일 때 상투적으로 하는 말 같잖아?

"아니, 만난 적 없어. 뭐, 같은 안산에 살고 있으니 스쳐 지나간 적은 있을지도 모르지. 하지만 난 이런 걸 하고 다니니까 그렇게 인상이 흐리진 않을걸."

상대방은 왼쪽 눈을 쓰다듬으며 말했다. 그의 왼쪽 눈에는 굉장히 특이한 안대가 씌워져 있었다. 3차원적인 도형과 수치를 어지럽게 표현하는 푸른 액정이 달린 안대라니. 저건 패션일까, 아니면 뭔가 기능적인 의미가 있는 걸까?

생각해 보면 이렇게 개성적인 겉모습을 가진 사람을 전에 만났다면 잊어버렸을 리가 없다. 그의 말처럼 스쳐 지나가면서 봤던 것이 기억에 남아 있었던 거겠지.

하지만 이 감각은 뭔가 이상하다. 기시감이라고 하던가? 착각이라고 하기엔 너무 확실하게 겹쳐지는 이상한 기분.

"그럼 조심해. 빨리 낫고."

상대방은 상냥하게 말하고는 그녀를 지나쳐 걸어갔다. 소녀는 당황해서 몸을 돌렸지만 그는 그녀가 막 지나온 모퉁이를 돌아서 모습을 감췄다.

"어, 어… 이상해."

분명 처음 보는 사람인데, 그런데…….

왜 눈물이 흐르는 거지?

유현은 묵묵히 길을 걷고 있었다. 주머니에 손을 넣고 길을 걷고 있는 그에게, 쓰러진 가로수 위를 달려온 작은 체구의 하얀 여우가 폴짝 뛰어서 어깨에 앉았다. 유현은 여우의 코끝을 간질여 주면서 중얼거렸다.

"다행히 크게 다치진 않은 것 같군. 금방 낫겠지. 성장기고."

방금 전에 유현은 한시애를 만났다.

이번 사태가 벌어졌을 때, 유현이 염려한 단 한 사람이 있다면 그녀일 것이다. 일반인들이 희생당하는 것은 그에게 맹렬한 분노를 불러일으켰지만 그들은 모두 얼굴을 모르는 타인일 뿐이다. 그가 감정을 대입할 수 있는 존재는 한시애뿐이었다.

다행히 그녀가 살아서 구호소에 몸을 의탁하고 있다는 정보를 접하고는 한 번 만나보았다. 그리고 하는 김에 그녀와 접촉하여 몸의 재생력을 활성화시켰다. 그녀는 전혀 그런 사실을 눈치채지 못했겠지만, 그녀의 상처는 생각보다 빨리 회복될 것이다.

유현이 많은 돈을 들여 실행한 그녀의 기억 조작은 완벽했다. 걱정했던 후유증도 남지 않았다. 이번 일로 인해 봉인된 능력이 다시 깨어나지 않을까 염려했지만 그것도 기우로 그친 것 같다.

모든 것이 다행스럽다.

끼잉.

난슬은 그의 마음을 읽은 듯 볼을 할짝거렸다.

이 녀석은 요괴선인일 때나 이런 모습이 되어서나 변하질 않는군. 유현은 그렇게 생각하며 쓴웃음을 지었다. 그녀에게서 위안을 얻고 있는 자신이 왠지 우습게 느껴졌다.

삐리리리.

그렇게 집을 향해 걷고 있는데 핸드폰이 무미건조한 벨소리를 울렸다. 꺼내서 번호를 보자 윤성이었다.

"아, 무슨 일이야?"

"아, 안녕. 잘 지냈어?"

"사흘 전에도 전화했으니 그건 별로 안 어울리는 인사 같은데. 어쨌든 그럭저럭 잘 지내고 있어. 네 쪽은 어때?"

"음. 여전히 힘들어."

"그럴 줄 알았다. 필요한 일 있으면 불러. 얼마든지 도와줄 테니까."

"으, 으응. 그렇게. 근데… 사실은 너에게 말할 일이 있어서 그러는데."

"말할 일?"

유현은 의아함을 느꼈다. 말할 일이라니, 뭐지? 뉘앙스로 보건대 도움을 구하는 것은 아니고, 오히려 이쪽에 관련된 일 같다.

"너를 만나고 싶어하는 사람이 있어."

"나를 만나고 싶어하는 사람?"

"응. 우리 조직에 너를 찾아달라고 의뢰가 들어왔어. 지금은 너와 만날 수 있는 자리를 주선해 달라는데."

"흠. 그런 식으로 나를 찾을 사람이 있었나? 어떤 사람인데?"

유현은 눈살을 찌푸리며 기억 속을 뒤져 보았다. 굳이 조직에 의뢰까지 해가면서 자신을 찾아달라고 할 만한 사람이 있었던가?

물론 육도에서 10년, 그리고 그 이후에 2년간 생활하면서 이것저것 인맥을 만들었으니 그중에 자신을 찾는 사람이 있다고 해도 이상할 것은 없다. 하지만 그들 중 연락할 만한 사람에게는 대부분 자신의 연락처를 알려줬을 텐데……

"굉장히 키가 크고 금발에, 눈이 특이하게 자주색인 서양인 여자야. 나이는 너보다 한 열 살 정도는 많지 않을까 싶은데……"

"으음. 그런 사람은 기억나질 않는데. 이름은?"

"아일라 스카우드."

"스카우드(Scar-wood)? 이상한 이름이군. 흉터의 숲이라니 별로 좋은 센스로 지은 퍼스트 네임은 아니겠어."

유현은 그 이름의 뜻을 해석하면서 중얼거렸다.

어쨌든 기억 속에 없는 이름이다. 하지만 상대방이 망혼을 통해서 자신을 찾고 있다면 굳이 만나지 못할 이유는 없겠지.

"알겠어. 그럼 오늘하고 내일까지는 내가 볼일이 있으니까, 모레 저녁에 자리를 마련해 줘. 너희 쪽에서 지정하는 곳으로 나가지."

"웅. 그럼 오늘 저녁쯤에 다시 연락할게."

"그래."

유현은 그렇게 대답하곤 전화를 끊었다. 그리고는 고개를 갸웃하며 자신을 바라보는 난슬과 시선을 마주하며 중얼거렸다.

"도대체 뭐 하는 여자지?"

물론 난슬도 고개를 갸웃할 뿐 대답을 해줄 수 있을 리가 없었다.

유현은 한번 일을 결정하면 일사천리로 밀어붙이는 스타일이었다. 신우는 그에게 제자로서의 맹세를 한 바로 다음날 수술대에 오르는 몸이 되었다.

"아, 아직 마음의 준비가 안 됐는데."

유현은 그날 바로 아는 마법사들에게 연락해서 검사를 실시, 수술에 아무런 문제가 없다는 결과를 얻고는 그 다음날 수술 스케줄을 잡아버린 것이다. 그래도 나름 신경 써서 부천에서 가장 선진적인 마학 의료 기술을 갖고 있는 단체에 수술을 부탁한 상태였다.

"시끄러. 별로 아프지도 않으니까 빨랑 다녀와."

유현이 헐렁한 수술용 복장을 걸친 채 불안해하고 있는 신우의 엉덩이를 걷어찼다.

"안 아파요? 진짜?"

"그냥 뭐, 신경을 쥐어뜯는 고통 정도니까 참아."

"그거 혹시… 무지 아프다는 소리 아닌가요?"

"마취를 하니까 몸을 째거나 할 때의 고통은 없을 테고, 신경을 마법회로화할 때 좀 아프긴 한데 어차피 육체의 움직임은 완전히 봉해져서 발광할 수도 없을 거야. 그냥 아무것도 못하고 고통만 참아야 하는 몇 시간 정도 기다리고 있을 뿐이니까 걱정 마."

"그거 '걱정 마'라고 상큼하게 웃으면서 말할 내용이 아니잖아요!"

"아, 시끄럽다니까. 닥치고 가서 수술받고 와. 너 이번에 나노 엘리멘탈 이식 수술까지 추가하는 바람에 11억 8천만 원이나 들었거든?"

"11억 8천만……."

엄청난 금액을 자신을 위해 썼다고 말하는 유현 앞에서 신우는 말문이 막힐 수밖에 없었다. 그럼 이걸로 600만 달러의 사나이는 무리더라도 100만 달러의 사나이쯤은 되는 셈인가?

'미묘하게 싸구려 느낌이군. 그래도 밀리언달러맨은 되네.'

신우는 썰렁한 농담으로 스스로를 위로하며 수술실로 걸

어 들어갔다. 그 뒷모습이 마치 도축장으로 들어가는 소나 돼지를 연상시켰는지라 한얼이 걱정스러운 기색으로 물었다.

"진짜 괜찮을까요?"

"괜찮다니까. 저 녀석이 못 견딜 만한 고통은 아냐. 게다가 내가 시술받을 때에 비하면 훨씬 그런 부분에 대한 배려가 잘 되어 있을걸. 벌써 10년이나 지났으니까. 나는 확장, 최적화 수술을 요 근래 몇 차례 받아봤는데 별로 안 아팠어."

"으음. 뭐, 도련님이 저래 봬도 고통에 견디는 훈련도 받았고 하니 문제없을지도."

"어쨌든 돈 많이 들었어. 나노 엘리멘탈 수술은 나도 곧 받으려고 생각 중이고."

"그 나노 엘리멘탈이라는 게 뭡니까?"

한얼이 이해를 못하겠다는 듯 물었다.

유현이 이번 수술을 담당할 마법 의사와 수술에 대해서 이야기하더니, 신우는 나노 엘리멘탈을 이식해도 문제없는 체질이라는 소리를 듣자마자 그것도 수술 옵션으로 포함시켜버렸다. 그게 몇 년 전까지만 해도 외국에서만 시술 가능했던 첨단 기술이라는 것은 알겠는데 도대체 뭔지는 잘 모르겠다.

"나노 엘리멘탈이라는 건… 당신, SF 보나? 소설이든 만화든 애니메이션이든 드라마든 영화든 상관없이."

"아뇨. 무협만 봅니다. 그런 건 외국 말이 너무 많아서 취향에 안 맞더군요."

"그럼 설명하기가 좀 어려운데. 나노머신이 뭔지도 몰라?"

"잘 모르죠."

"으… 그럼 아주 간단하게 설명하지. 나노머신이라는 것은 아주 작아서 눈에 보이지도 않는, 몸속에 사는 미생물이나 세균보다도 더 작은 로봇 같은 거야. 그 크기로 몸속에서 활동시켜서 다른 기술로는 어쩔 수 없는 몸속의 섬세하고 미세한 문제를 해결하지."

"호오, 그럼 인공적으로 만든 백혈구나 뭐 그런 건가요?"

"그런 목적으로도 사용할 수 있지. 현대 기술로는 아직 초보 단계라 자율적으로 그런 일을 하게 할 수는 없고. SF 작품들을 보면 그런 경우가 많이 나와. 우주에 진출한 인간들이 나노머신을 몸에 주입해서 지구와는 완전히 다른 환경에 적응할 수 있게 된다던가."

"그럼 나노 엘리멘탈은요?"

"아직 기계를 그렇게 만들 수는 없지만 정령을 가공하는 것은 가능하다는 거지. 연옥에서 정령을 사역해서 사고팔기 시작한 것도 꽤 됐잖아, 여러 가지 용도에 맞춰서 자율형 지능을 탑재해서. 그걸 나노머신 크기로 줄여서 수백만 개 정도를 몸에다 이식하면 SF 레벨의 활용이 가능하다는 거지. 마력과 공진해서 증폭하거나, 신체의 컨디션을 항상 최적화해서 조절하거나, 신체 일부가 파손되었을 때 재생력을 강화해서 복원이 가능하게 해준다거나. 여러모로 육체의 성능을 높여

주는 거지."

"그거 진짜 놀라운 기술인데요?"

"그럼. 우리나라로 넘어온 지 얼마 안 되는 기술이야. 덕분에 10억이나 준 거고. 아마 육도에서는 이미 투입하고 있겠지."

다른 곳도 아니고 육도라면 적어도 몇 년 이상 빨리 이 기술을 투입하고 있을 것이다. 어쩌면 유현 자신이 몸담고 있을 때 이미 투입하고 있었을지도 모르겠다. 다만 지극히 단가가 높은 기술이니 최정예인 수라 급에게만 시술이 이루어진다던가 했을 수도 있겠지.

'그럼 오지윤 그놈도 그 시술을 받았을 가능성이 있군.'

가능성이 없는 이야기는 아니다. 안산에서 충돌했을 때 그가 단기간에 보여준 회복력은 아무리 비약을 물 쓰듯이 쓰고 마법을 때려 부었어도 그의 신체가 인간의 것임을 감안하면 지나치게 빠르다는 느낌이었다. 하지만 나노 엘리멘탈 수술을 받은 상태였다면 그럴 수도 있겠지.

어쨌든 이걸로 또 한바탕 크게 지출을 했으니 돈을 벌 방법을 생각해 봐야 할지도 모르겠다. 자신의 나노 엘리멘탈 이식은 아무래도 지금은 틈을 보일 수 있는 상황이 아니니 다음 신체 조정 스케줄에 맞춰서 실행해야겠고.

"그럼 우린 밥이라도 먹고 오지. 네 시간 정도 걸린다고 하니까 영화라도 보면서 시간 때울까?"

"남자 둘이서 말입니까?"

"뭐 어때? 당신, 신우랑 같이 영화관 잘 가더만."

"아니, 그건⋯⋯."

"일단 가자고."

유현은 꺼림칙해하는 그의 손을 끌고 밖으로 나갔다. 한얼은 굳게 닫힌 수술실 문을 보면서 마음속으로 기도했다.

'제발 살아 돌아오세요, 도련님.'

신우가 들었다면 분명 '죽으러 들어온 거 아니라고!' 라고 반박했을 것이다.

*　　　*　　　*

자기 몸을 자기 뜻대로 움직일 수 없는 것만큼 스트레스가 심한 상황은 별로 없다.

육도의 수라 급 에이전트 신아연은 아주 오랜만에 그 사실을 실감하고 있었다. 원래 부상 하나 없어도 마인혈을 발동한 후유증만으로 한동안 정양하며 치료를 받았어야 할 텐데, 쉐도우 머더러 정도일에게 암습을 당하는 바람에 지금은 손가락 하나 까딱할 때도 산 하나를 오르듯 엄청난 노력이 필요한 상태였다.

"그래도 오늘은 눈은 뜨고 있네요."

진선희가 그녀의 병실에 와서 말했다.

"문병이라도 온 거냐?"

"말은 또 잘하시네요?"

"사실은 목소리 내기도 좀 힘들어."

신아연이 투덜거렸다. 진선희의 말로 미루어보건대 그녀는 그녀가 의식불명일 때도 문병을 왔던 모양이다. 피도 눈물도 없는 냉혈동물들만 모인 육도의 조직원치고는 참 의외의 행동이라고 할 수 있겠다. 게다가 요즘 상황이 상황이라 그녀만 한 실력자는 휴식 시간도 별로 없을 텐데.

실제로 그녀는 상당히 피곤해 보였다. 요즘 육도의 인원 운용은 거의 밑바닥까지 쥐어 짜내는 수준이다 보니 그녀도 체력이 떨어져서 이따금씩 현기증을 느끼는 경우까지 있었다.

"일어나려면 얼마나 걸린대요?"

환자의 상태는 의사에게 물어봐도 좋겠지만, 수라 급 에이전트인 신아연의 상황은 축생 급인 진선희가 물어본다고 대답을 들을 수 있는 사항이 아니다. 본인에게 물어보는 수밖에 없었다.

"회복되는 데 최저 한 달은 걸린다더군. 마인혈 발동 후유증도 있고, 또 그 작자가 찌를 때 골치 아픈 수작을 부려놨다고."

"그렇군요. 쉐도우 머더러 정도일 그 사람은 어떤 사람이죠?"

"그런 게 궁금한가?"

"네. 데이터베이스에서 찾아보려고 했지만 수라 급 에이전트였다는 것과 은퇴했다는 것 외에는 전부 열람 금지더군요.

호기심이 생겨서 말이죠."

"네가 알아도 되는 등급의 정보가 아닌데."

"적어도 다음에 싸울 때 똑같이 당하고 싶지는 않아서. 물론 공짜로 알려달란 이야기는 아니에요."

진선희는 품에서 담배 한 갑을 꺼내 보였다.

"호오."

이 녀석 흥정이 뭔지 알고 있군. 헤비 스모커인 신아연은 이런 몸이 된 후로 담배를 직접 피울 수도 없고, 의사에게 말해도 흡연 요구를 들어주지 않아서―당연한 일이다―스트레스를 받고 있었다.

원래대로라면 고작 담배 하나에 들려줄 만한 이야기는 아니지만 물건의 가치는 상황에 따라 다른 법. 지금의 그녀에게 진선희가 제공하는 담배 한 개비는 같은 부피의 다이아몬드만큼이나 가치가 있었다.

"좋아, 일단 한 개비 피우고 이야기해 주지."

진선희는 미소를 지으며 신아연의 상반신을 일으켜 주고 담배 한 개비를 물려주었다. 그리고 불을 붙인 다음 자신이 손으로 잡아준다. 신아연은 지금 몸을 움직이는 것은 물론이고 마법도 제대로 사용할 수 없었기에 염동력도 행사할 수 없었다.

"후우. 죽이는군. 역시 사람은 담배를 피우고 살아야 해."

신아연은 단숨에 담배를 빨아들였다가 연기를 뱉어내며 살 것 같다는 표정으로 말했다. 진선희는 공기 정화 마법을 이용, 허공에 퍼져 가는 담배 연기를 전부 인체에 무해한 기체로 바꾸어 흩어뜨리고 있었다. 안 그러면 또 뒷감당을 해야 할 테니까.

역시 마법이란 대단해. 신아연은 새삼 그 사실을 느끼며 다섯 개비를 줄담배로 피웠다. 그리고 나서야 만족한 표정으로 입을 열었다.

"정도일 그 양반은 인간 급으로 승급이 예정되어 있던 수라 급 에이전트야. 몇 안 되는 마이스터 칭호를 받은 양반이기도 하지."

"인간 급으로요?"

수라 급에서 인간 급으로의 승급이라? 드문 일이긴 하지만 없지는 않았다. 하지만 그것은 어디까지나 그 유용성이 큰 회소 능력자이거나 아니면 대규모의 능력을 가진 자에게나 해당되는 소리다. 일반 전투 병력이 인간 급으로 승급되는 경우는 진선희가 알기로는 없었다.

"응. 굉장히 이례적인 일이었지. 그는 어디까지나 전투 병력이었거든. 하지만 데스트레자의 마이스터 급 검사와 스패쯔나쯔의 고위급 정령사를 적진 한복판에서 암살하고 이탈한 적이 있어서 '신이라도 죽일 수 있는 암살자'라는 소리를 들었지. 그리고 쉐도우 머더러라는 코드네임을 얻고 인간 급으로 승급이 고려된 거야. 하지만 그는 몇 년간의 심사를 거쳐서 승급이 확정될 무렵에 조직을 나가 버렸어."

육도가 계약을 다한 이를 시원스럽게 내보내 준다고 하더라도 그것은 등급이 낮은 병력의 경우에나 해당되는 이야기다. 수라 급만 해도 조직에서 이탈하는 것이 쉽지 않고, 예지 능력자처럼 조직에서 특수 지정한 능력자나 인간 급 이상은 조직과 한 몸이라고 봐야 한다.

그런데 인간 급으로 승급이 결정된 특수 인력이 조직을 나가다니, 그런 게 가능하단 말인가?

"당연히 상층부에서는 허가하지 않았지. 하지만 정도일은 상층부와 어떤 조건을 걸고 교섭해서 자신의 탈퇴를 받아들이도록 만들었어."

"그 조건은?"

"알려지지 않았지. 나도 열람할 수 없는 등급의 기밀이야."

"적어도 범상한 조건은 아니었다는 소리군요."

"그렇겠지. 어쨌든 그 후로 완전히 모습을 감춘 것으로 알려졌는데 이런 식으로 뒤통수를 맞을 줄이야."

신아연의 목소리에 으르렁거리는 소리가 섞였다.

역시 자존심이 상한 것이다, 마인혈 시술까지 받은 조직의 최정예 전사로서 그렇게 쉽게 뒤통수를 맞았다는 사실에.

"그의 능력이나 특징에 대해서는?"

"음. 하긴 중요한 건 전력에 대한 정보겠군. 일단 그 인간의 은신술은 텔레파시, 마법적, 물리적 탐지를 모두 피해. 잔뚝 경계하고 있는 수라 급 에이전트들조차 2미터 안으로 들어올 때까지 그의 존재를 눈치채지 못하는 경우가 많지."

"그런 게 가능해요?"

"실제로 그랬단 말이지. 이번에 당한 것만 봐도 알 수 있을 텐데."

"으음……."

그녀가 가진 상식으로는 믿을 수 없는 이야기지만 실제로 겪어본 다음이라서 믿지 않을 수 없다. 이미 일어난 일을 부정하지 마라. 그것이 전투원으로서 가져야 할 가장 근본적인 마음가짐 중 하나가 아닌가.

"아마 그에게는 은신과 관련된 특수 능력이 있었을 거라고 다들 추측하고 있어. 그 능력이 실제로 있는지, 있다면 어떤 능력인지는 밝혀지지 않았지만."

"하긴 모든 탐지를 피한다면 그럴 수도 있겠네요."

"전투 능력은 당연히 초일류. 격투전, 무기술, 저격 능력까지 뭐 하나 빠지는 게 없이 초일류 평가를 들어서 어떤 작전에서 어떤 역할을 맡든 최고의 결과를 냈지. 작전을 무시하고 자기 혼자 결과를 내는 경우가 많아서 문제가 되긴 했지만."

"통제가 잘 안 되는 타입이었나 보군요."

"그런 편이지. 어쨌든 선천적인 마법 사용자는 아니었지만 본인의 마력 용량도 꽤 큰데다가 그걸 다루는 제어도 굉장히 정밀하고 박식해. 그렇기 때문에 마법사들도 그를 많이 어려워했어."

"한마디로 전투원으로서는 만능 초인이었다는 소리군요. 뒤통수 안 맞도록 조심하는 것 외에는 달리 대비할 수 있는 방법이 없나요?"

"없어. 차라리 정면대결로 몰고 가서 화력으로 밀어붙이는 게 확실하지. 적으로 만날 것이 확실한 이상 상부에서도 비슷한 대책을 내놓을걸."

그렇다. 적이다.

이번 일로 그가 육도와 적대하고 있다는 것은 확실해졌다. 안산을 뒤엎는 재앙을 불러일으키는 존재를 지키고 나서다니, 게다가 데스트레자의 마이스터 급 전사와 함께 활동하고 있는 것으로 보아 그의 뒤에는 실력자들이 모인 조직이 있을 가능성이 크다.

그들의 목적이 무엇인지는 모르겠지만 적어도 좋은 게 아니라는 사실만은 분명하다. 세계 멸망 같은 허무맹랑한 목표를 갖고 있다고 해도 이상할 게 없을 것이다.

'또 싸우게 되는 것만큼은 분명하겠지.'

설욕의 기회는 있다. 다음번에는 이렇게 쉽게 당하지 않을 것이다.

'그 녀석은 어떻게 나올까?'

문득 그녀는 진유현을 떠올렸다. 조직에서 그를 심문하고 있다는 이야기는 들었지만 과연 그가 순순히 허락할까? 육도

의 무서움을 알고 있으니 협력이야 하겠지만 이쪽에서 원하
는 것을 순순히 내놓을 것 같지는 않다.

'재미있어지는군.'

매번 목숨이 위험한 일을 해왔지만 이런 상황이 되고 보니
왠지 가슴이 뛰는 것 같다, 지금껏 겪어보지 못한 거대한 흐
름이 이 세계를 바꿔놓으려고 하는 것 같은 예감이 들어서.

중요한 것은 드라마다. 치열한 삶을 살아오며 리얼리티를
획득했지만 드라마가 없으면 가슴은 두근거리지 않는다.

"내가 이야기해 줄 수 있는 것은 대충 이 정도군. 아, 부탁
하나 하고 싶은데 괜찮을까?"

"뭐죠?"

"진유현에 대해서 알아봐 주면 좋겠어. 아마 너도 열람 가
능한 정보일 거야, 대부분은."

"그러죠. 그건 저도 마침 알아보려고 하던 참이니까."

진선희는 그녀의 요청을 받아들이고는 일어나서 병실을
나섰다. 자동문이 쉭 하고 열렸다가 다시 닫히자 신아연은 눈
을 감았다. 고갈된 니코틴도 보충했으니 이제는 회복에 전념
해야 했다, 하루라도 빨리 전장으로 돌아갈 수 있도록.

4

아일라 스카우드는 한국이라는 나라가 싫었다.

혹시 전에 한국에 왔다가 나쁜 기억을 안고 돌아갔냐고?

물론이다. 바로 그거다. 외국인이 이 나라를 싫어하게 될 이유가 그 외에 몇 개나 더 있겠는가?

그렇다고 해서 그녀가 관광 목적으로 이 나라에 들어왔던 것은 아니다. 어디까지나 연옥의 일원으로서 누군가와 싸우기 위해 와서 싸우고, 죽이고, 그 외에도 불쾌한 경험을 잔뜩 했다.

그런 이유로 그녀는 미국도 싫어하고 이라크도 싫어하고 러시아도 싫어하고 중국도 싫어하고 일본도 싫어하고 영국도 싫어했다. 최근에는 스페인도 좋아하지 않게 됐다.

'생각해 보니 좋아하는 나라가 없군.'

이러다 세상 전체를 싫어하게 되는 건 아닐까 걱정될 지경이다.

그나마 한국 음식은 싫지 않았으니 다행이다. 반찬을 사람들이 다 함께 먹는 것은 비위생적이라는 느낌이 들어서 싫었지만 김치로 대표되는 한국 전통 음식들은 좋아했다. 예를 들면 지금 먹고 있는 냉면도 싫어하지 않았다.

"음. 약속은 이제 곧인가?"

회전이 빠른 냉면집에서 장신의 외국 여성과 개량한복 원피스를 입고 있는 소녀는 무척이나 눈에 띄었지만 아무도 그녀들에게 시선을 주지 않는다. 주술로 일반인들의 인식에 장애를 발생시키고 있기 때문이다. 둘 다 일반인들에게 얼굴이 기억되어 봤자 좋을 게 하나도 없는 몸이니까.

"그럼 나가보죠. 근처 카페에서 만나기로 했어요."

안산은 풍비박산 났기 때문에 제대로 돌아가는 가게도 찾기 어려웠다. 그래서 이들은 조금 떨어진 안양에서 약속을 잡았다. 유현이 그 자신의 집이나 망혼의 아지트에서 만나길 꺼려했기 때문이다.

얼마 떨어지지 않은 동네가 박살났는데도 이곳은 평소와 별로 달라지지 않은 것 같았다. 일부러 번화가를 찾아오긴 했지만 그래도 조금은 침체되는 게 정상 아닐까.

하긴 옆 동네가 박살나든 말든 자기만 멀쩡하면 그만이다. 결국 모두 '남의 일' 일 뿐이지. 그 일에 충격을 받고 동정심을 느끼지만 그뿐, 이들이 자신의 생활을 바꾸어야 할 이유는 없다.

"카페라도 갈 건가?"

"그럴까 하고 있었는데요. 뭐 다른 좋은 생각이라도?"

"아니, 딱히 그럴 필욘 없지 않을까 생각해서. 밖에서도 끝낼 수 있는 이야기니 굳이 돈을 낭비할 필요는 없겠지. 나는 그렇게 생각해."

여전히 말투가 이상하다. 왜 이 사람은 한마디로 끝낼 말을 이렇게 횡설수설하는 걸까. 단순히 한국어를 잘 몰라서 그렇다고는 생각 안 되는데. 성아는 그렇게 생각하며 작게 한숨을 쉬었다.

한편 아일라는 버스에서 내리는 사람들 중 목표로 하는 인물을 찾아내고는 미소를 지었다. 특이한 안대로 왼쪽 눈을 가린 소년, 진유현이 사람들 틈에 섞여 다가오고 있었다.

그도 역시 두 사람을 발견하고는 고개를 갸웃한다. 역시 아일라가 기억 속에 없는 얼굴이기 때문이겠지. 하지만 다음 순간 그의 안색이 확 굳어졌다.

살기가 뻗어온다.

성아도 당황했다. 방금 전까지만 해도 전혀 그런 기색이 없었고, 그녀의 영감으로도 그런 조짐을 느끼지 못했는데 갑자기 그녀가 태도를 180도 바꾸다니?

다음 순간 아일라의 몸이 먹이를 노리는 표범처럼 쏘아져 나가서 유현과 격돌했다.

"뭐야?!"

유현은 당황했다. 정신을 차리고 보니 그의 몸은 20미터 높이를 날고 있었다. 아일라는 그와 격돌하는 순간, 절묘하게 무게중심을 바꾸더니 그를 상공으로 집어던지듯 날려 버린 것이다.

유현은 일단 균형감을 조절해서 건물 위에 내려섰다. 아일라는 반대쪽 건물을 박차더니 그와 마주 보는 곳으로 올라섰다.

"처음 뵙겠습니다. 만나서 반가워, 진유현 씨."

"이거 전혀 반가워하는 태도가 아닌데?"

묘한 말투가 거슬리지만 지금 그런 걸 지적할 때가 아니겠지. 유현은 차가운 눈으로 그녀를 쏘아보았다. 아일라는 압도적인 살기를 뿜어내며 미소를 짓고 있었다.

어느새 그녀의 손에 검이 들려 있다. 길고 얇은 서양식 검, 레이피어다. 그녀가 자세를 취하자 유현이 신음처럼 중얼거렸다.

"데스트레자……."

그녀가 취한 자세는 데스트레자의 전통 검술이었다. 데스트레자 자체가 스페인 전통 검술의 이름이지만 여기서는 연옥 7대세력 중 하나인 데스트레자를 가리킨다. 그들의 검술은 유럽 전역의 검술을 망라해 독자적인 체계로 발전해 왔다. 현대에 남아 있는 무술의 형과는 닮은 듯하면서도 다르며, 그 검예(劍藝)의 수준은 모든 연옥의 조직 중 최강이라고 한다.

"그쪽하곤 원한 질 일이… 뭐, 육도 시절에 없진 않았겠지만 좀 생뚱맞다는 느낌을 지울 수 없군."

"말은 필요없지. 이런 때 문답무용이라는 말을 쓰지? 맞나?"

"당신 말투 엄청 이상해."

유현은 차갑게 쏘아붙이며 나이프를 날렸다. 시속 200킬로미터 이상의 속도로 날아드는 독 나이프다. 하지만 그녀는 섬전 같은 검격으로 그것을 두 동강내고—쳐내는 것도 아니고 두 동강냈다—미끄러지는 듯한 스텝으로 한 호흡 만에 거리를 좁혔다. 그리고 사정거리에 들어오는 순간, 죽 뻗어오는 칼날!

쉬잉!

간신히 피했다! 유현은 그녀의 검이 머리카락을 자르고 지나가는 것을 보면서 생각했다. 검을 거두어들이는 것과 동시에 뛰어들어 주마!

빽!

하지만 뛰어드는 순간 눈앞에서 별이 번쩍했다. 그녀가 검을 거두어들이는 것과 동시에, 믿을 수 없는 유연력과 순발력을 발휘해서 그 자세 그대로 오른발을 들어 위로 뻗어 올리는 킥을 날린 것이다. 유현의 몸이 포탄처럼 허공으로 치솟았다.

"큭!"

반사적으로 팔을 들어 막긴 했는데 위력이 보통이 아니다. 방어를 관통해서 몸까지 꿰뚫리는 것 같은 일격. 필시 콘크리트도 일격에 분쇄할 수 있을 것이다.

"실망스러운데? 고작 이 정도인가?"

겨우 땅에 착지한 유현은 그녀가 혀를 차는 소리를 듣고는 확 열이 오르는 것을 느꼈다. 이 여자가 지금 다짜고짜 싸움을 걸어놓고는 뭐가 어쩌고 어째?

하지만 방금 그 태도만으로도 그녀가 어떤 목적을 갖고 유현을 시험하고 있다는 사실을 알 수 있었다. 지금 격돌해 보니 그녀의 검투 실력은 데스트레자의 마이스터 급으로 보이는데, 그쯤 되는 인물이 상대방을 죽이려고 들 때 이렇게 느슨한 태도를 보일 리가 없다.

"아, 열받네. 젠장. 마음 같아서는 면상에 총알을 박아주고 싶지만… 그쪽도 내가 총 쓰는 것을 보고 싶은 것은 아니겠지?"

"뭐, 상관은 없는데. 총을 써야 제대로 된 실력이 나온다면 얼마든지. 네 실력을 보여줘. 체술을 보니 육도 출신인 것 같은데 그쪽은 몸만 갖고 해결하는 스타일은 확실히 아니지. 난 네 실력이 보고 싶을 뿐, 어떤 도구를 사용하는지를 문제 삼진 않아."

"호오, 그래?"

아, 진짜 당신 말투, 짜증난다니까.

유현은 그렇게 생각하며 하늘의 왼손을 소환했다. 허공에서 검은 채찍 같은 것이 나타나서 그의 왼손에 휘리릭 감겨 새카만 장갑으로 화한다.

이 정도 실력자를 상대하려면 장비를 풀 세팅으로 맞추고 인정사정 볼 것 없이 싸워야겠지만 아무래도 상황이 자존심을 좀 세워도 되는 상황 같다. 그렇다면 오기로라도 이쪽의 실력이 그렇게 뒤처지진 않는다는 것을 보여주겠다.

퀘이사 에너지가 개방되며 이질적인 파동이 주변으로 퍼져 나갔다. 아일라가 흠칫하는 순간 유현의 몸이 엄청난 속도로 그녀에게 돌격했다.

'빠르군!'

경탄할 정도의 스피드다. 하지만 정면으로 돌격해 오는 것은 무모했다. 동체시력이 따라가지 못할 정도의 스피드라도 그녀는 자신의 간격 안에 들어오는 것은 설령 총알이라고 해도 쳐낼 수 있는 능력의 소유자였다.

하지만 그녀가 검격을 내질렀을 때 유현은 그 자리에 없었다. 간격 안에 들어왔다 싶은 순간 바닥이 부서져라 밟으면서 방향을 바꾼 것이다. 그녀가 뒤늦게 눈으로 쫓아보니 이미 옆쪽의 건물 벽을 박차고 또 다른 곳으로 이동, 뒤쪽에서 나이프 두 자루를 투척하고 또 다른 방향으로 날았다.

'빨라! 장난이 아닌데?'

왠지 흥이 난다. 그녀는 미소를 지으며 뒤에서 날아드는 나이프를 쳐냈다. 그리고 곧바로 두 번의 스텝을 밟으며 몸을 회전, 45도 각도로 위쪽으로 검을 뿌린다.

쳉!

위쪽에서 날아들던 유현이 내지른 검과 그녀의 검이 충돌했다.

유현은 혀를 찼다. 그만큼 빠르게 움직였고, 마법으로 환영까지 뿌려가면서 감각을 교란시켰는데 그녀는 정확히 공격에 반응했다. 그리고 검을 맞부딪친 반동으로 뒤로 떨어지려는 순간, 그것과 똑같이 밀고 들어와서 검을 붙인 상태를 유지하는 게 아닌가?

'이런?!'

스스로 뒤로 날던 도중이다 보니 유현은 속절없이 밀렸다. 그대로 건물 난간을 넘어서 밑으로 떨어져 내린다. 비스듬하게 지상을 향해 추락하는 와중에 허공을 박차고 몸을 반전,

그녀를 밀어내려고 했지만 그녀는 그 생각을 읽은 듯이 똑같이 반응해서 유현과 자신의 검을 묶어두었다.

이번에는 마치 중력이 역전된 것처럼 그들의 몸이 회전하면서 허공으로 밀려 올라간다. 서로 검을 맞댄 상태에서 허공을 박차고 균형을 바꾸려고 하고 있는데 아일라가 유현을 압도하며 그를 끌고 올라가고 있는 것이다.

흡사 태극권에서 서로 손등을 맞댄 채 기술을 겨루는 청경(聽勁) 같은 상황이었다. 유현은 별의별 수단을 다 써봤지만 기술적으로 아일라에게 압도당한다. 이 상황에서는 도저히 그녀에게 끌려가는 상황을 막을 수 없었다. 벌써 두 사람은 70미터 높이까지 치솟은 상태였다.

"젠장!"

기술로는 안 된다는 것을 알았다면 그것에 집착하는 것은 어리석은 일이다. 전투원의 자존심은 한 분야에 그치는 것이 아니라 총체적인 능력의 활용으로 상대방을 압도했을 때 비로소 완성되는 것이다.

유현은 곧바로 마력을 발산, 주변에 돌풍을 일으켰다. 갑자기 칼날 같은 난기류가 덮치자 아일라도 버티지 못하고 떨어져 간다. 동시에 유현은 마법 포켓에서 두 자루의 검을 꺼내어 마법을 부여했다. 빛의 칼날로 화한 두 자루 검이 염동력에 이끌려 아일라에게 날아든다.

"호오!"

채채채채채챙!

70미터 상공에서 떨어져 내리며 아일라는 두 자루 빛의 검을 상대로 격렬한 검무를 추기 시작했다. 유현이 무섭도록 감각된 가속을 이용, 정묘한 컨트롤로 공격을 퍼부었지만 그녀는 추락하는 상황에서도 여유있게 그것을 받아낸다. 그녀의 간격 안으로 들어가는 순간, 어떤 각도에서 파고들어도 죄다 튕겨나고 있었다.

하지만 그와 동시에 유현도 허공에서 반전, 그녀를 향해 쏘아져 가고 있었다. 두터운 장군검이 추락하는 속도에 휘두르는 힘을 타고 가속, 두 자루의 검을 상대하고 있던 아일라의 정수리로 떨어져 내렸다.

'3면 동시 공격! 이건 어떻게 대응할 거지?'

콰창!

다음 순간 공기가 찢어지는 소리가 울리며 두 사람이 서로 반대방향으로 튕겨져 날아갔다. 유현은 건물의 벽에 찰싹 붙어 섰고 아일라는 그보다 낮은 건물의 옥상에 착지했다.

"제법이군. 내가 시크릿 소드, 그러니까 이 나라 말로 하면 숨겨진 검? 한자로 하면 암검(暗劍) 맞나? 하여튼 이걸 꺼내게 하다니."

제발 폼 잡고 말하면서 그렇게 횡설수설하지 말아다오! 유현은 맥이 탁 풀리는 것을 느끼며 애써서 그녀를 노려보았다.

그녀는 양손에 검을 쥔 듀얼 펜싱 자세를 취하고 있었지만 왼손에는 아무것도 없었다. 적어도 시각적으로 보이는 것은 아무것도 없다. 그러나 유현은 굳이 그녀의 손 모양이 검을 쥔 모양이 되어 있지 않더라도 거기에 검이 있다는 사실을 확신할 수 있었다.

3면 동시 공격을 받는 순간, 그녀는 갑자기 왼손에 검을 쥔 자세를 취하더니 그때까지에 비해 2배속으로 가속된 것 같은 움직임으로 세 공격 모두를 받아쳤다. 순간적으로 잔영이 생길 정도의 움직임이 끝났을 때 유현과 그녀는 서로 반대편으로 튕겨져 나가고 있었다.

'과연. 이것이 마이스터의 이름을 받은 자의 실력인가?'

신아연과 한 수를 나누었을 때도 격투전으로는 밀리는 것을 느꼈지만 이 여자는 차원이 다르다. 총화기는 물론이고 자신이 가진 모든 것을 동원해서 전투에 임하지 않으면 결코 이길 수 없을 것이다.

"뭐, 일단은 합격. 어차피 네 전투력이 중요한 것도 아니고… 일단은 그냥 충동적으로 벌인 일이니까 이쯤 해두지."

아일라는 어깨를 으쓱하더니 검을 집어넣었다. 보이지 않는 암검은 물론이고 그녀의 검도 허공으로 스르르 녹아들듯이 사라진다. 그것으로 미루어보건대 그녀 자신도 마법에 능하지만 일부러 사용하지 않은 게 틀림없었다.

'서로 전력은 다하지 않았다는 거군.'

유현은 싸움을 그만두자는 그녀의 뜻을 받아들여 검을 집어넣었다. 그리고 훌쩍 뛰어서 그녀의 옆에 내려섰다.

"아일라 스카우드다. 다짜고짜 이래서 미안하니 찻값은 내가 내지."

"당신의 사과는 굉장히 싸구려인가 보군. 뭐, 좋아. 일단은 이야기를 들어보지."

유현은 그렇게 말하며 그녀와 함께 건물 아래쪽을 향해 뛰어내렸다.

"스카우드 씨, 이러면 아주 곤란한데요?"

카페에 험악한 기운이 몰아치고 있었다. 자리마다 벽이 둘러쳐진 방 컨셉의 카페였지만 그곳에 있던 일반인 손님들은 왠지 모르게 오한을 느끼며 부르르 몸을 떨었다. 그만큼 지금 성아가 뒤틀린 미소를 지으며 뿜어내는 기운이 살벌했다.

그 앞에서 아일라 스카우드는 아주 태연하게 아이스 초코를 마시고 있었다. 그러면서 아주 자연스럽게 쁘띠 쇼콜라를 시켜놓고 먹고 있는데, 단것만 잔뜩 시켜놓고 먹는 게 영 외모하고 어울리지 않는다.

"음. 결국 온건하게 이야길 하게 됐으니 그만 아닌가? 당신이 일을 주선하는 데 문제가 생긴 것은 아니니까. 결과가 좋으면 다 좋다는 말도 이 나라에… 있던가? 기억이 모호하군."

"아주 심각하게 문제가 되거든요?"

"만약 그렇게 생각한다면 의뢰에 문제가 있었다고 판단하고 추가 금액을 요구해도 좋아. 까짓 거, 내지."

"……."

이 여자 진짜 자기중심적일세. 쿨하다고 하면 쿨한 태도이
긴 한데 전혀 동요없는 저 태도가 참으로 열받는다. 예전에
난슬과 이야기하면서 느꼈던 기분이 좀 다른 패턴으로 돌아
온 것 같달까?

유현이 귀찮다는 듯 입을 열었다.

"됐어. 그쯤 해둬. 난 빨리 이야기를 끝내고 돌아가고 싶으
니까."

"하지만……."

"쿨하고 시크하게 추가 금액 낸다고 하잖아. 뜯을 수 있는
만큼 뜯어내고 놔둬, 그냥."

왠지 그건 뭔가 아닌 것 같은데. 성아는 그렇게 생각하면서
도 더는 말하지 않았다. 당사자들이 괜찮다고 하면 괜찮겠지.
그러니까 추가 금액으로 천만 원만 더 뜯자.

그러면서 연옥의 신용기관 론하우드의 보증이 들어간 계
약서를 재빨리 내미는 것이 성아의 무서운 점이었다.

"천만 원? 가만 있자, 그럼 달러로 얼마지? 요즘 한국 돈은
가치가 많이 떨어졌던데… 음, 좋아. 뭐, 이 정도라면."

그러나 그런 무서운 조치조차도 아일라는 대수롭지 않다
는 듯 쿨하게 받아넘겨 버렸다. 한국 돈은 가치가 떨어져서
천만 원 정도는 대수롭지 않다는 말이 상당히 신경에 거슬린

다. 하지만 더 이상 추궁할 거리도 없어서 성아는 그저 입술을 삐죽 내민 채로 계약서를 받아 들 뿐이었다.

유현이 말했다.

"당신, 돈이 꽤 많나 보군."

"뭐 그럭저럭. 요즘도 벌고 있어서 돈에 쪼들려 본 기억은 없군."

"당신 데스트레자의 마이스터인가?"

"아니라고 하면?"

"믿을 수 있을 것 같나?"

"아무래도 그렇겠지? 하지만 일단 지금은 아니고. 전에는 데스트레자의 마이스터였지. 2년 전에 조직을 나와서 프리랜서 생활을 하고 있으니까."

"데스트레자의 마이스터쯤 되는 사람이 조직을 나오는 게 가능한가?"

유현이 믿을 수 없다는 듯 물었다.

데스트레자의 마이스터라고 하면 단순한 전투원과는 또 다른 단계의 계급이었다. 일단 그 거대한 조직에 고작 열한 명밖에 없는, 그야말로 검의 정점에 선 존재들인 것이다.

육도와 비교해 조직 내의 중요도로 생각하면 적어도 인간급 정도는 될 것이다. 계급 체계가 달라서 단순 비교할 수는 없지만 말이다. 중세의 백부장과 지금 군대의 중대장을 단순 비교하는 것과 마찬가지로 상당한 오차가 생긴다.

"그건 뭐 나름대로 이러저러한 일이 있었지. 어쨌든 결국은 나왔고, 지금은 데스트레자와 별로 좋은 사이는 아냐. 너도 아까 보니까 육도에서 나온 것 같던데, 서로 비슷한 처지 아닌가?"

"내가 육도 출신이었던 것도 모르고 나를 만나러 온 건가?"

"난 네 이름도 모르고 있었어. 이거 하나만 보고 찾으러 온 거니까."

아일라는 품속에서 몽타주가 그려진 종이를 꺼내서 유현에게 보여주었다. 유현이 그것을 받아 든 순간 생각한 것은,

'정말 꼬깃꼬깃하네.'

라는 것이었다. 이 순간 스페인에 있는 어떤 예언자 소녀는 또다시 귀가 간질거리는 것을 느끼고 있을지도 모른다.

"정말 나랑 닮았군. 나를 아는 사람이 그린 건가?"

"그런 것은 아니고. 내가 아는 예언자 아가씨가 그린 거지. 너를 예지의 환영 속에서 봤다고 하더군."

"예언자?"

기분 나쁜 존재다. 연옥에서 살아가면서 결코 피해갈 수 없는 존재이지만 되도록 얽히고 싶지 않은 존재이기도 하다.

"응. 릴리아나라고 데스트레자의 성녀지."

"성녀? 거창하군."

"나랑은 개인적으로 교류가 있거든. 뭐, 그렇다고 해서 내가 온 게 데스트레자의 의사라고 생각하진 말아줬으면 좋겠

어. 그 애는 새장 속의 공주님 같은 존재라서, 조직에 딱히 이득이 되는 문제가 아니면 함부로 발언하거나 움직일 수가 없거든. 그래서 조직의 눈을 피해서 나에게 부탁한 거야. 너를 찾아가 보라고."

"무슨 이유로 말이지?"

데스트레자의 성녀쯤 되는 존재면 보통 예언자가 아닐 것이다. 아마 세계 규모의 예언을 할 수 있는 존재겠지. 그런 존재가 머나먼 한국에 있는 자신을 찾아가 보라고 했다니 의아할 수밖에.

"인류 평화."

"……."

유현은 순간 말을 잃었다. 뭐가 어쩌고 어째?

아일라의 말이 이어졌다.

"네가 안산에서 일어난 일을 해결했다고 하더군."

그 말에 유현은 눈살을 팍 찌푸렸다.

그가 이무기를 해치웠다는 것은 육도와 망혼 외에는 아는 이들이 없다. 그런데 그 사실을 알고 있다니, 그것도 저 머나먼 스페인 땅에서! 그 예언자는 얼마나 대단한 능력의 소유자란 말인가?

"네가 장차 일어날 재앙을 막을 열쇠가 될 거다. 그 애는 그렇게 말했어. 자기도 그 이상은 자세히 알 수가 없지만, 나더러 너를 좀 도와주라고 하더군."

"나를 도와주라고?"

"그래. 나는 꽤 비싼 몸이지만 그 애한테는 신세를 많이 졌기 때문에 이번에는 무료 봉사야. 이제부터 내가 너를 돕겠다. 앞으로 무슨 일이 있을지는 모르지만 그 애는 너를 지키라고 말했어. 그러니까 그렇게 한다."

아일라는 예언자에게 절대적인 신뢰를 보이며 말했다. 그 태도가 유현에게는 거슬렸다. 그래서 차갑게 웃으며 비아냥거렸다.

"당신은 예언을 그렇게까지 신뢰하나? 예언자가 내일 죽을 거라고 하면 죽을 거라고 생각할 정도로?"

"아니. 예언은 불확실하지. 그 존재를 알고 이용하는 인간 앞에서는 더더욱. 예언이 별로 믿을 게 못 된다는 건 아마 나보다 예언자인 그 애가 더 잘 알고 있을걸? 절대 운명 따위는 존재하지 않아."

"그럼 도대체 왜?"

아일라가 코웃음을 치며 대꾸하는 바람에 유현은 의아함을 느꼈다.

"내가 신뢰하는 것은 그 아이지, 그 아이의 능력이 아냐. 그 아이가 그렇게 느꼈고 그렇게 바랐기 때문에 여기에 온 거다. 그 예언이 맞는지 아닌지는 상관없어. 태어나면서부터 단 한 번도 위안을 구하지 못하고 그저 남에게 주기만 한 애가 바라는데 내가 그렇게 하지 못할 이유가 뭐지?"

"……."

이 녀석도 이상한 녀석이다.

유현은 그녀의 눈을 스쳐 지나가는 신뢰와 애정, 그리고 연민을 보며 그렇게 생각했다.

데스트레자의 마이스터 정도 되면 산전수전 다 겪었을 테고 이 세계의 어둠 속에서 온갖 추악함을 보면서 인간성이 마모된 전투기계여야 할 것이다. 실제로 그가 아는 강자치고 그렇지 않은 존재가 없었다.

그러나 아일라는 다르다. 그녀는 너무나도 인간적이었다.

인간인 채로 이러한 경지에 이르렀단 말인가? 그것이 가능한 일인가? 정말로…….

'그럴 수가 있나?'

유현이 혼란스러워하든 말든 아일라는 할 말은 다 했다는 듯 남은 아이스 초코를 빨대로 쪽쪽 빨아 마시며 분위기를 깨고 있었다. 요즘 만나는 여자들은 다들 왜 이렇게 자신을 혼란스럽게 하는 것일까. 유현은 묘한 불쾌감을 느끼며 아일라에게 말했다.

"내가 필요없다고 하면?"

"뭐, 그럼 네 눈이 미치지 않는 곳에서 너를 지켜야지. 네 의사가 어떻든 별로 상관은 없어. 네가 위기에 처했을 때 짠! 하고 나타나서 구원의 사자 같은 연출을 해보는 것도 주인공 같아서 멋있겠군. 일본 애니메이션 보면 그런 연출 자주 나오지 않나? 그런 거 멋있잖아?"

"당신 말이지."

"어쨌든 당신 옆집은 이번 재해에서도 멀쩡했다며? 내가 그거 사서 살까 하는데."

"하지 마, 좀!"

유현은 자신도 모르게 소리를 지르고 말았다. 멋대로 이사 와서 남의 생활을 침범하는 것은 신우와 한얼로 족하다. 이런 여자까지 끼어드는 것은 사양이다.

"아니, 실은 이미 부동산에 알아보고 계약을 했어. 재해 때문에 집값이 폭락해서, 그래도 그거보다는 훨씬 많이 쳐주겠다고 하니까 이틀 안에 집을 비워주겠다고 하더라고."

"……."

뭐 이런 여자가 다 있지? 유현은 기가막혀 하면서 성아를 바라보았다. 성아도 기막혀 하더니 유현의 시선을 느끼고는 슬그머니 눈을 피한다. 이런 여자를 데리고 왔다는 사실이 찔리긴 찔리는 모양이다.

"그럼 잘 부탁해. 일단 이웃사촌? 그런 것부터 시작하자고."

"제발 부탁인데, 사양하면 안 될까?"

"안 돼."

아일라는 상큼하게 웃으며 단언했다.

유현은 골이 지끈거리는 것을 느꼈다. 그 예언자가 누군지 몰라도 당장 스페인까지 찾아가서 한소리 해주고 싶은 기분이 절실하게 치솟았다.

5

인류가 드리운 그림자 속에서 살아가는 인간들이 어둠을
사랑하는 것은 본성이 아닐까.

지리산 상공 2만 7천 미터, 허공을 나는 전장 700미터짜리 작
은 섬 위에서 지상을 굽어보며 권태로운 표정을 짓고 있는 여성
이 있었다. 30대 후반이나 40대 초반 정도로 보이는 세련된 외
모의 그녀는 값비싼 명품 드레스에 액세서리들을 걸친 채, 그와
는 어울리지 않는 긴 곰방대를 물고 연기를 뱉고 있었다.

사람들에게 환몽여제(幻夢女帝)라는 별명으로 불리는 육도
천상 계급의 일원 김지아. 그녀는 지금 천상의 신들처럼 까마
득한 지상에서 뻗어오는 정신파를 수신하고 있었다. 마치 그
들의 기도를 듣기라도 하는 것처럼.

허공도(虛空島) 신운(神韻).

이것이야말로 육도의 중추라고 할 수 있는 요새다. 21세기
에 하늘을 떠도는 섬이 있다고는 아무도 믿지 않겠지만 엄연
히 성층권에 실존하고 있었다. 아주 오래전에 지상으로부터
떨어져 나왔으며, 누군가는 그리스 신화에 등장한 신들의 땅
올림푸스가 파괴되고 남은 파편이라고도 하는 곳.

지리산의 상공을 떠다니고 있는 이 섬에는 육도의 천상 계

급과 인간 계급 일부, 그리고 그들을 보필하는 인공적으로 만들어진 노동력이 거주하고 있다. 물론 강력한 마법적인 힘이 그들의 생존을 보장하고 있었고, 섬 위에도 나름의 순환 사이클 안에서 돌아가는 생태계가 존재했다.

"시간 됐어."

문득 그녀에게 다가오며 말하는 사람이 있었다. 30대 중반 정도로 보이는 남자였다. 눈이 아주 날카로웠는데, 더더욱 무서운 것은 눈이 유리처럼 투명하다는 것이다. 마치 색을 입힌 유리처럼 투명한 청자색 눈동자. 하지만 어울리지 않게 사람 좋은 미소를 띠고 있어서 지독한 불균형함이 느껴진다.

환마용왕(幻魔龍王) 이규호. 그도 역시 육도의 정점에 선 천상 계급의 일원이다.

"그렇군. 또 회의 시간인가. 아아, 정말 싫군. 마치 반년 동안 제대로 청소한 적이 없는 화장실 청소를 하러 가는 기분이라오."

"절묘한 비유로군."

남자는 김지아의 말에 쿡쿡 웃었다. 그도 역시 회의라는 것이 별로 내키지는 않는 모양이다.

두 사람은 섬의 가장자리를 떠나 중심부로 향했다. 고작 직경 700미터짜리 섬이다 보니 어디로 걸어가든 그리 오래 걸리진 않는다.

섬 중앙에는 경복궁 같은 조선 시대 대궐을 연상케 하는 거대한 건축물이 서 있었다. 물론 조선 시대의 대궐은 높이가 80미터를 넘지 않는다. 어디까지나 외관의 디자인이 그렇게 생겼다는 것이고, 그 실체는 지극히 현대적이고 마법적인 건축 기술의 집합체다.

두 사람이 그곳으로 들어서자 문이 저절로 열렸다가 닫히고, 복도를 청소하고 있던 반투명한 연기 같은 인공 정령이 길을 비킨다. 이곳은 거주하는 인간이 거의 없고 대부분이 인공 정령 같은 비인간 노동력이다.

대궐의 중앙부에 위치한 회의실로 들어서자 그곳에는 우주가 펼쳐져 있었다. 광활한 어둠과 주변을 수놓은 무수한 별들, 은하, 성운.

"난 좀 고상하고 안정감있는 회의실이 좋은데 말이오."

김지아는 그렇게 투덜거리며 바닥이 있는지 없는지도 헷갈리는 회의실 속으로 들어간다. 다행히 우주 공간으로 끝없이 빨려들어 가는 일은 없이 바닥의 감촉이 느껴진다.

그 자리에 아홉 명의 인원이 모였다.

세계 7대세력의 하나, 육도를 지배하는 천상 계급의 인물들. 하늘을 울게 하고 도시 한복판에서 해일을 일으키며, 자리에 앉은 채 만 리 밖을 내다보고 영향력을 행사할 수 있는 능력자들이었다.

원래 그들의 숫자는 열 명이었으나 얼마 전에 용의 화신이라 불리는 정호운이 사망, 한 자리가 공석으로 남게 되었다.

그 자리를 누가 채울지는 아직 결정되지 않은 상태였다.

"모두 모였군."

아홉 명 중에 한 사람이 말했다. 정북방에 위치한 자리에
선 붉은 눈의 노인이었다. 풍채가 당당하고 흰 머리칼과 흰
수염을 제외하면 도무지 노쇠함의 증거를 찾아볼 수 없는 그
는 온몸에 반투명한 안개 같은 기운을 두르고 있어 우주 속에
서도 뚜렷하게 눈에 띄었다.

불사천존(不死天尊) 이무준.

그것이 그의 이름이다. 실질적인 육도의 창시자이며 그 나
이는 아무도 모른다는 전설적인 존재. 일선에 나서는 일은 거
의 없었지만 한번 나서면 적에게 괴멸적인 타격을 입히는 것
으로 유명한 그는 실질적으로 천상 계급의 최고 자리에 군림
하고 있었다. 그야말로 육도의 진정한 지배자다.

'뭐, 어차피 인간도 아니고.'

김지아는 그에게서 뿜어져 나오는 기운을 느끼며 생각한다.

불사천존 이무준은 인간이 아니다. 인간의 가죽을 뒤집어
쓴 '무언가' 일 뿐이지. 애당초 육도라는 조직 자체가 그의 존
재 위에서 성립하고 있는 것이었다. 안 그랬다면 육도는 고작
100년도 안 되는 시간 만에 세계 7대세력으로 발돋움하지 못
했을 터다.

이러한 진실은 아래 계급들에게는 알려져 있지 않다. 오로
지 이 자리에 서 있는 천상 계급의 인물들만이 그의 비밀을

알고 있었다. 육도를 지배하고 아울러 이 조직이 짊어진 막대한 업보를 함께할 자에게만 모든 비밀이 쥐어진다.

이무준의 목소리가 울려 퍼졌다.

"일전에 말했던 진유현이라는 녀석에 대해서 보고가 들어왔다."

"그 태고령(太古靈)의 문이라는 녀석 말인가?"

"아마 이무기를 소멸시킨 수단을 넘기라고 교섭에 들어갔었지?"

진유현이 알게 된다면 눈살을 찌푸렸겠지만, 육도 상층부에서는 이미 그에 대해서 거의 모든 것을 파악하고 있었다. 이미 강력한 예지력을 동원, 2년 전에 있었던 사건의 전말까지도 대부분 파악한 상태다. 퀘이사가 무엇인가, 그리고 진유현이 어쩌다가 퀘이사의 문으로 불리는 존재가 되었는가까지.

"그 건은 거절당했다. 안준후가 '지금은 적으로 돌리지 않는 것이 좋을 것'이라고 자기 의견을 첨부한 보고를 올렸더군. 가족의 목숨으로 협박했다가 분노를 산 모양이다. 이후의 심문은 일체 거절하겠다, 만약 더 이상 자기를 핍박할 경우 전쟁도 불사하겠다는 의사를 보였다는군."

"얼간이 녀석."

"하여튼 감정없는 기계라는 놈이 전투 외엔 잘하는 게 없어."

"교섭자로 걸맞은 인선은 아니었지. 화술 좋은 여자를 보내는 편이 낫지 않았겠어? 민서희 같은."

"이미 늦었지. 민서희는 지금 예지 네트워크 중심부에 투입되어서 못 뺀다고."

"흠. 하긴 요즘 너무 인력이 부족하긴 해. 나도 요즘 수면 부족이라고."

천상 계급의 인물들은 저마다 한마디씩 투덜거렸다. 다들 안준후에 대한 평가가 그리 높지 않은 듯했다.

이무준은 그들의 목소리가 잦아들 때까지 기다렸다가 천천히 말을 이었다. 적어도 수백 년 이상의 세월을 살아온 그는 인간과는 시간적 감각이 많이 달라서 터무니없는 느긋함과 인내심을 보여줄 때가 많았다.

"그래서 말인데, 그 진유현을 천상 계급의 후보로 올릴까 하는데 다들 어떻게 생각하는가?"

"뭐?"

"그거 진심인가?"

아홉 명의 인물이 술렁거렸다. 김지아도 이무준의 폭탄선언에는 깜짝 놀랐다.

고작해야 수라 급 승급이 결정되었던 애송이다. 게다가 지금은 조직과 손을 끊은 몸이고 아직 스무 살도 되지 않았다. 그런데 그런 녀석을 천상 계급의 일원으로 받아들이자고?

"어차피 정호운의 자리가 비어 있다. 아직 적당한 인물이 결정되지 않은 상태지. 진유현이라는 인물의 특수성, 역사상 최초로 인간의 몸으로 시원(始原)의 은하와 소통하는 몸이 되었다는 점을 감안하면 충분히 그럴 가치가 있다고 생각한다. 그 녀석이라면 진실을 짊어질 자격이 있지."

"하긴 능력의 희소성으로만 치면 따라갈 자가 없겠군."

"일단 인간 계급에 올리는 정도라면 찬성하고 싶은데."

"나도 그건 찬성. 그 후에 경험을 쌓게 하고 천상 계급에 올리는 정도가 무난하지 않겠어?"

다들 한마디씩 하고 있는 걸 보고 있던 김지아가 기막혀 하며 발언했다.

"아니, 잠깐. 지금 진유현 본인의 의향은 생각지도 않고 너무 멋대로 말하는 것 아니오? 그 애송이는 스스로 조직을 나간 몸이니 우리가 천상 계급 자리를 제안한다 한들 받아들일지 어떨지 알 수도 없는데. 내가 생각하기론 일고의 가치도 없다면서 걷어차지 않을까 싶소."

"아, 생각해 보니 그러네. 하긴 받아들이지 않겠지?"

"하긴 받아들일 성격으론 안 보여. 모순적인 구석이 많긴 해도 다시 조직에 속할 거라고는……."

다들 여태까지 하급자들을 승급시키는 것만 생각했지, 외부 인사를 조직의 톱클래스에 올리자는 파격 안은 생각해 본 적이 없어서 혼자서 북 치고 장구 치고 하는 식으로 멋대로 이야기를 진행시켰던 것이다. 김지아의 지적으로 다들 그 점을 깨닫고는 한마디씩 하다가 이무준을 바라보았다.

"나도 그 점에 대해서는 의견이 같다. 하지만 시간을 들여서 설득해 보면 어떨까 싶군. 일단 세계의 진실을 알려주는 것도 생각해 볼 만한 교섭 카드다."

"그건 너무 위험하지 않나?"

"그러게. 솔직히 미리 알면 도망가고 싶을걸?"

"당장 금가서 깨져 버린 세상을 억지로 붙이는 접착제 신세로 수십 년, 수백 년을 살아야 한다고 하면 누가 하고 싶어 하겠어?"

"나도 세상이 이미 파멸했다는 사실 따위 알고 싶지 않았다고."

"차라리 정호운 그놈은 죽어서 더 이상 노동력 착취는 안 당할 것 아냐. 아니, 이 경우엔 인생 착취인가?"

다들 한마디씩 투덜거렸다. 천상 계급으로 일하는 것에는 다들 불만을 가진 모양이었다.

하지만 세상이 이미 파멸했다니? 그건 또 무슨 소리란 말인가?

이무준이 피식 웃으며 말했다.

"약속한 대로 100년이 지나면 어디로든 보내준다. 임기만 채우도록 해."

"말이 좋아 100년이지."

"아직 조직 만들어진 지도 100년이 안 됐구만."

다들 한마디씩 투덜거렸다. 이 자리에 선 자들은 겉보기보다 다들 오랜 시간을 살아온 존재들이다. 환몽여제 김지아는 이들 중에서는 어린 축에 속하지만 그래도 이미 60년 이상을 살았다.

"어쨌든 그 이야기는 그쯤 해두지. 설악산에서 폭주한 태고령은 아직도 사그라질 조짐이 안 보이는군. 그쪽의 지맥을 안정시키고 여파가 튀지 않게 하는 데도 한계가 있는데."

"그거 점거하고 있던 놈들이 누군지는 알아냈나?"

그 말에 그때까지 침묵하고 있던 환마용왕 이규호가 한숨을 쉬었다.

"유감스럽게도 아직. 일단 저 태고령 때문에 주술적인 조사가 잘 안 먹히는 것도 문제고, 우회적으로 주변을 조사해 봐도 방어가 아주 단단한데 누구 솜씨인지 모르겠어. 시간적인 간섭, 공간적인 간섭이 모두 차단당했는데 인간의 솜씨는 아닌 것 같아."

"다른 7대세력인 것 같지는 않고."

"그럼 우리가 움직임을 눈치 못 챘을 리 없지. 게다가 마지막에 정호운을 저격한 그 공격, 그거 공간 도약이었다며?"

그들의 시선이 김지아에게로 쏠렸다.

"그렇소. 공간을 비집어 열고 그걸 이용해서 정호운을 저격했지. 요괴일 가능성도 있지만 그 순간에 내가 파악한 바로는 그건 분명히 마력이었소."

"그럼 마법사란 소린데."

"그게 가능한가?"

"대마법사 모건인가? 그 작자가 비슷한 능력을 가졌다곤 알고 있는데 그래도 그 정돈 아닐걸?"

다들 모건에 대해서는 파악하지 못하고 있었다. 연옥에 드러난 미드가르드의 조직 그 자체는 좀 큰 조직 정도에 불과하고, 그 실체는 육도의 실세들에게도 간파당하고 있지 않은 것이다.

2년 전 퀘이사가 떨어졌을 때의 사건에 대해서도 이들은 진유현에 대한 것만을 파악하고 있을 뿐, 모건에 대해서는 거의 모르고 있었다. 시간적, 공간적 제약을 벗어나 삼라만상의 비의를 깨달은 모건이 자신의 정보를 얼마나 완벽하게 차단했는지를 알려주는 부분이었다.

이무준이 다시 말했다.

"그 부분에 대해서는 조사를 계속하도록 하지. 어쨌든 설악산의 폭주는 어떻게든 억눌러야 해. 그 여파가 다른 포인트에 미치기 시작하면 결과적으로 한반도가 파멸하는 사태를 부를 것이다."

"덤으로 그게 세계 멸망의 시작이 되겠지. 아, 짜증나."

이무준의 말이 이어졌다.

"지금 또 경계해야 할 것은 요정인(妖精人)의 움직임이다. 요즘 들어 세계 곳곳에서 그들의 망령이 활발하게 관측되고 있는데 과연 뭐가 목표인지 모르겠군."

요정인.

그것은 또 다른 금기로 불리는 이름이었다. 서로 적대하고 반목하는 세계 7대세력이지만 이 세 글자 앞에서는 완벽하게 단결한다. 마치 그들이 이 세상에 존재해서는 안 되기라도 하는 것처럼.

"글쎄, 그놈들은 우리가 창립하기 전부터 수상하게 움직이던 놈들이니까. 실제로 부딪친 적은 결국 한 번도 없지 않나?"

"어차피 놈들은 무슨 수를 써도 극점에는 못 들어간다며? 그럼 녀석들이 목표로 하는 세계수라는 것도 찾을 수 없지."

"그렇다고 해서 그냥 놔두는 것도 꺼림칙해. 구 인류… 아니, 요정인이라는 것들이 우리 현생 인류에 좋은 감정을 품고 있을 리는 없으니까."

"그렇다고 해서 쉽게 간섭할 수 있는 것도 아니고, 일단은 일을 벌일 때까지는 지켜보는 수밖에 없나?"

"그럴 수밖에 없겠지. 그나저나 이번에 안산에다 사고 친 놈들도 못 알아냈다며?"

또다시 화살이 환마용왕 이규호에게 돌아왔다. 그는 눈살을 찌푸리며 턱을 짚었다.

"그건 일단 설악산을 점거하고 있던 놈들과 같은 놈들로 추정 중이야. 거기까지는 알아냈는데 그 이상은 모르겠어."

일단 예지력자들과 텔레파시스트들의 조사로 설악산의 퀘이사를 점령하고 있던 세력과 이번에 안산 사건을 일으킨 것들이 같은 세력이라는 것까지는 잡아냈다. 쉐도우 머더러 정도일 역시 그 조직에 속해 있다는 것이 확실하다.

하지만 그 조직의 정체가 무엇인가. 그것을 알아내지 못한다면 의미가 없다.

"정말 짜증나는군."

"우리가 이렇게 손도 못쓰고 계속 당하는 것도 참 오랜만인데."

이무준이 입을 열었다.

"유감스럽게도 지금 우리에게는 여력이 없다. 이 부분에 대해서는 다른 세력에 협력을 타전해 보는 수밖에 없겠군. 그리고 김지아."

"무슨 일이오?"

"자네는 진유현을 설득하기 위한 인선을 생각해 봐주게. 아무래도 인간을 설득하는 데는 자네가 나서는 게 합리적일 것 같군."

"아무렇지도 않게 큰일을 떠맡기는구려. 알겠소. 적당한 방법을 생각해 보도록 하지."

"좋아. 그럼 오늘은 이만 해산."

이무준의 말이 끝나자 천상 급 인원들은 투덜거리면서 그 자리를 나섰다.

Chapter 13

달래는 자들

달. 그곳은 미지의 세계다.

1969년 닐 암스트롱이 인류 최초로 달의 대지를 밟은 것으로 알려져 있지만 그 후 수십 년이 지난 오늘날까지도 달의 실체는 전혀 밝혀지지 않았다. 심지어 달 뒷면에 뭐가 있는지조차도 알 수 없는 상황이다.

덕분에 달 착륙에 대해서는 여러 음모론이 난무하고 있었다. 인류는 실은 달에 가지 못했고, 그에 관련된 모든 기록은 NASA의 조작일 뿐이라는 것부터 시작해서, 달에는 외계인의 전초기지가 건설되어 있고 지금 그들과 조심스럽게 교섭을 진행하고 있기 때문에 일반에 그 사실을 공표하지 못한다는 것까지.

지구로부터 약 38만 킬로미터. 광속으로 날아와도 1초 안에는 도달할 수 없는 아득한 거리. 하지만 지구에서 가장 가까운 천체이기도 하다.

모건은 그 달의 표면을 걷고 있었다.

'진공은 성가시군.'

그는 1/6 중력 속에서 자신의 몸이 둥실둥실 떠오르듯이 움직이는 것을 느꼈다. 문득 하늘을 올려다보자 무한의 진공으로 이루어진 어둠과 그 너머에 자신의 고향별이 아름다운 모습으로 자리한 것이 보인다.

달에서 지구를 내려다보는 기분이 이토록 각별할 줄이야. 이럴 줄 알았으면 종종 와보는 거였는데.

물론 종종 와볼 수 있을 정도로 호락호락한 곳은 아니었다. 이곳은 보통 생명체는 살아갈 수 없는 우주 공간이다. 이 환경에 견딜 수 있도록 특별히 제조된 생물 병기가 아니라면 도저히 살아남을 수 없겠지.

하지만 모건은 마법으로 진공과 온도 문제를 해결하고 있었다. 우주 공간에 맨몸으로 선 채 지구를 바라보는 은발의 중년인이라니, NASA의 관측 위성에 찍히기라도 하면 그 순간 전 세계가 혼란에 빠지겠지. 물론 다들 조작이라고 비웃겠지만.

문득 모건은 닐 암스트롱이 남긴 족적을 찾아가 보았다. 태양풍과 기타 환경적 영향 때문인지 미국 국기는 쓰러져 있었고, 그 옆에는 닐 암스트롱이 남긴 우주복 발자국이 보인다.

그래, 인류는 달에 왔었다.

그것만은 사실이다. 하지만 그들은 달에서 알아낸 것이 거의 없었다. 특히 달 뒷면은 NASA에서도 결국 관측하지 못한 부분이었다.

당연하다. 그곳에는 강력한 영적 장벽이 쳐져 있어서 현대 문명을 이용하는 것만으로는 접근이 불가능했으니까. 일종의 마법적 권역이 형성되어 있어서 보통 인간이라면, 아니, 기계라도 그 입구에서 계속 뱅뱅 돌며 헤매다가 다시 제자리로 돌아오고 만다.

그런 일이 반세기에 걸쳐 계속되었다. 덕분에 달은 아직도 인류에게 미지의 영역으로 남아 있었다.

모건은 그곳에 가보기 위해 여기까지 날아왔다. 공간을 자유자재로 이동할 수 있는 그도 달까지 오는 일은 힘들었다. 지구 내에서 움직이는 것이라면 모를까, 달까지는 끔찍하게 멀어서 자칫 이동 시에 오차가 생기기라도 하면 광활한 우주 어딘가로 날아가 버리게 될 수도 있었다.

무엇보다 쾌적한 지구 중력하에서의 이동이라면 모를까, 지구도 맹렬하게 움직이고 있고 달도 맹렬하게 움직이고 있다는 점을 감안하면 진짜 공간 이동 따위, 함부로 할 게 아니었다.

'그렇다고 하지 않을 수도 없는 노릇이고 말이지.'

공간 이동이라도 하지 않으면 달까지 올 수가 없었다. 다른 방법이 없는 것은 아니지만 미치도록 돈과 시간과 인력이 많이 들어간다.

그런 이유로 모건은 달의 표면을 걷고 있었다. 닐 암스트롱의 발자국을 확인하고 삭막한 풍경을 확인한 다음 훌쩍 날아서 달 뒷면으로 이동하기 시작한다. 중력이 약해서 그런지 비행 주문도 힘이 덜 들고 속도도 잘 나고 있었다.

그리고 마침내 달 앞면과 뒷면을 나누는 경계를 넘는 순간 묵직한 압력이 느껴졌다.

'흠. 달에도 정기(精氣)가 넘쳐 나는 건가? 굉장한 압력이군.'

이 정도라면 인간이든 기계든 의식하지도 못하는 사이에 정신을 침범당해 발길을 돌리게 될 것이다. 게다가 이 앞쪽은 공간까지 꼬여 있는 것이 느껴진다. 그의 공간 지배 능력이 없었다면 앞으로 나아가는 것은 불가능했을 것이다.

모건은 그 모든 방벽을 돌파해서 앞으로 나아갔다.

달 뒷면에 지구의 존재가 찾아오는 것은 도대체 얼마만일까? 수천 년? 아니면 수만 년?

그리고 그는 마침내 목표로 하던 대지에 섰다.

'찾았군.'

그는 미소를 지었다.

그의 앞에는 무중력과 진공 속에서 자라난 거대한, 너무나
도 거대해서 고층 빌딩과 필적하는 크기의 나무가 있었다. 그
리고 그 앞에는 빛으로 이루어진 샘이 서서히 소용돌이치며
알 수 없는 영상들을 비추고 있었다.

'오딘에게 예지와 지혜를 부여하고도 그 힘이 고갈되지 않
은 채 남아 있었나.'

그는 오래된 세월에 마모되지 않은 힘을 느끼며 감탄했다.
이것이야말로 지구에 전해지는 북유럽 신화에서 거인 미미르
가 지키고 있었고, 아사 신족의 우두머리 오딘에게 눈 하나를
대가로 무한한 지혜를 부여한 지혜의 샘, 미미르의 샘이다.

그 정체는 바로 수십만 년 전에 달에 떨어진 퀘이사의 파편
이었다.

문득 모건은 샘의 주변을 마법으로 탐지해 보았다. 달의 뒷
면에 살아 있는 것, 움직이는 것이라고는 느껴지지 않는다.
거대한 나무 역시 말라죽어 텅 빈 고목이 된 지 오래였고 오
로지 이 지혜의 샘만이 옛 모습을 그대로 간직하고 있었다.

'현세에 나타난 오딘인 셈인가. 진유현 그놈은?'

진유현이 처한 상황은 북유럽 신화에서 오딘의 그것과 놀
랍도록 일치한다. 물론 그 과정은 전혀 달랐지만, 결국 눈 하
나를 대가로 우주의 근원에 닿는 힘을 손에 넣은 것만은 같았
다.

그러나 진유현은 아직 그 가치를 완전히 알지 못하고 있으

리라. 모건은 미미르의 샘을 보며 웃었다.

인류는 신화와 전설이라는 형태로 이전 세계의 기억을 갖고 있다. 그러나 정작 그 세계의 주민들이 그들 앞에 나타났을 때, 인류는 어떤 반응을 보일 것인가?

그것이 궁금하다.

그것이 기대된다.

모건은 죽음밖에 남지 않은 세계를 둘러보았다. 이곳에 있는 것은 아주 오래전에는 모두가 살아서 움직이던 것들이다. 지구에는 존재하지 않는 거대한 나무들과 현생 인류와는 완전히 다른, 전설 속의 거인(巨人)들의 유해가 보인다. 그것들은 절대 진공의 공간 속에서 부식되지도 않은 채 죽음 당시의 모습을 그대로 보여주고 있었다.

그들이 현생 인류는 물론이고 현존하는 그 어떤 생물과도 다르다는 것은 쉽게 알아볼 수 있다. 왜냐하면 그들은 현대의 기준으로 보면 아무리 생각해도 기계로 이루어진 로봇 같은 존재였으니까. 이 유해들 역시 살해당했다기보다는 파괴되었다는 이미지가 강하다.

그중 미미르의 샘 옆에 쓰러진 한 기계 거인의 유해가 모건의 눈길을 끌었다. 아마도 그것이 신화 속에서 샘을 지키며 오딘의 한쪽 눈을 받은 거인, 미미르의 유해이리라.

"지킴이는 죽고 보물만이 남았군. 세월이란 장구하면서도 덧없음이라."

물론 진공 속에서 그 말은 소리가 되어 울려 퍼지지 않고 모건의 마음속을 떠돌다 사라질 뿐이었다.

모건은 달의 뒷면, 아주 오래전에는 죽음의 나라 니플헤임이라고 불렸던 땅에 선 채 웃었다.

자, 이제 수확의 시간이다.

구세계가 남긴 유산으로, 신세계를 각성시킬 때가 왔다.

*   *   *

"아크메이지가 꽤 오래 안 돌아오는군."

오늘도 블로그 업데이트에 여념이 없던 지윤이 문득 중얼거렸다. 모건이 본사에 다녀온다고 하고 사라진 지 벌써 보름 이상이 지났다. 그 후로 연락도 없는 상황이다 보니 좀 신경이 쓰인다.

사라진 것은 모건만이 아니었다. 정도일은 그보다 일주일 정도 먼저 떠난 후에 돌아오지 않고 있었다.

그리고 나서 안산을 덮치는 재해 사건이 일어났다.

연옥의 인물치고 이 재앙의 원인이 이무기라는 사실을 모르는 이가 없었다. 과학적으로 해석할 수 있는 이유만으로는 절대 이런 사건이 일어날 리가 없으니까.

그런 이무기가 나타나서 수도권의 도시 하나를 엎어버리고 홀연히 소멸하다니, 그것 역시 불가사의한 일이다. 그만큼 거창하게 폭주하기 시작한 주제에 쉽게 멈추지는 않았을 텐데.

'지금의 육도에 그만큼 여유가 있었나?'

역시 생각해 볼 수 있는 것은 육도의 개입이다. 대요괴조차 초월해 신에 가까운 존재를 저지할 수 있었던 것은 그들 외에는 생각할 수 없었다.

미드가르드의 상층부가 가진 정보를 알았다면 지윤이 이렇게 어렴풋이 상황을 추측해 보는 일은 없었을 것이다. 하지만 미드가르드 상층부와 각 팀은 전혀 정보 공유가 되지 않고 있었다. 당장 지윤만 해도 상층부에 알리지 않은 정보가 수두룩하지 않은가.

어쨌든 이번 사건은 그로 하여금 상층부의 움직임을 의심해 보게 하고 있었다. 역시 미드가르드에서 이번 사건에 개입하고 있었던 것이 아닐까?

"야, 블로그, 돈 잘 벌리냐?"

그때 이현종이 들어오면서 물었다. 지윤은 생각을 끊고 그를 돌아보았다.

"으음. 이번 달에는 별로 신통찮아. 다들 IT 소식보다는 안산에서 일어난 사건에 관심이 많아서."

"아, 인터넷에서 다들 장난 아니던데. 우리 길드 채팅창에서도 연일 그 이야기야. 뭐, 뒤에서 정보 조작도 가하고 있고 해서 그런지 일단 이무기도 용권풍을 잘못 본 거다~ 라는 쪽으로 굳어가는 것 같지만."

"아무래도 그렇겠지. 괴수 영화도 아닌데 이무기가 실제로 나타나서 난동을 부렸다는 것을 믿을 수 있을 리가 있나. 현장에 있었던 사람도 믿고 싶지 않을걸. 합리적인 설명으로 자기가 겪은 일을 해명해 주길 바랄 거야, 차라리."

"하여튼 일반인이란 것들은. 그래도 귀신과는 달리 요괴들은 확실하게 눈에 보이는 데도 모르고 살고 있으니."

"뭐, 이쪽에서 그렇게 만들고 있으니 그들을 탓할 바는 아니지. 우리 입장에서 보자면 일반인이라는 것들은 장애인이나 마찬가지니까."

사람이 오감 중에 하나가 없다면 장애인이라고 불릴 것이다. 그러니 영감을 활용하는 것을 기본으로 하는 연옥의 인간들이 보기에 일반인들은 장애인이나 마찬가지다.

"하지만 이번 사건은 정말 스케일이 크군. 옛날도 아니고 이렇게 화끈하게 일을 저지르다니."

"옛날 요괴라서 그렇겠지. 저기 우리 연구소 아래 봉인되어 있던 그거 아냐?"

"그때 그거 구미호로 판명나지 않았나? 조사에 착오가 있었을 수도 있지만 그래도 구미호와 이렇게 무시무시한 이무기는 너무 오차가 커."

"하긴. 그럼 다른 데서 온 건가? 좀 이해가 안 가는군."

이현종이 고개를 갸웃거렸다.

그들은 원래 안산에 있던 연구소 건물을 점거하고 설비를 갖추고 연구를 진행하는 동안 그 아래쪽에 용혈의 기운을 이용한 봉인이 있다는 사실을 알고 있었다. 그래서 연구소가 파괴되고 철수하면서 그로 인해 진유현이 골머리를 썩게 되리라 확신했던 것이다.

하지만 이건 예상 밖이다. 이 정도로 큰 피해가 일어날 줄이야.

물론 좀 충격적이긴 해도 죄책감이나 후회가 드는 것은 아니다. 사실은 연옥의 인간들이 없으면 살아갈 수도 없는 일반인들 따위, 가끔은 저렇게 자기들이 모르는 세계의 진실을 마주해서 주제 파악을 하는 것도 좋겠지.

무엇보다 앞으로 어차피 일어나게 될 일이었다. 다소 시기가 빠른 감이 없진 않지만, 그들의 계획이 완성될 단계쯤에는 이런 일이 한두 번쯤은 일어났을 것이다.

육도를 밀어내고 대한민국 연옥의 왕이 된다. 그리고 세상을 바꾼다.

그것이 오지윤이 미드가르드와 손잡고 추구하는 목표다. 에밀 크레이그를 비롯한 상층부는 다른 목적을 가진 것 같지만 상관은 없다. 자신의 목적만 이룰 수 있다면…….

'진유현 이놈은 어떻게 하고 있을까?'

아무리 봐도 그놈 성격에 이번 사태에 손 놓고 놀고 있었을 것 같지는 않다. 하지만 정보 조직을 통해서 알아봐도 그가 이번 사태 이후에도 멀쩡하게 살아 있으며, 안산을 돌면서 그 후의 뒤처리를 하고 있어서 명성과 평판이 높아지고 있다는 것 외에는 알 수 없었다.

하여튼 웃기는 놈이다. 그들에게 돈 받고 일하는 것도 아니면서 뭐 좋다고 저렇게 일반인들 피해를 줄이려고 바쁘게 싸우고 사는지.

'하긴, 어쩌면 나는 녀석을 부러워하는 것일지도…….'

문득 든 생각이지만 정말 그럴지도 모른다.

애당초 육도에서 나오겠다고 결심한 것도 그의 영향이 아니었던가. 그처럼 자기의 의지로 삶을 결정하는 능동적인, 이 세상에 널린 몰개성한 부품이 아니라 누구도 대신할 수 없는 유니크한 존재가 되고 싶어서.

진유현은 그런 존재가 되었을까?

그 자신이 목숨을 걸고 구하러 가고 싶었던 소녀가 있었듯이, 누군가 절대 대체할 수 없는 존재로서 그를 봐주고 있을까?

문득 그를 만나서 묻고 싶다는 생각이 들었다. 그러나 실제로 만났을 때 그런 대화를 나눌 수 있을 리 없다는 것은 잘 알고 있다. 두 사람이 서로 만났을 때 서로 나눌 수 있는 것은 차가운 살의와 칼날, 그리고 총알뿐이겠지.

그리고 누군가는 죽는다. 한쪽이 죽지 않으면 완결되지 않는 것이 그들이 시작한 전장의 공식이니까.

'아마 곧 다시 만나게 될 거야.'

지윤은 그것을 확신했다. 그리고 그때가 왔을 때 승리하기 위한 준비는 게으름 부리지 않고 계속하고 있었다.

이현종이 말했다.

"아, 그리고 대마법사께서 주신 것 말인데."

"그 타흘룸(Tathlum)이라는 거?"

"응, 그거. 아무래도 네가 쓰려면 무조건 연산 시스템 발동 상태여야겠는데?"

"사용하기 까다로운 장비인가?"

"대마법사 말씀으로는 원본은 아니고 마이너 카피로 만들어진 양산품이라곤 하시는데… 음. 그러고 보니 너 타흘룸이 뭔진 아냐?"

"켈트 신화에 나오는 빛의 신 루가 마신(魔神) 바롤의 흉안(凶眼)을 파괴할 때 쓴 무기 아닌가? 묘사를 보니 돌팔매질 같아서 가톨릭 성서에서 골리앗을 죽인 다윗의 돌팔매하고 비슷한 무기인가 싶었는데."

"잘 알고 있네. 돌팔매는 아니고 염동력으로 움직이는 무기 마탄인데 발동 조건이 까다로워. 단, 이걸 쓸 수 있으면 그것만으로도 엄청난 전력이다. 마이너 카피라는 게 믿어지지 않아. 이런 게 양산되고 있었던 시대는 도대체 언제라는 건지 모르겠다니까."

"그 정도인가?"

"난 이게 빛의 신 루 본인이 쓰던 타흘룸 원본이라고 해도 믿었을걸? 너도 써보면 알 거야. 애당초 인간이 다루라고 만들어진 게 아냐."

"흥미가 생기는군. 뭐, 시스템 발동하고 테스트나 해보지 그럼."

"그러자고 온 거다. 지금 괜찮지?"

"블로그 업데이트도 다 했으니 가지. 하영이는 컨디션 괜찮고?"

"다행스럽게도. 뭐, 무리는 시키지 말아야겠지만."

마이너를 통괄하는 시스템의 중추 이하영은 최근 계속되는 테스트로 인해 녹초가 되어 있었다. 그러다 보니 세심한 배려로 대해줘야만 했다.

그렇다고 해도 그녀가 없으면 시스템을 실제로 움직여 볼 수 없으니 어쩔 수 없는 일이었다. 오랫동안 잃어버린 시력을 마안(魔眼)으로 대신한 그녀는 외부와의 연결을 다루는 데 천재적인 실력을 갖고 있었고, 그녀가 아니라면 아직까지 이 시스템은 제대로 기능할 수 없었을 것이다.

그래도 설악산에서의 퀘이사 폭주 이후로 이 시스템이 획기적인 발전을 이룬 것만은 분명하다. 그때 모건의 백업으로 시스템이 실전 운용이 가능했을 때의 데이터는 실로 귀중한 것이었다.

"그럼 신들의 무기가 얼마나 대단한지 구경이나 하러 가지."

"신들의 무기가 아니고 마이너 카피라고."

"따지지 말고."

2

신우는 일주일 만에 집으로 돌아왔다. 그가 받은 수술이라
는 게 받았다고 끝이 아니라서 그 후에도 신체 상태를 체크하
고, 기계 장치와 마법진을 통해서 몸의 상태를 최적화시킨 후
에야 돌아올 수 있었던 것이다.

엘리베이터 앞에 서 있던 신우는 문득 한 사람과 마주하고
는 오싹한 기분을 느꼈다. 무심한 표정의 키가 큰 외국 여자
다. 편의점에 다녀왔는지 일회용 인스턴트 먹을거리를 잔뜩
사 들고 있었는데, 왠지 모르게 감각을 자극하는 위험한 기운
이 느껴진다.

"저기 혹시 아일라 스카우드 씨에요?"

"음?"

키 큰 금발의 여성 아일라 스카우드는 어린 소년이 갑자기
자신의 이름을 말하자 의아한 표정을 지었다. 이런 꼬마는 본
적이 없는데? 서양인인 그녀가 보기에 신우는 너무 어려 보여
서 초등학생 이상으로는 보이지 않았다.

"아, 그 진유현 씨가 제 사부님이거든요. 김신우라고 합니
다. 거기 같이 살고 있는 한얼한테 이야기 들었습니다."

"아아. 그런데… 제자라고? 그가 제자도 두고 있었나? 제자를 두기에는 아직 나이도 어린데 좀 성급한 거 아닌가? 흠. 하긴 뭐, 그건 각자 하기 나름이니까 내가 이러쿵저러쿵 말하는 것도 이상하겠군. 동양의 사제 관계라는 것도 내가 알고 있는 개념과는 좀 다를 수도 있겠고. 내가 실례되는 이야기를 했다면 사과하지."

"아, 아니, 그렇지는 않은데……."

신우는 아일라의 횡설수설하는 말투에 당황해 버리고 말았다. 유현도 무시하지 못하는 절정고수라더니 어째 사람이 좀 이상한 것 같다?

"사부님이 절 제자로 둔 것은 제가 계속 졸라댔기 때문이라서요. 일반적으로는 그 나이에 나이 차도 별로 안 나는 저 같은 제자를 두진 않겠죠."

"음? 혹시 몇 살이지?"

"열네 살인데요?"

"정말인가? 음. 한국은 나이 계산법이 다르니까 만으로 치면 열세 살?"

아일라가 의심스럽다는 표정으로 물었다. 신우는 괜히 기분이 나빠지는 것을 느끼며 대답했다.

"맞는데요."

"동양인은 정말로 젊게, 아니, 이 경우는 어리게라고 하는 게 맞겠군. 어리게 보인다. 신비해. 이에 비하면 서양인은 유전자에 빨리 늙는 유전자라도 각인된 건가? 서양인으로 태어나서 손해 보는 기분이군."

"……."

말을 듣자 하니 자기를 초등학교 저학년쯤으로 본 모양이다. 서양인들이 보기에 동양인은 다 어려 보인다는 말은 들었지만 실제로 이런 말을 들으니 기분이 꽉 상한다. 여자가 멀대처럼 키만 크면서 말이야. 뭐, 몸매도 좋고 얼굴도 예쁜 것은 인정한다만.

엘리베이터에서 내린 두 사람은 각자 서로 이웃한 집으로 들어갔다.

"다녀왔습니다!"

"아, 너 왔냐?"

마루에서 오른손 검지 하나로만 물구나무를 선 채 팔굽혀펴기를 하던 유현이 심드렁하게 반응했다. 애당초 그가 반갑게 맞아줄 것은 기대도 안 했기 때문에 신우는 부엌을 기웃거리며 물었다.

"한얼은요?"

"일 나갔어. 보수가 꽤 짭짤한 일이 들어왔거든. 너 못 데리러 가서 미안하다고 전해달라더라."

"제가 애도 아니고. 근데 짭짤한 일이라니, 뭐예요?"

"조폭들이 영업장에 귀신 나타난다고 호들갑을 떨었나 봐. 망혼 애들이 인력 부족으로 처리 못하고 있다고 일 맡을 생각

있냐기에 보냈지. 천만 원짜리 일이다, 그거."

"우와, 짭짤하네요. 그럼 오늘 저녁은 고기 파티?"

"고기 파티는 얼어죽을. 너한테 쓴 돈이 얼만지는 자각하고 있냐?"

"아하하! 물론 알고 있지요."

"그리고 너, 내일부터 여기 다녀라. 이제 곧 개학이니까, 개학하면 학교 끝나고 다녀와."

유현은 몸을 바로 하고는 거실 테이블에서 명함 한 장을 집어서 던져 주었다. 신우가 그걸 받아 들고 보니 '마법의 기초를 가르쳐 드립니다. 마법 선생 김하운' 이라고 쓰여 있고 뒤에는 약도가 친절하게 그려져 있었다. 위치는 안양이었다.

"헉, 마법 선생? 이런 게 있어요?"

"찾아보면 꽤 있어. 물론 일반인 상대로 하는 장사는 아니고. 너처럼 시술받고 나서 기본 배우러 다니는 거지."

"사부님이 가르쳐 주는 거 아니에요?"

"나는 남 가르치는 건 영 꽝이라서 안 돼. 몸으로 가르치는 건 상관없는데 너 붙잡고 마법 이론을 강의하는 건 좀 무리가 있지. 전문적인 마법사한테 배우는 게 나아. 참고로 월, 수, 금, 주 3회에 한 달 500만 원이니까 제대로 안 배우면 죽여 버린다."

"오, 오백만 원……."

세상에 일주일에 달랑 사흘만 가르치면서 한 달에 500만 원이나 받아 처먹는단 말이야? 강남 지역 고액 과외가 생각나는 가격이다.

"아, 근데 저 학교 안 가는데요. 저희 학교 없어졌어요."

신우네 학교는 하필이면 이무기가 뇌격을 퍼부은 지역에 있었다. 아예 학교 건물 자체가 날아가 버려서 개학이고 뭐고 없다.

"그런가. 차라리 잘됐군."

"잘됐다고 할 일은 아니라고 생각하는데요."

"뭐, 학교야 또 적당히 하나 알아보면 되겠지. 들어가기 힘들면 돈 찔러주면 해결될 거고."

"…사부님, 그런 꿈도 희망도 없는 이야길 하시다니."

"세상사 다 그런 거다."

유현의 경우도 개학이 늦춰진 상황이었다. 시애가 다니는 미양여중처럼 유혼고등학교도 피해가 크고, 그나마 멀쩡한 시설은 임시 구호소로 사용되고 있기 때문에 개학을 늦추고 대신 겨울방학을 없앤다는 조치를 취하고 있는 중이었다.

"일단 기초를 잘 배우면 그 후부터는 실전 운용을 가르쳐주고, 그다음부터는 독학해서 너한테 맞는 마법을 배워야 하니까 진짜 열심히 배워라. 지금 네 몸에는 이전에는 없던 기능이 추가된 거야. 그게 뭐고 어떻게 쓰는지 확실히 알아두지 않으면 나중에 크게 후회할 거다."

"그렇게 말하니까 무슨 기계 부품 바꿔서 업그레이드하는 것 같은데요."

"비슷하지. 결국 사람도 생체로 이루어진 정밀 기계니까."

유현은 그렇게 말하며 크래커 하나를 들어서 난슬에게 주었다. 쿠션 위에 기운없이 늘어진 채 TV를 보고 있던 난슬이 크래커를 받아 들고는 조금씩 아삭거렸다. 난슬의 건강 상태는 그리 좋지 않아서 활발하게 움직이는 시간은 적고, 가만히 누워서 TV를 보거나 잠을 자는 일이 많았다.

"아, 그러고 보니 요 앞에서 아일라 스카우드라는 사람 만났어요."

"만났냐? 신경 쓰지 마. 무조건 모르는 척하고 살아. 알겠지?"

유현은 친하게 지내기라도 하면 죽여 버리겠다는 듯이 신우를 바라보며 말했다. 신우는 어색하게 입가를 실룩거리며 대답했다.

"하, 하하하하, 그럼요. 무지 이상한 사람이더라고요. 저보고 초등학생 같다질 않나."

"하긴 네 키가 좀 작지. 그 여자는 쓸데없이 크잖아."

"하하하! 그렇죠? …가 아니잖아요, 사부!"

"성장기인데 잘 크지도 않고 말야. 너, 몇 개월 동안 크긴 컸냐?"

"그, 그게 1.3센티 정도는……."

"보통 그런 건 컸다고 안 해. 사람은 밤에 자고 아침에 일어나면 그 정도는 키가 늘어난다고. 너 진짜 키 안 크면 앞으로 격투전에서도 불리해진다. 근육질 거구가 되라곤 말 안 하겠지만 최소한의 리치와 체중은 있어야지."

"…입 닥쳐, 꼬맹아, 라고 쏘아붙이는 것보다 더 눈물이 날 것 같은 말씀이로군요."

객관적인 말의 나열이 감정을 건드리는 비아냥거림보다 더 가슴을 후벼파서 너덜너덜하게 만들다니. 신우는 쪼그리고 앉아서 세상을 저주하고 싶은 기분에 사로잡혔다.

학교에서도 신우는 키가 작은 편이었다. 물론 신우가 시비 거는 녀석들은 3학년까지 죄다 한 방에 처리해서 얕보는 녀석 따윈 존재하지 않지만 키가 작고 어려 보이는 것만은 어쩔 수 없었다. 어차피 그 학교 자체가 벼락 맞고 사라졌으니 상관은 없는 이야기지만.

"근데 사부님은 키 좀 컸어요?"

"나? 방학 동안 5센티 정도 컸어. 180은 넘고 싶었는데 슬슬 넘을 수 있겠는데."

원래 173센티 정도였던 유현은 방학 기간 동안 키가 꽤 커서 178센티가 되었다. 이대로라면 내년까지는 180센티를 넘을 수 있지 않을까?

살짝 우쭐거리는 기색이 섞인 그의 대답에 신우는 좌절했다.

'절망했다! 불공평하고 더러운 이 세상에 절망했다!'

누구는 열여덟 살 되어서도 키가 잘만 크는데 자기는 왜 한 창 더 잘 자랄 나이에 155센티에서 키가 안 크는 거냐고!

"뭐, 내일부터 우유라도 열심히 마셔. 아직 성장기니까 지 금보다야 훨씬 크겠지. 설마 열네 살에 성장문이 닫히는 경우 가… 음, 없진 않지만 설마 그렇진 않을 거고."

"…놀리시는 거죠? 지금 놀리시는 거죠?"

"알면 됐고."

유현은 그렇게 말하더니 문득 손을 들어 올렸다. 그러자 소 파 위에서 굴러다니던 뭔가가 휙 날아서 그의 손에 잡혔다. 큼지막한 정령석이었다.

신우는 그 광경을 보고는 흥미를 드러내며 물었다.

"염동력 그거, 저도 좀 써보고 싶은데 언제쯤 가능해요?"

"염동력을 사용하는 것 자체는 별로 어렵지 않아. 네 몸에 내장된 기본 술식 중에 염동력 발현도 있으니까 사용법만 알 면 지금 당장이라도 할 수 있을걸. 섬세하게 제어하는 게 문 제지. 너, 마력 발현은 할 수 있냐?"

"아, 그거라면 일단은요."

"어디 한번 해봐. 말 나온 김에 내일부터 수업도 받으러 가 는데 감각적인 건 좀 익혀두고 가라."

"…저 방금 돌아왔는데 좀 쉬면 안 되나요?"

"아아, 하긴 그렇군. 그래, 좀 쉬었다가 저녁에 하자."

유헌은 웬일로 순순히 신우의 요청을 들어주었다. 그도 역시 신우와 비슷한 시술을 받아봤기 때문에 배려를 해주는 것 같았다.

"나노 엘리멘탈 시술 받으니 기분이 어때? 나도 곧 받으려고 생각 중인데."

"음. 그건 별로 느낌 없어요. 마력에 비해 움직임이 뚜렷하게 느껴지는 것도 아니고. 그냥 정신을 집중하면 몸에 마력하고 공명하는 뭔가가 잔뜩 있구나 싶은 정도?"

"그건 네가 아직 그걸 제어할 능력이 없어서 기본 프로그램대로만 움직이고 있어서 그런 것도 있을 거야. 일단 나중에 다시 감상을 들어봐야겠군."

"제 뜻대로 움직일 수 있게 되면야 얼마든지 말씀드리죠. 아, 그나저나 배고픈데."

"음. 한얼이 뭐 안 해놓고 나갔는데. 저녁은… 해먹기는 귀찮고 시켜 먹어야겠군. 나가서 먹을까?"

"점심 뭐 드셨는데요?"

"라면."

"그러다 건강 나빠져요, 사부님."

"그럼 네가 밥 할래?"

"하지만 가끔씩 외식을 해주는 게 생활의 활력소가 되죠. 아무렴요."

"간사한 녀석 같으니."

유현은 신우의 뒤통수를 한번 쳐주고는 난슬까지 데리고 밖으로 나갔다. 목적지는 신우의 소원대로 고깃집이었다.

*　　　*　　　*

연옥 사람들의 수입원 중 하나는 역시 일반인을 상대로 한 제령, 퇴마 등이었다. 연옥의 존재를 아는 부호들이나 정치인 등이 돈줄이 되어주기도 하지만 그 외에도 다양한 방법으로 돈을 벌어들이고 있었다.

망혼의 경우 지역 맹주쯤 되는 만큼 식당 운영 등 각종 사업에도 손을 대고 있었고, 이런 쪽 일에도 상당한 활동을 하고 있었지만 요즘은 아무래도 인력이 부족해서 일을 다 받지 못하고 있었다. 그래서 그중 일부를 유현에게 소개해 준 것이다.

그리고 그 일을 한얼이 수행하기로 하고 나섰다. 요괴가 아니고 악령을 상대하는 일이었기 때문에 한얼은 전투복은 챙겨 입지 않고 간단한 장비만 챙겨서 나왔다. 그중에는 유현이 준비해 준 마법 장비들도 있었다.

'귀신 상대라…….'

해본 적이 없는 것은 아니지만 역시 좀 낯설다. 그가 자염으로 들어가기 전에 있던 조직, 지금은 내분으로 자멸한 그곳도 골수 무벌 조직이었다. 그러다 보니 요괴를 상대하거나 아니면 사람 상대를 한 적은 많아도 귀신 상대를 해본 경험은 별로 없었다.

'그래도 댁 실력 정도면 문제없어. 앞으로를 위해서라도 경험 쌓는 셈 치고 다녀와.'

라면서 그를 보냈다. 어쩌면 신우가 돌아온 후에 일을 받았다면 둘이 같이 보냈을지도 모르겠다.

유흥가 건물 2층에 위치한 성인 오락실은 아주 을씨년스러웠다.

게임기들이 아주 엉망진창으로 흩어져 있었는데, 이게 그냥 귀신이 나타나는 정도로 그치지 않고 주변 물건들이 마구 날아다니는 폴터 가이스트 현상까지 동반했기 때문이다. 낮에도 물건들이 슬쩍슬쩍 움직이고 밤만 되면 일반인의 눈에 보일 정도로 뚜렷한 귀신이 나타나서 귀곡성을 내지르며 난동을 부린다나.

당연하지만 손님들은 혼비백산해서 도망쳤고, 여길 운영하는 조폭들도 혼비백산해서 영능력자를 찾았던 것이다.

조폭들은 한얼을 보자 굽실거리면서 이곳을 안내해 주고 자기들은 뒤로 빠졌다. 사건이 해결되기 전까지는 들어가기도 싫다는 태도가 역력해서 그들이 얼마나 무서워했는지 짐작할 수 있었다.

'일반인한테는 그런 게 무서운 거군.'

이론적으론 알고 있었는데 그들의 태도를 보니 새삼 실감이 가서 웃음이 나온다.

연옥의 사람들은 귀신을 그리 무서워하지 않는다. 영능력자라면 소통도 가능하고 전투도 가능하며, 그렇지 않더라도 기감을 조절할 수 있으면 물리적으로도 타격을 줄 수 있다 보니 일반인이 느끼는 원초적인 공포는 잘 이해가 안 가는 편이다.

저녁 무렵에 조폭들을 만나고 7시쯤에 들어왔는데 아직 잠잠하다. 불도 안 켜고 기다리고 있자니 문득 한쪽 구석에서 감각을 자극하는 기운이 일어나기 시작했다.

흐어어어어어……

"전형적이군."

한얼은 성인 오락실 전체에 차갑게 내리깔리는 반투명한 기운과 그 위에서 일어나는 귀신의 모습을 보면서 중얼거렸다. 인간의 모습을 기괴하게 일그러뜨린 것 같은 그 모습이 드러나자마자 강력한 염동력이 주변을 장악한다.

물건들이 들썩거리더니 통 하나가 휙 한얼에게 날아들었다.

"이크."

다짜고짜 공격부터 할 줄이야. 한얼은 날아드는 통을 가볍게 피하고는 훌쩍 뛰어서 천장에 붙었다. 그리고 일단 품에서 기를 불어넣은 나이프를 꺼내서 던져 보았다.

카아아악!

나이프가 꿰뚫은 부분에 구멍이 뻥 뚫리면서 고통스러운 비명을 지른다.

역시 때리긴 쉽다. 문제는 그 구멍은 금방 메워졌고 물건들이 닥치는 대로 날아올라서 그를 노렸다는 것이지.

한얼은 입체적인 움직임으로 날아드는 물건들의 사각을 찾아서 빠져나갔다. 이 많은 물건을 움직이는 염동력은 대단하지만 그만큼 무거운 물건이 날아드는 속도는 느리니까 충분히 피할 수 있었다. 가벼운 물건은 그냥 다 쳐내면 그만이다.

문제는 어떻게 해치우느냐 하는 것인데, 역시 여기서는 빠져나가지 못하도록 가두고 계속 기격(氣擊)으로 두들겨 패는 수밖에 없을 것 같다.

'나도 마법을 좀 배울 것을 그랬나.'

마법이든 주술이든 배워놨으면 좀 더 간단히 처리할 수 있었을 것을.

한얼은 일단 바닥과 벽과 천장을 어지럽게 달려 다니며 품에서 부적을 꺼내어 뿌렸다. 유현이 준비해 준 부적들을 동서남북 사방의 벽에다 붙이자 그로부터 시퍼런 기운이 일어났다.

키이이이이?

악령이 뒤늦게 이상함을 느꼈는지 의아한 기색을 보인다. 그리고 방 전체를 메운 연기 같은 기운 일부를 바깥으로 뻗으려고 해보았지만 그 순간 파지직 하고 스파크가 튀면서 튕겨 나왔다.

"유감스럽지만 여기서 못 나갑니다. 나를 죽이던가 아니면 그쪽이 영원히 사라지던가 둘 중에 하나를 선택하도록 하죠."

한얼은 그렇게 말하며 장군검을 빼 들었다. 장군검에 그의 기운이 주입되며 부르르 떨리기 시작한다.

그런데 그때였다.

"미련은 덧없건만 세월 속에서 지난 추억은 아름답기만 하네."

"슬퍼하고 슬퍼하고 또 슬퍼해도 눈물은 바닥나는 일 없이 흐르니 그 눈물 다 어느 바다에서 왔을꼬."

낭랑한 목소리가 마치 타령을 하듯 주거니 받거니 하면서 울려 퍼졌다. 그러더니 가슴이 시원해지는 청량한 기운이 퍼져 나가는 것이 아닌가?

한얼은 흠칫해서 목소리가 들려온 곳을 바라보았다. 두 명의 소녀가 그곳에 서 있었다.

'쌍둥이?'

그녀들은 쌍둥이였다. 나이는 신우하고 비슷한 정도일까? 둘 다 무척 앳되어 보이고 차림새는 평범했다. 머리 스타일이 한 명은 긴 생머리를 늘어뜨렸고 한 명은 뒤로 묶었다는 것이 다를 뿐.

"울어도 울어도 님은 오지 않네. 아무도 찾을 수 없는 곳에서, 아무도 들을 수 없는 곳에서 울고 또 울다 지쳐서 잠이 드는 나날."

"누군가 당신의 말을 들어주는 곳으로 가세요. 여기는 그런 곳이 아니에요."

쌍둥이 소녀들은 연민의 표정을 지으며 정화의 기운을 뿜어냈다. 그녀들이 걸어올 때마다 띠리링 하고 맑은 종소리가 울려 퍼진다. 허리에 매고 있는 은방울 때문이었는데, 그 소리를 들은 망령은 움직임을 멈추고 가만히 그녀들이 다가오는 것을 보고만 있었다.

"많이들 아팠죠?"

소녀들은 흉측한 악령의 얼굴을 쓰다듬으며 물었다.

"이제 가세요. 우리가 보내줄게요."

띠리링 하는 맑은 종소리와 함께 그녀들의 몸에서 투명한 빛이 뿜어져 나왔다. 그와 함께 악령의 모습이 변하기 시작했다.

쿵! 쿠쿵! 쿵!

"웃."

허공을 떠다니던 물건들이 떨어져 내리기 시작했다. 한얼은 자신도 모르게 소녀들이 있는 곳의 천장을 타고 달리면서 그녀들에게 떨어지는 물건들을 모조리 쳐냈다.

두 사람 중 머리를 뒤로 묶은 소녀가 한얼을 바라보며 살짝 웃었다. 고맙다고 말하기라도 하는 듯이.

'이상한 아이들이군.'

한얼이 움직인 것은 그들을 구해야 한다고 생각했기 때문이 아니라, 예전 조직에 속해서 활동할 때 무조건적으로 주술사를 지키도록 교육받았기 때문이다. 아무래도 무벌 조직이었던 만큼 주술사 쪽이 무사보다 훨씬 더 귀하게 대접받았으니까.

그러는 동안에도 망령의 모습은 계속 변해가고 있었다. 흉하게 일그러졌던 모습이 정상으로 돌아오더니 하나둘씩 수가 늘어난다. 이윽고 멀쩡한 모습부터 사고를 당해 죽은 듯 끔찍한 모습까지 각양각색의 모습을 가진 수십 명의 귀신들이 그 자리에 나타났다.

'군집체였나.'

한얼은 망령이 하나의 개체가 아니고 여러 혼령이 하나로 뭉쳐 만들어진 존재였음을 깨달았다. 하긴 그러니까 이렇게 강력한 물리력을 행사할 수 있었겠지.

"길을 열어드릴게요."

"가야 할 곳으로 가세요."

쌍둥이들은 그들을 향해 팔을 벌리고 말했다. 한얼은 이 소녀들과 영혼 사이에 끊임없이 어떤 대화가 오가고 있다는 사실을 알아차렸다. 영감이 약한 그는 알아듣지 못하지만 이 소녀들은 그들의 광기를 정화시키고 소통을 통해 일을 해결하려고 하는 것이다.

대화를 통해 일을 해결한다라……. 이거참 오랜만에 보는 방식이다. 특히 요즘은 진유현을 따라서 안산에 출몰하는 요괴나 악귀들을 처리하다 보니 더더욱 신선하게 느껴졌다. 진유현의 방식이라는 게 일단 표적을 발견하는 순간 문답무용으로 없애 버리는 것이었으니 말이다.

일그러진 감정에 지배당하고 있던 혼령들의 표정이 하나둘씩 편안하게 변해간다. 끔찍한 모습을 하고 있던 혼령도 조금씩 상처가 사라지고 생전의 모습으로 돌아간다. 이윽고 그들은 쌍둥이 소녀들의 몸속으로 훌쩍 날아들었다.

하나가 뛰어들고, 둘이 뛰어들고, 셋이 뛰어들고, 이윽고 남은 혼령이 하나도 없게 되자 쌍둥이는 서로 마주하고 손을 맞잡았다. 그리고 놀이를 하듯 그 자리에서 빙글빙글 돌며 위쪽을 우러르니 그들로부터 투명한 빛의 길이 나타나 혼령들이 위쪽으로 날아갔다. 더 이상 지상에 미련은 없다는 듯 천국으로 승천하듯이.

"후우."

마침내 사태를 해결한 쌍둥이들은 한숨을 쉬며 그 자리에 주저앉았다. 아무래도 지쳤는지 눈에 띄게 안색이 나빠지고 땀을 흘리고 있었다.

한얼은 칼을 집어넣고 그들을 바라보고 있었다. 뭐라고 말을 걸어야 할지 모르겠다. 따지자면 그들은 불쑥 남의 일에 끼어든 셈 아닌가? 업계의 룰을 따져 보면 이건 적대 의사를 표명한 거나 마찬가지다.

하지만 곧 그들이 일어나더니 마치 둘이 맞춘 것처럼 정중하게 고개를 숙였다.

"죄송합니다."

"아니, 뭐, 일은 해결됐으니 괜찮습니다만."

한얼은 쓴웃음을 지으며 대꾸했다. 쌍둥이들이 말을 이었다.

"대가를 탐낼 생각은 없으니 일은 아저씨가 해결한 것으로 해두세요."

"저희는 아저씨가 일을 해결하시면 혼령들을 다 없애 버리실 것 같아서 나섰거든요. 만약 기분 나쁘셨다면 다시 한 번 사과드릴게요."

"아저씨……."

경우가 바른 것은 좋은데 아저씨라는 말을 들으니 기분이 참 미묘하다. 아직 아저씨 소리를 들을 나이는 아닌 것 같은데…….

"당신들, 주술사인가요?"

"아뇨."

"저희들은 무당이에요."

"사실은 초면에 죄송하지만 부탁드릴 일이 하나 있는데요."

두 사람은 마치 한 사람이 말하는 것처럼 물 흐르듯이 이야기를 계속하고 있었다. 얼굴이 똑같고 목소리도 거의 비슷해서 일반인이 들으면 똑같다고 여길—하지만 한얼이 듣기에는 차이가 느껴졌다—두 사람이 그런 식으로 말을 하니 묘한 압박감이 있었다.

"무슨 부탁이지요?"

"실은 저희가 점을 쳐보고 여기에 왔거든요."

"사람 한 명을 찾고 있는데."

"아저씨랑 만나면 그 사람을 찾을 수 있다고 점괘에 나왔어요."

한얼이 눈살을 찌푸렸다.

"사람을?"

한얼은 왠지 이 소녀들이 찾는 사람이 누군지 알 수 있을 것 같았다. 아무런 근거도 없지만 아주 자연스럽게 한 사람의 얼굴이 떠올랐다.

그리고 그 예상은 적중했다.

3

"…그래서 얘들을 쫄래쫄래 데리고 왔다고?"

유현은 눈살을 찌푸리며 한얼을 바라보았다. 난처한 표정을 짓고 있는 한얼의 뒤쪽에는 쌍둥이 소녀 무당이 서 있었다.

"일단 들어와."

유현은 결국 한숨을 쉬며 두 소녀를 집 안으로 들였다. 소녀들은 왠지 유현을 보는 순간부터 바짝 굳어 있더니 아주 조심스럽게 안으로 들어왔다.

무당 역시 영능력자이지만 그들이 하는 일은 주술사들이 하는 일과는 다르다. 애당초 요괴와 싸우는 일과는 다소 인연이 없고 사람들, 그리고 혼령들을 상대하는 것을 업으로 삼는 그들이다.

그런데 그런 그들이, 그것도 아직 새파랗게 어린 소녀들이 유현에게 무슨 볼일이 있어서 찾아온 것일까?

"마실 게… 음, 율무차랑 커피랑 포도주스 있네. 어떤 게 좋아?"

"아, 전 율무차로요."

"전 커피."

유현이 냉장고를 열어보고 묻자 두 소녀가 왠지 화들짝 놀라며 대답했다. 유현은 신우에게 눈짓하고는 그녀들을 거실 소파에 앉히고 자신도 반대편에 앉았다.

"처음 뵙겠습니다. 저는 서나영."

"저는 서수영이에요."

생머리인 쪽이 나영, 머리를 묶은 쪽이 수영이었다. 유현은 특징과 이름을 매치시켜서 외우고는 대꾸했다.

"난 진유현이라고 해. 둘 다 무당이라고 하던데."

"네."

"혼령을 대하는 일을 하고 있어요."

"이번에 안산에 큰 화가 있었다는 말을 듣고 혼령들을 달래주려고 왔고요."

두 사람이 마치 한 사람처럼 말을 잇는 것은 유현도 적응이 잘 되지 않았다. 쌍둥이면서 무당이 될 정도로 영적 소양이 강해서 교감이 깊은 것일까?

"음. 확실히 지금 안산에는 망령들이 넘쳐 나. 수십만 단위지. 물리적인 영향력까지 행사하는 경우도 꽤 많이 늘어나서 다들 돈벌이가 되는 상황이고."

"저희는 돈을 벌러 온 것은 아니고요."

"안산의 혼령들을 이대로 두면 안 된다고 생각해요."

그때 신우가 율무차와 커피를 타 와서 두 사람에게 내주었다. 유현 앞으로는 포도주스 한 잔.

두 자매는 고맙습니다, 하고 인사하긴 했지만 신우에게는 거의 시선을 주지 않았다. 바짝 긴장한 채 유현을 바라보면서 가늘게 몸을 떨고 있었다.

"흠, 그렇게 긴장할 건 없는데. 왜 그렇게 무서워하지?"

유현은 두 사람의 신체적 반응만 보고도 감정을 추측할 수 있었다. 쌍둥이는 영적 능력이 강하긴 해도 육체는 일반인의 그것이라 감정을 꿰뚫어 보는 것은 식은 죽 먹기였다.

"그게……."

"솔직히 말해주면 좋겠는데."

유현은 서로를 쳐다보며 머뭇거리는 쌍둥이에게 확실하게
말했다. 그러자 쌍둥이는 난처한 표정을 짓더니 곧 마음을 굳
힌 듯 입을 열었다.

"솔직하게 말해도… 되나요?"

"응. 난 그 편이 좋아."

"무서워서요."

"무서워?"

"당신한테서는… 피 냄새가 나요."

"그것도 아주 많이. 마치 지금도 피로 물들어 있는 것처
럼."

"……."

유현은 한순간 말을 잃었다.

그들이 말하는 것은 사실이다. 자신은 피로 물든 인생을 살
아온 인물이니까. 분쟁 지역에 간다 한들 이만큼 피로 물든
사람을 찾아보긴 어렵겠지. 영적 소양이 뛰어나고 영혼의 모
습을 볼 수 있다면 유현은 전신을 피로 물들인 아수라처럼 보
일지도 모른다.

하지만 이런 말을 이렇게 직접적으로 들은 것도 참 오랜만
이다. 역시 무당이라 그런가? 연옥에 속해 있긴 해도 말하는
스타일이 다른 이들과는 또 다르다.

"풋."

"아……."

"솔직하게 말해줘서 고맙군. 아니, 이런 식으로 말하는 걸 들은 게 오랜만이라. 기분 나쁘거나 그런 건 아니니까 안심해도 돼. 난 너희들이 말한 그대로의 사람이니까."

사실 피로 물들어 있다는 점에서는 한얼도 마찬가지였다. 하지만 유현은 그와는 죽인 목숨의 단위부터가 다르다. 필요하다면 바로 직전까지만 해도 동료였던 존재의 머리도 쐈버린 적이 있는 그가 무당들에게 훨씬 무섭게 보이는 것도 당연한 일이었다.

"어쨌든 그런 무당들이 내게 무슨 볼일로 찾아온 거지? 솔직히 서로 영역이 다르다고 생각하는데."

"맞는 말씀이에요."

"우리는 요괴를 상대하는 일을 하지 않으니까요."

"하지만 지금 안산의 문제는 요괴만이 아니잖아요?"

"수십만이 넘는 혼령을 돌려보내지 않으면 장기적으로 사람들의 생활이 뒤틀리고, 그로 인해 영맥에 더욱 많은 사념이 유입되면서 그로부터 더 많은 요괴들이 생겨날 거예요."

영맥에 가장 많은 영향을 끼치는 것은 살아 있는 인간의 사념이지만 혼령 역시 어느 정도 영향을 미친다. 하물며 부정적인 광기에 지배당하는 혼령이 수십만 이상이라면 얼마나 나쁜 영향이 미칠지 설명할 필요도 없으리라.

게다가 혼령들은 인간에게도 영향을 미친다. 아무리 영감이 둔해서 그들을 볼 수 없는 일반인이라도, 강한 원념을 가진 혼령들이 밀집된 지역을 지나가면 감정이 불안정해지고 컨디션이 흐트러지는 것이다.

그러니 터무니없이 많아진 망령들을 그냥 놔둘 수는 없다. 그 점에 대해서는 유현도 쌍둥이 무당과 의견이 일치했다. 다만……

"지금도 망령들은 보는 족족 없애고 있어. 나만 그런 게 아니고 안산의 다른 조직들도 계속 일을 하고 있으니 물리적인 영향까지 끼칠 수 있는 것들은 조만간 보기 어렵게 될걸."

"그게……"

"여러분은 혼령들을 그냥 다… 없애시지 않나요?"

"보통 그렇지. 대화가 통하는 족속들도 아니고 공격 성향이 너무 강하니까. 무엇보다 수가 너무 많아."

유현은 당연하지 않느냐는 듯 고개를 끄덕였다.

주술사나 마법사들과 무당의 차이가 바로 이것이었다. 유현도 그렇지만 다들 망령들과 대화를 나눌 의지 따위 없다. 덤벼든다면 그 순간 격멸해 버리는 것을 기본적인 대응 지침으로 삼고 있는 것이다.

무당들 입장에서 보면 정말 무서운 이야기였다. 그들이 보기에는 혼령들 역시 산 자와 그리 다르지 않아서, 광기에 사로잡힌 망령이라 한들 미친 사람과 비슷하게 여긴다.

그런데 그런 존재들을 아무렇지도 않게 학살하다니! 이것은 대량 학살이나 마찬가지다.

"저희는 최악의 사태가 아니면 그렇게 하는 것은 피하고 싶어요."

"저희라면 대화로 일을 해결할 수 있어요."

그것이 무당들의 일이었다.

고래로 한국의 무당은 귀신과 싸우기보다는 어르고 타일러 한을 풀어주는 것을 업으로 삼았다. 마지막 수단으로 싸우기도 하지만 그것은 그야말로 최악의 수로 꼽는다.

하지만 그것을 잘 알고 있는 유현은 심드렁한 기색이었다.

"너희에게 그런 능력이 있다는 건 잘 알겠어. 하지만 그 능력으로 얼마나 많은 혼령을 구할 수 있지? 이 안산의 망령들 문제만 해도 전부 해결하려면 몇 년이 걸려도 부족하지 않을까?"

"그건……."

쌍둥이 무당은 말문이 막혔다.

그의 말대로다. 안산의 망령은 그 수가 너무나 많다.

설령 전국의 유능한 무당들이 다 모인다 한들 그들을 전부 달래주려면 몇 년은 걸려야 할 것이다. 그리고 그동안 산 자들의 피해가 막대하겠지.

"죽은 자보다는 산 자가 중요해. 사실 이론적으론 그들이 실체인지 어떤지도 알아내지 못한 상황이고."

지상에 남는 혼령에 대해서는 여러 가지 의견이 있었다. 죽음의 실체가 아직 밝혀지지 않았듯, 현대 마학으로도 영혼에 대해서 완전히 해명해 내지는 못했다.

그들이 진짜 죽은 자의 영혼이라는 설이 있는가 하면, 죽을 때 영맥으로 돌아가는 영혼의 찌꺼기가 모여 구현된 잔영에 불과하다는 의견도 있었다. 그러다 보니 영혼을 대하는 태도 역시 어느 쪽을 지지하는가에 따라 달라질 수밖에 없다.

유현은 어느 쪽도 지지하지 않는다. 사실 어찌 됐건 무슨 상관이냐고 생각했다. 영혼이 존재하든 존재하지 않든, 죽는 순간 그 인간의 삶은 끝난다. 필멸이 인간이 태어나는 순간 지게 되는 숙명이라면, 마지막 순간까지 자신의 의지로 살아 갈 뿐이다.

쌍둥이가 머뭇거림을 떨치고 그의 눈을 똑바로 바라보며 말했다.

"실은 그것 때문에 당신을 찾아왔어요."

"저희를 도와주세요."

"도와달라고?"

대충 그런 일일 거라고는 생각했기 때문에 딱히 당황하지 는 않았다. 다만 궁금할 뿐이었다. 도대체 왜 자신을 고른 것 인지.

"저희는 백아산의 산신령님을 모시고 있어요."

무당이란 강한 영에게 삶을 저당잡힌 존재. 윤성아가 신령 에게 인생을 강탈당하고 대신 평안을 얻었듯 그들 역시 어떤 인생을 꿈꾸고 있었건 간에 상관없이 신내림이 있는 순간부터 무당으로 살아갈 수밖에 없다.

그것은 사람이 나면서부터 지고 있는 숙명이 구체화된 것. 누구나 살면서 감내해야만 하는 상처가 있고, 그들은 그 상처가 인생 전체를 지배할 뿐이다.

"그분께서 귀띔해 주시길, 당신이라면 우리를 도와줄 수 있을 거라고 했어요."

"그리고 여기 와서 조사해 봤는데, 당신께서는 어느 파벌에도 속해 있지 않으시면서 안산의 여러 문제를 해결하고 계시다고 들었어요."

"실은 저희는 돈이 별로 없거든요."

"그래서 다른 분에게는 부탁드릴 수가 없어요."

"…가장 중요한 것은 돈이냐."

마법사든 무당이든 결국 돈 없이는 살아갈 수 없었다.

게다가 연옥의 인력들을, 그들과 기브 앤 테이크로 협력하는 관계도 아니면서 부리려면 당연히 돈을 줘야 한다. 무당의 방침 자체가 연옥의 조직들과 어긋나는데 돈 없이 해결할 수 있을 턱이 있나.

쌍둥이는 그 문제는 살짝 무시하면서 능청스럽게 말을 이었다.

"실은 저희는 지닌바 영력은 그리 크지 않지만 힘을 담은 그릇으로서는 굉장히 크답니다."

"종종 신령들께서 회동하실 때 자리를 마련하는 역할을 해요."

"만약 당신께서 힘을 빌려주신다면, 하나하나 찾아서 없애는 것보다 훨씬 효율적으로 빠르게 혼령들 문제를 해결할 수 있어요."

"과연, 그런 이야기군."

유현은 그들이 자신을 찾아온 이유를 알아차렸다.

인간이 들여다보지 못하는 영역이라도 신령이라 불리는 존재라면 들여다볼 수 있을 것이다. 영맥의 흐름을 통해 천기(天機)라고 불리는 운명의 흐름을 짚어보았다면, 유현이 대충 어떤 존재인지 정도는 알 수 있었겠지.

쾌이사 에너지라는 원천을 가진 유현이 만들어낼 수 있는 힘은 이론적으로는 무한하다.

물론 그것을 사용하는 것이 인간의 정신과 몸이기에 한계는 있다. 그럼에도 불구하고 유현은 무한한 에너지 자원을 갖고 있는 셈이었다.

무당이 사용하는 영적 에너지는 유현이 사용하는 마력과는 그 성향이 좀 다르다. 주술사의 그것과도 다를 것이다. 힘을 사역하는 메커니즘이 다르니 영혼이라는 근원으로부터 끌어올려 변환해 만들어낸 힘 역시 다른 것이다.

하지만 만약 그들이 자신의 에너지 성향을 파악하게 도와준다면, 유현은 그 힘을 얼마든지 만들어낼 수 있었다. 사소한 오차 정도는 받아들이는 쪽에서 해결할 수 있을 것이고.

이건 확실히 자신에게도 도움이 되는 일이다. 게다가 망령을 일일이 처치하는 것보다 더 빠르고 확실하게 처리할 수 있다면 거부할 이유는 없다.

"내가 정확히 뭘 할 수 있는지는 알고 있나?"

쌍둥이 자매는 고개를 저었다.

"아니요."

"신령님께서는 우리에 대해서 말씀드리면 당신이 어떻게 도울지 알 수 있을 것이라고만 하셨어요."

하여튼 신이라는 것들은 일 처리가 지나치게 모호하다. 인간사에 관여하고 싶어서 안달이면서 정작 관여하는 방식이 대충이랄까? 신비주의 컨셉도 적당히 해야 그럴싸하게 봐주지.

"음. 일단 난 너희를 도울 수 있어. 확실히 그런 능력이 있지."

그 말에 쌍둥이 자매의 안색이 밝아졌다.

신령의 말을 받드는 그들이지만 사람인만큼 의심과 고뇌가 없을 수 없다. 신령의 말이 옳다고 해서 반드시 사람에게도 좋은 결과가 나오는 것은 아니니까.

뭐, 이런 어린애들이 그런 고뇌까지 안고 있을지 어떨지는 모르겠다마는. 어린 시절부터 신령을 받들어 모셨으면 세뇌가 되어서 그런 인간적인 고뇌는 모를 수도 있다.

하지만 혼령들을 필사적으로 구하려고 하는 것을 보면 적어도 유현 자신보다는 인간미가 있는 게 분명하다. 유현은 그 점을 새삼 느끼면서 물었다.

"하지만 자그마치 신령이 일을 부탁하러 보내면서 공짜로 일을 처리해달라고 하면 좀 염치가 없지 않나? 돈을 달라곤 안 하겠지만, 설마 맨입으로 힘을 빌려달라고 온 것은 아니겠지?"

"아, 그게……."

"실은 대가로 약속하신 것이 있긴 한데요."

두 사람은 서로를 보면서 머뭇거렸다. 신령이 대가로 제시한 것이 그녀들로서는 이해할 수 없는 것이었기 때문이다.

"뭐지?"

"당신의 눈과 같은 것을 제공하겠다고……."

"눈?"

"설악산에 있는 것과는 다른 것이라고… 그렇게만 말씀드리라고 하셨어요."

순간 유현은 소름이 쫙 끼치는 것을 느꼈다.

백아산의 산신령이 어떤 존재인지는 모른다. 하지만 분명한 것은 그는 퀘이사에 대한 것을 알고 있다!

그리고 지금 지구상에, 그것도 한반도 위에 설악산 외의 퀘이사 포인트가 존재한다!

"하, 하하하하하! 이런 말도 안 되는 일이."

이미 예상은 하고 있었던 일이다.

하늘의 왼손을 보았을 때부터, 지구상에는 또 다른 퀘이사의 파편이 떨어졌고, 고대인들이 그것을 다루는 법을 터득했으리라는 것을 알 수 있었다.

그런데 이런 식으로 그 존재를 알게 되다니.

이것은 결코 놓칠 수 없는 정보다. 유현으로서는 자신이 가진 것을 완전히 통제할 방법을 알아내기 위해서라도 다른 퀘이사 포인트를 접해보아야만 했다.

게다가 다른 퀘이사 포인트가 어떤 상태인지도 궁금하다. 설악산의 그것처럼 위험천만한 상태일 것인가, 아니면 다른 상태로 변화했을 것인가.

퀘이사는 무엇이든 될 수 있고, 동시에 무엇도 아닌 존재.

그것은 말하자면 진정한 신의 힘이다.

과학으로 관측한 것들 너머에 있는, 약 150억 년 전에 우주 탄생과 함께 가장 먼저 만들어졌다고 하는 은하, 퀘이사. 그 안에는 어쩌면 신이라고 불리는 존재가 도사리고 있는지도 모르는 일이다.

유현으로서는 이 제안을 거절할 이유가 없었다.

"좋아, 너희들을 도와주지."

*　　　　*　　　　*

성아는 신경이 잔뜩 곤두서 있었다.

그럴 수밖에 없었다. 그녀는 지금 모처럼 여유가 나서 밤에 일하는 유현을 만나러 왔다. 그런데 그의 곁에는 아일라 스카우드가 붙어 있는 것은 물론이고 웬 쌍둥이 자매까지 붙어 있는 게 아닌가?

'왜 관계자가 다 여자야?'

그녀의 눈에는 저쪽에 있는 신우는 보이지도 않는 모양이었다.

"성아구나. 웬일이야?"

유현은 태연하게 그녀를 맞이했다. 새카만 전투복을 차려입은 그의 모습은 꽤나 근사하다. 성아는 그렇게 생각하곤 살짝 얼굴이 붉어졌다.

"응. 그냥… 여유가 좀 나서 도, 도와줄까 하고."

"그거 고마운 말이지만 오늘은 아마 나설 타이밍이 없지 않을까 싶은데. 오늘의 주역은 얘네거든."

유현은 그녀의 마음도 모르고 쌍둥이 자매를 가리키며 말했다. 쌍둥이 자매가 성아를 보더니 정중하게 고개를 숙이며 인사했다.

"안녕하세요. 저는 서나영."

"저는 서수영이라고 해요."

"아, 응. 난 윤성아야. 망혼이라는 조직의 신관을 맡고 있어."

"저희는 백아산 산신령님을 모시는 무당이랍니다."

성아에게서도 피비린내가 나는 것은 마찬가지였지만 그나마 사정이 비슷한 사람이라서 가깝다는 느낌이 드는 모양이다. 하지만 성아 입장에서는 유현이 왜 이런 비전투 인원을 데리고 다니는지 이해할 수가 없었다.

"근데 당신은 왜 왔어요?"

성아가 아일라에게 물었다. 그녀는 좀 떨어진 곳에서 삼각김밥을 우물거리고 있었다.

"아아, 그야 뭐, 난 그를 도와주러 한국까지 온 거니까 일단 이런 데는 따라 나와야지."

"나는 한마디도 동의하지 않았지만 말이지."

유현이 짜증스러운 듯이 투덜거렸지만 아일라는 요지부동이다. 철저한 마이 페이스라고나 할까. 이 여자, 남의 말 무시하는 것과 횡설수설하는 데는 천부적인 재능을 타고난 것 같다.

어쨌든 그녀는 유현의 일에 나서지는 않았다. 어디까지나 도움이 필요하다고 생각되는 국면이 아니면 나서지는 않는다는 태도를 고수하는 것 같다.

덕분에 지금 신우는 죽기 살기로 싸우고 있었다.

"우와아아아아, 사부님, 이제 그만 도와줘요!"

이무기의 뇌격, 그 여파로 폐허가 된 아파트 단지 한가운데서 신우는 요괴에게 쫓기고 있었다. 여러 개의 시체가 뒤엉켜

구토감을 유발하는 모습을 가진 시귀(屍鬼)는 콘크리트조차 녹이는 시독(屍毒)을 뿜어내면서 신우를 몰아붙였다.

신우는 그에 맞서 필사적으로 칼질도 해보고, 요 며칠간 터득한 마법으로 염동력 공격도 가해봤지만 상대는 별로 타격을 받지 않는다. 일단 덩치도 크고 체중도 무겁다 보니 신우의 공격 따위는 대수롭지 않게 여기는 듯했다.

"좀 더 버텨봐."

하지만 유현은 냉정하게 말했다. 신우의 비명이 더 커졌다.

보고 있던 쌍둥이 자매가 걱정스럽다는 듯이 물었다.

"저거, 진짜 안 도와줘도 괜찮아요?"

"저 애, 아무래도 위험해 보이는데……."

신우와 비슷한 또래로 보이는 그녀들이었지만 실제 나이는 무려 열일곱 살. 유현보다 한 살밖에 어리지 않았다. 왜 요즘 들어 알게 된 영능력자 여자들은 죄다 동안인 걸까. 유현은 그 점이 참 미스터리라고 느끼면서 코웃음을 쳤다.

"문제없어. 피해서 도망 다니는 데는 나름 도가 튼 녀석이니까."

두 달 동안 들들 볶아댄 덕분에 그 점에는 진짜 이골이 난 신우였다. 게다가 지금은 심상 공간도 아니고 현실이다 보니 맞으면 죽는다는 위기감에 더더욱 필사적이다.

"에이이잇!"

신우가 시귀의 공격을 피하면서 그 품으로 파고들었다. 들고 있던 검으로 시귀의 머리—비슷한 것—를 후려치자 퍼억 하는 소리와 함께 두 동강 난다. 하지만 다음 순간 잘려졌던 부분이 다시 붙어버리더니 신우의 검을 꽉 물고 놓아주질 않았다.

"엿 됐다."

신우는 본능적으로 시귀의 몸을 걷어차면서 허공으로 날았다. 간발의 차로 시귀의 팔이 그 자리를 가로질렀는데, 아슬아슬하게 다리를 치고 지나가는 바람에 신우가 균형을 잃고 허우적거렸다.

"우왁!"

"한심한 녀석."

유현이 재빨리 날아가서 그의 몸을 잡아챘다. 그리고 바닥에 패대기치며 말했다.

"이건 지능도 제대로 못 가진 저급한 놈이라고. 칼질이라도 제대로 했으면 충분히 처리할 수 있었잖아."

"으, 공격이 안 먹힌다고요."

"으휴, 이 화상을 어떻게 가르쳐야 하나."

유현은 투덜거리면서 검을 뽑아 들었다. 그것도 한 자루가 아니고 다섯 자루였다. 허공에 던져 놓듯이 뿌려놓자 염동력 때문에 허공에 둥둥 떠 있다. 그리고 유현으로부터 공간을 타고 흘러간 기운이 검신을 눈부신 빛으로 타오르게 만들었다.

위잉! 위이이이잉!

"호오."

보고 있던 아일라가 재미있다는 듯 턱을 쓰다듬었다. 저 기술은 전에 싸울 때도 잠깐 보여줬던 이기어검술이 아닌가?

그리고 유현의 염동력을 타고 빛의 검들이 일제히 날았다. 거구의 시귀는 당황해서 검들이 날아드는 것을 바라보기만 했고, 검은 그대로 시귀의 몸에 꽂혀 버렸다. 깊숙이 꽂히는 것과 동시에 검신에 머금어진 기운이 그 속으로 빨려들어 가듯 사라진다.

퍼어어어엉!

다음 순간 시귀의 내부로부터 빛이 폭발하며 시체로 이루어진 몸뚱이를 산산조각으로 박살 내버렸다. 유현은 염동 장벽으로 날아드는 파편을 막아내고는 다시 다섯 자루의 검을 불러들였다.

쉬리리릭!

검이 살아 있는 것처럼 날아들어서 마법 포켓 안으로 사라졌다.

너무나도 간단히 시귀를 처리해 버린 유현을 신우는 입을 떡 벌리고 바라보았다. 세상에! 그가 강하다는 사실은 매일 볼 때마다 느끼는 거지만 이건 진짜 사람의 실력 같지가 않다. 그나마 여태까지는 신우가 보고 배우도록 참고가 되는 스타일로 싸웠는데 오늘은 귀찮다는 듯 인간의 경지로는 보이지 않는 실력으로 간단하게 처리해 버린 것이 아닌가?

"오늘의 메인이벤트는 이놈이 아니니 빨리 처리해야지. 대신 정보는 수집해 뒀으니까 네 다음 특훈 상대는 이거다."

"으, 저거랑 또 싸우라고요?"

"그럼? 안 싸울래? 딴 놈으로 붙여줄까? 라이칸스롭 어때? 아니면 내가 지난번에 싸웠던 팔미호라도 한번 상대해 볼래?"

"아, 아니, 그냥 저거랑 싸울게요."

유현의 날카로운 눈빛에 신우는 대번에 주눅이 들어서는 고개를 저었다.

심상 공간에서 유현과 싸우는 것도 괴롭지만 그 이상으로 괴로운 게 유현이 그 자신의 훈련 상대로 만들어낸, 유사 인격을 가진 괴물들과 싸우는 일이다. 실전과 똑같은 상황을 상정하기 때문에 정말 처절한 꼴을 많이 봐야만 했다.

어쨌든 간단하게 요괴를 처리한 유현은 쌍둥이를 바라보았다. 쌍둥이는 고개를 끄덕이고는 유현에게로 다가와서 갑자기 웃옷을 벗기 시작했다.

"무무무무무, 무슨 짓이야!"

돌발적인 행동에 성아가 깜짝 놀라서 소리쳤다.

유현이 약간 난감하다는 듯 쓴웃음을 지었다.

"아니, 그게… 애네 등을 봐."

윗옷을 벗은 쌍둥이의 등에는 서로 반전되는 모양으로 그려진 붉은색 문신이 있었다. 살색보다 약간 진한 색으로 그려진 그것은 두 개의 원이 뒤틀어지며 산과 그 아래쪽에 잠든 용의 모습을 상징하고 있는 것이었다.

"이번 일을 하려면 내가 이거에 손을 대고 있어야 한다는데."

말하자면 저 문양은 쌍둥이 무당이 외부로부터 커다란 힘을 주입받기 위한 문 같은 것이다. 원래는 신령이라는, 일반 혼령과는 차원이 다른 거대한 혼령을 받아들이기 위해 새긴 문신인 모양이지만, 살아 있는 인간이 그녀들에게 제대로 에너지를 전달하기 위해서는 신체 접촉이 필요하다고 한다.

성아도 설명을 듣고는 상황을 이해했다. 하지만 이 기분은 뭘까? 다소곳하니 등을 드러내고 유현의 손길을 기다리고 있는 두 자매를 보고 있자니 울컥하는 기분이 샘솟는다.

"꼬, 꼭 그래야 해?"

"어쩔 수 없지, 뭐."

"으으……."

유현은 별로 느껴지는 게 없는 태도였지만 성아는 가슴속에서 시커먼 어둠의 기운이 솟아나는 기분이었다.

'나도 아직 제대로 된 스킨십을 못해봤는데!'

자기는 손도 아직 제대로 못 잡아봤는데 갑자기 튀어나온 꼬맹이들이 저런 대담무쌍한 행동을 하다니, 이건 또 무슨 운

명의 장난이란 말인가! 유현이 그녀들의 등에 손을 가져다 대
는 것을 보면서 왠지 울고 싶은 기분을 느끼는 성아였다.

'아, 부럽다. 왜 만날 사부님만 좋은 일이 생기냐.'

그 옆에서는 신우가 입맛을 다시고 있었다. 이러니저러니
해도 한창 성장기의 청소년답게 여자 아이들의 벗은 몸에 시
선이 가는 것은 어쩔 수 없었다. 게다가 자신과 비슷한 또래
이다 보니 더더욱 신경이 쓰인다. 어려 보이는데 그래도 가슴
도 적절하게 부풀어 있어서 브래지어를 하고 있다가 유현과
신체 접촉을 위해서 후크를 풀고…….

'웃, 이거 너무 야하잖아.'

두 사람이 무슨 기분을 느끼건 간에 유현은 작업에 들어갔
다. 아까 전에 꼼꼼하게 분석한 쌍둥이 자매의 영력 패턴을
뇌리에 떠올리면서 퀘이사 에너지를 개방, 변환을 시작한다.

"헉."

쌍둥이의 입에서 신음이 흘러나왔다.

그녀들의 얼굴이 발갛게 상기되면서 땀이 나기 시작한다.
유현으로부터 거대한 영력이 생성되어서 그녀들에게로 흘러
들어 가기 시작한 것이다.

'이건 상상 이상…….'

두 사람은 똑같이 당황하고 있었다.

신령이 점지해 준 사람이니만큼 거대한 힘을 갖고 있으리
라고는 생각했다. 하지만 지금 밀려드는 힘의 양은 신령이 임

할 때보다도 더 큰 것 같지 않은가?

인간이 이런 힘을 가질 수가 있단 말인가?

하긴 방금 전의 전투만 해도 눈이 휘둥그레지는 상황이었다. 콘크리트 더미를 간단하게 박살내고 쓸어버리는 시귀를 아침 운동하듯 간단하게 처리해 버렸으니까.

'잡생각은 그만하자. 일단 집중해, 수영아.'

'응. 알았어, 나영아.'

두 사람은 일단 잡념을 접고 몸속으로 흘러들어 오는 에너지를 제어하는 데 모든 신경을 집중했다.

"그, 그만."

"한계예요."

두 사람의 말을 들은 유현은 영력의 공급을 중단하고 손을 뗐다.

두 사람이 받아들인 에너지의 양은 확실히 방대했다. 신들의 회동 때 자리를 마련한다는 것도 거짓은 아닌 듯하다.

유현은 무한히 에너지를 생성할 수 있지만, 인간의 몸에 한 번에 담을 수 있는 에너지의 총량, 그리고 한 번에 방출할 수 있는 에너지 출력에는 한계가 있다. 그것을 극복하기 위해 여러모로 노력 중이긴 하지만 타고난 그릇을 극복하기는 어려웠다.

그 점에서 이 쌍둥이들이 가진 수용 가능 용량은 대단했다. 그것만으로 보면 유현을 훨씬 능가한다.

띠리링.

쌍둥이들의 허리춤에 매달린 은방울이 맑고 투명한 소리를 냈다.

동시에 그녀들로부터 청량한 기운이 퍼져 나간다. 그 기운이 아주 넓은 권역으로 퍼져 나가며 주변을 자극한다.

시귀와 맞서 싸운 이 땅은 부정한 기운으로 오염되어 있다. 그 기운이 그녀들이 발하는 파장을 받고 흠칫 떨리는 것처럼 느껴졌다.

"뭘 하려는 거죠?"

신우가 이해할 수 없다는 듯 물었다.

지금 이곳에도 상당히 많은 혼령이 있었다. 사람들이 떼거지로 죽은 곳이니 당연하다. 하지만 쌍둥이 자매는 그들에게 힘을 뿌려내는 것이 아니라 훨씬 더 넓은, 반경 수백 미터에 걸쳐 힘을 뿌려내고 있었다.

"불러들이고 있는 거야."

대답한 것은 성아였다. 그녀는 하늘을 올려다보고 있었다.

띠리링, 하는 방울 소리가 계속 울려 퍼지면서 주변의 혼령들을 자극한다. 마치 단 냄새에 이끌리는 벌들처럼, 지성을 상실하고 단순하고 부정적인 감정에 사로잡혀 있던 혼령들이 꾸역꾸역 이곳으로 몰려들기 시작한다.

그 수는 무려 수천! 겨울의 들판에서 날아오르는 철새의 무리처럼, 영혼을 볼 수 있는 자에게는 사방팔방을 가득 메우면서 날아오는 영혼의 무리가 공포스럽게 보였다.

'이만한 혼령들을 다 불러들여서 어쩔 생각이지?'

성아는 자신의 영적 그릇이 저 쌍둥이 자매보다 더 크다고 판단했다. 하지만 자신이라고 해도 지금 몰려드는 혼령들을 다 어찌할 수는 없다. 그만큼 그들의 숫자가 많았다.

유현도 흥미로워하면서 쌍둥이 자매의 행동을 지켜보고 있었다. 과연 어떤 방법으로 사태를 해결할 생각이지?

"떠나고 떠나고 떠났는데, 아직도 발길이 묘지 위에 머무르고 있네."

"보고 보고 또 보아도 아무것도 보이지 않는 날들아."

두 사람은 주거니 받거니 하면서 영령들에게 자신들의 목소리를 전하기 시작했다. 동시에 고도의 교감 능력으로 자신들의 마음을 증폭시켜서 혼령들에게 쏟아 붓는다.

그 순간 그들의 마음은 순백 그 자체였다.

망아(忘我)의 상태라는 말이 있다. 어떤 일에 극도로 집중하면 다른 모든 것을 잃어버리는 경지.

그녀들은 지금 그런 상태에 들어가 있었다. 마인드 컨트롤에 의해 의도적으로 마음을 비우고 집중력을 극도로 끌어올려, 그야말로 자기 자신이 지워진 텅 빈 상태가 된 것이다.

그러한 마음으로 혼령들과 동조하고, 그들의 감정을 가라앉히면서 동시에 정화력을 흩뿌린다. 이 자리에 모인 혼령들은 자신도 모르는 새 두 자매의 마음에 녹아들어서 광기를 잃어가고 있었다.

'대단하군.'

유헌은 솔직히 감탄했다.

스스로를 잊는다.

말은 쉽다. 하지만 정말 자기 자신을 비우고 망아에 들 수 있는 자가 누가 있겠는가? 그것도 의도적으로, 자칫하면 스스로를 다른 존재에게 침범당해 영영 자신을 되찾을 수 없을지도 모른다는 것을 알면서.

순수함이란 무서운 것이다. 퀘이사 에너지가 그러하듯이, 그것은 무엇이든 될 수 있고, 동시에 무엇이든 자신을 추구하게 만들 수 있으니까.

"쫓고 쫓고 쫓다 보니 마침내 아침 햇살에 스러지는 안개가 되었더라."

"길을 찾고 찾아 도달한 곳은 샘터였으니."

두 사람은 자신조차 잊은 채 계속해서 주문을 노래한다. 그것은 그녀들이 자신의 육체에 각인시켜 둔 일종의 자율 행동이다. 그녀들 자신은 그러한 행동을 계속할 의지가 남아 있지 않다.

그러나 그것은 마치 미래의 행동을 미리 정해두고, 아직 이루어지지 않은 시간을 예비하여 미리 행동한 것과 같다. 그렇기에 그것은 그녀들의 진심을 담아 혼령들을 움직이기 시작했다.

사아아아아…….

바람과 함께 빛의 입자들이 흩날리기 시작한다.

그것은 정녕 장관이었다.

투명한 빛이 사발팔방으로 퍼져 나가면서 공간을 가득 메우고, 그 속에서 광기를 잃은 혼령들이 점차 살아생전의 모습과 자아를 되찾는다. 그들 모두가 망아의 상태로 들어간 쌍둥이와 무수한 교감을 나누고 있었다.

물론 그것은 인간의 정신으로 가능한 일이 아니다. 그녀들은 자신을 텅 비운 채, 혼령들 스스로를 비추는 거울이 되어줄 뿐이었다.

광기의 이면에는 인간이었던 그들의 본성이 있었고, 그들은 텅 빈 존재가 되어 모든 것을 받아들여 주는 두 소녀를 통해 자기 자신의 목소리를 들었다. 그것이 그들을 일깨워 죽음을 받아들이게 하고 마침내 구원으로 이끌어주고 있는 것이다.

마침내 마음을 되찾고 갈 길을 정한 혼령들이 하나둘씩 움직이기 시작했다. 누구에게 물을 것도 없이 그들은 답을 알고 있다. 쌍둥이의 몸속으로 스스로를 던지니 그녀들이 자신의 몸을 매개로 열어둔 승천의 문이 그들을 저승으로 인도했다.

"대단해……."

밤하늘을 아름답게 물들이며 뻗어 나가는 빛줄기를 보며 성아가 넋을 잃은 표정으로 감탄했다.

이런 일이 가능할 줄이야. 자신이 영적으로 그녀들보다 뛰어나다고 해도 상상조차 할 수 없었던 일이다.

아니, 그녀들이 하는 일 자체는 그렇게 특이하지 않다. 그토록 간단하게 스스로를 버리고 망아의 경지로 들어가는 것 자체는 대단하지만, 결국 사용하는 수법 자체가 변하진 않았다.

정말 대단한 것은 그 규모다.

수천의 혼령을 몸에 품어 승천시키면서도 인간이 부서지지 않고 버틸 수 있단 말인가? 인간은 다른 영혼을 하나만 더 품어도 과부하로 망가지는 존재이거늘.

하지만 그녀들은 해냈다.

불러들인 혼령들이 하나도 빠짐없이 모두 승천하고 나자, 마침내 사그라지는 빛 속에서 그녀들은 힘을 잃고 그 자리에서 쓰러졌다.

털썩.

유현은 가만히 둘에게로 다가가서 웃옷을 입혀주었다. 성아가 다가와서 말했다.

"대단한 아이들이네."

유현은 쓴웃음을 지으며 대꾸했다.

"그래. 정말 우리는 상상도 할 수 없는 일을 하는군."

이런 세상에서 광기와 악의를 갖고 폭주하는 존재들을 모아놓고 어르고 달래서 말을 듣게 만들다니. 문제를 대화로 해결한다는 것은 얼핏 쉬워 보이지만 얼마나 어려운 일인가.

그러니까 이것은 기적이다.

"우리가 절대로 할 수 없는 일이고, 그것이 가치있는 일이라면… 이런 취미 생활도 나쁘지 않겠지."

"취미 생활인 거야?"

성아가 기가 막혀하며 묻자 유현이 씩 웃었다.

"나한테는."

두 사람의 경의를 받은 쌍둥이 자매는 세상모르고 잠들어 있었다.

안색은 창백해져 있었고, 몸에서는 식은땀이 흐르고 있었지만 그럼에도 불구하고 두 사람의 입가에는 미소가 걸려 있었다. 마치 그녀들을 거쳐 간 혼령들이 선물해 준 행복한 꿈을 꾸기라도 하는 것처럼.

4

"이걸 좋아해야 하나, 말아야 하나?"

육도의 수라 급 에이전트 신아연은 의료 구획에서 나오면서 투덜거렸다. 환자복을 벗은 그녀는 반팔 셔츠 하나만을 입고 있어서, 기계로 된 왼팔이 마치 CG로 합성해 놓은 것처럼 두드러지고 있었다.

몸은 이제 완전히 회복됐다. 예상보다 회복 기간이 단축된 것은 육도 상층부의 배려 덕이다. 상층부에서는 죽은 사람조차 살린다는 비약, 넥타르를 내려 그녀의 회복을 앞당긴 것이다.

물론 그들이 공짜로 그런 일을 했을 리는 없다. 그리스 신화에서 올림포스의 신들이 마시는 불사의 음료 넥타르는 작은 향수 병 크기의 병 하나에 든 분량이 시가 100만 달러를 호가하는 기적의 약이었으니까.

그런 것을 내린 것은 신아연이 필요했기 때문이다. 그녀에게는 몸이 회복되어 최종 컨디션 체크를 마치는 대로 출격하라는 명령이 떨어졌다.

"후우."

그녀가 의료 구획에서 나오자마자 한 일은 육도 본거지의 매점에서 담배를 사서 피우는 일이었다. 선택한 담배는 말보로 레드. 쿠바산 시가도 좋긴 하지만 담배는 줄줄이 피우는 게 또 맛이다.

절벽 위에 세워진 난간에 걸터앉아서 광대한 지리산의 산세를 내려다보고 있는 그녀에게 한 소녀가 다가왔다.

"벌써 나오셨네요."

축생 계급의 마법사 소녀, 진선희였다.

"아아, 휴가고 뭐고 없으니 몸 회복되는 대로 닥치고 나가라던데. 나원 참. 아무리 인원이 부족해도 그렇지 너무 막 굴리는 거 아냐?"

신아연은 담배꽁초를 바닥에다 버리면서 투덜거렸다. 그것만 보면 그야말로 환경의 적이라고 할 만한 행동이었지만 그 꽁초는 허공에서 둥둥 떠서 10미터밖에 있는 쓰레기통으로 날아가서 골인했다.

"무려 넥타르를 줬다면서요? 100만 달러짜리 약은 무슨 맛인가요?"

"별 맛 없어. 그냥 아주 청량하고, 마시면 마치… 사막에서 스무 시간쯤 물도 못 먹고 헤매다가 마시는 물 한 방울 같은 맛이 나지."

"천상의 맛이라는 이야기네요?"

"그렇긴 한데 기왕이면 신선주(神仙酒)를 마셔보고 싶었단 말야. 넥타르 이건 남녀노소 다 좋아할 것 같은 맛인데, 그쪽은 신들과 신선들이 마시는 불로불사의 술이니 좀 더 어른의 맛이 나지 않았을까?"

"안 마셔봐서 모르겠군요. 하여튼 이제부터는 600만 달러의 에이전트라고 불러드려야 하나요?"

"500만 달러는 원래 내 가치인가?"

"아뇨. 의수와 장비 값이죠."

"재미없어. 아니, 그것보다 넌 나이도 어린 게 어떻게 600만 달러의 사나이를 알고 있는 거야?"

"소머즈와 전격 Z작전도 알죠. 옛날 작품들 찾아보는 게 취미라서."

"원참. 그러고 보니 전격 Z작전 운운하는 걸 보니 그 차를 이미 봤나 보지?"

두 사람은 이번 작전에서도 함께 행동하게 되었다. 또 둘이서만 주요 작전을 수행하게 되다니, 이것도 악연이라고 할 만하겠지만 최근 3교대로 차출되어서 육도 방어와 정보 조작에 투입되고 있던 진선희는 만세를 부르고 싶은 기분이었다.

이번 작전을 위해 두 사람에게는 여러 장비가 지급되었는데, 그중에는 차량과 바이크도 있었다.

"아우디 R8을 베이스로 개조한 특수 차량이라고 하던데요."

"내 가슴을 두근거리게 만드는 모델이지. 원하는 게 있으면 되도록 지원해 줄 테니 일단 써서 내라기에 그렇게 해봤더니 진짜로 나와서 깜짝 놀랐어."

"별로 여자가 운전하고 싶어서 두근거릴 모델은 아닌 것 같은데 말이죠."

"전에 고속도로에서 웬 여자가 그걸 타고 뒤에는 초보운전 딱지를 붙이고 가는데… 왠지 내가 눈물을 흘리고 싶은 기분이었어."

"그건 굉장하군요. 하지만 전 조용하고 안정적인 운전자가 좋으니까 고려해 주세요. 어쨌든 메디컬 체크가 끝나셨으면 슬슬 준비하셔야죠? 오늘 내로 떠나라는 명령이던데."

"사람을 너무 막 부려먹는다니까."

"여기 남아서 부려지다 보면 외부 작전 투입이 얼마나 축복받은 일인지 느끼시게 될걸요. 전 장비 목록 점검하고 받아올 테니까 그동안 짐 챙겨주세요."

"오케이."

고개를 끄덕이며 다시 담배 한 개비를 무는 신아연을 놔두고 진선희는 장비를 받기 위해 몸을 돌렸다. 그때 그녀의 등 뒤로 신아연의 목소리가 들려왔다.

"이번 임무의 배후에 있는 게 대체 뭘까?"

"…글쎄요."

두 사람에게 내려진 임무는 간단했다.

진유현과 교섭하라.

굳이 두 사람이 작전 인원으로 선택된 것도 이미 인연이 있기 때문이다. 과거 진유현과 함께 일했던 요원을 보내자는 의견도 있었으나, 환몽여제 김지아가 굳이 두 사람을 선택했던 것이다.

게다가 그들이 진유현에게 내밀어야 하는 교섭 조건은 어마어마하다.

"그런 애송이에게 천상 급 자리를 제안하다니."

당신을 육도의 천상 계급으로 받아들이고 싶으니 돌아오라.

그것은 옛날 왕정시대로 말하자면 공작의 작위를 하사할 테니 이 나라에 머물러달라는 것 정도는 되지 않을까. 혹은 거대한 제국에서 황제가 왕의 자리를 하사하는 것과 같을지도.

두 사람에게는 무섭도록 충격적이고, 동시에 이해할 수 없는 임무였다. 그가 중요한 능력을 가졌고, 당장 수라 급으로 받아들여도 좋을 만한 실력자라는 것은 인정한다. 하지만 천상 급이라니?

당연하지만 상층부에서는 그래야만 하는 이유를 일체 설명하지 않았다. 조직의 말단인 두 사람은 그냥 닥치고 임무를 수행하기만 하면 된다.

"어쩌면, 아니, 분명히 우리가 알아서는 안 되는 치명적인 이유가 있겠죠. 하지만 솔직히 좀 열받기는 하는군요."

"그렇겠지. 뭐, 조직의 도구라는 점은 납득하지만 이렇게 큰 사태에서 아무것도 모르고 휘둘리는 것이 달갑지는 않아. 일단 시간은 넉넉하게 주었고 재량권도 주었으니 천천히 파봐야겠어."

"좋은 생각이에요. 그러고 보니 진유현의 옆의 옆에 집을 사들였으니 거기서 살면 된다는군요. 보내고 싶은 짐 있으면 미리 말하래요. 가구와 생필품은 제가 대충 인터넷 쇼핑몰에서 골라서 사고 상부에 청구해 뒀으니 그 밖에 바라는 게 있으면 미리 정해두시길."

"그래."

"정보 파일도 읽어보세요. 지금 거기 살고 있는 인물 중에 위험인물도 있으니까."

"위험인물?"

신아연이 눈살을 찌푸리며 묻자 진선희는 자신이 갖고 있던 정보 파일을 건네주었다. 이미 다 보고 외웠고, 작전 수행 데이터베이스에도 저장해 두었기 때문에 그녀에게는 더 이상 필요없는 물건이다.

그것을 받아 들고 넘겨보던 신아연의 표정이 한순간 확 굳어졌다. 물고 있던 담배를 씹어서 두 동강 내면서 맹렬한 살기를 뿜어내기 시작한다.

"이년이 뻔뻔스럽게 다시 한국에 들어왔나?"

신아연이 살의를 보이고 있는 페이지에는 한 외국인 여성의 얼굴과 아일라 스카우드라는 이름이 적혀 있었다.

* * *

사람이 자신의 몸에 다른 영혼을 임하게 하는 것은 실은 저질러서는 안 되는 금기(禁忌)다. 귀신이 씌었다면 그것만으로도 인생이 파탄날 수도 있으니까.

딱 하나, 그런 금기의 예외가 되는 존재가 있으니 그것이 바로 무당이다. 그들은 자신의 몸을 신이 임할 자리로 내어주며, 자신의 몸을 매개로 상처 입은 혼령을 달래어 저승으로 가는 길을 인도한다.

그러나 그렇다고 해서 그것이 그들에게 무리가 가지 않는
다는 의미는 아니다.

나영, 수영 자매는 신열로 앓아누워 있었다.

"회복될 때까지는 쉬게 해야지. 역시 어제는 나가지 말았
어야 하는 건데."

유현은 투덜거리면서 나란히 누운 두 사람의 머리에 마법
으로 냉각시킨 물수건을 얹어주었다.

며칠간 유현은 쌍둥이 자매를 도와서 안산 곳곳의 망령들
을 있어야 할 곳으로 보내주었다. 일주일도 안 되어서 안산에
있던 망령들의 인구 밀도(?)가 달라졌다는 생각이 들 만큼 많
은 숫자를 처리했다.

그리고 그 결과가 이거다. 몸살감기와도 비슷한 증상이었
지만 약으로는 낫지 않는다. 온몸이 발갛게 달아올라서 계속
해서 땀을 흘려대는데, 열이 40도를 넘나들며 괴로워하고 있
었다.

일단 마법 의사를 불러서 응급처치를 해두고 마법적인 효
력을 가진 비약을 먹여서 상태가 그나마 나아진 게 이거다.

"나참, 손이 많이 가게 만드는군."

유현은 두 사람의 땀을 닦아주며 투덜거렸다.

"돈이 아니고요?"

"그건 너고."

물을 가져오는 신우의 농담에 한마디 쏘아붙여 주는 것을

잊지 않는다.

확실히 이 두 사람이 온 뒤에 돈을 많이 쓴 것은 사실이지만—심령 의사를 왕진 오게 만든 비용이나 약값도 일반인의 상상을 훌륭하게 초월할 정도로 비쌌다—유현의 재력을 생각하면 별거 아니다. 게다가 이 아이들의 신령이 약속한 것을 생각하면 몇 억이 들건 약소한 수준이겠지.

"이럴 때는 여자가 있는 쪽이 좋은데."

열이 오르는 환자를 어떻게 할 것인가. 의사에게 물었다면 발가벗겨 놓고 땀을 닦아주라고 말했을 것이다.

유현은 여자의 몸을 보건 말건 별로 상관 안 하는 사람이라서 필요하다면 얼마든지 그렇게 할 수 있었지만, 문제는 이 두 사람이 어떻게 생각하느냐는 것이다.

일반인을 배려한다는 것은 귀찮다. 엄밀히 말하면 두 사람은 연옥에 속한 존재이지만 그래도 자신과는 발 담근 어둠의 깊이가 달라도 너무나 다르다.

'이 녀석이라도 멀쩡했으면 좋았을 텐데.'

유현은 괜히 난슬을 흘겨보았다. 난슬은 두 사람 사이에서 몸을 말고 곤히 잠들어 있었다. 날이 갈수록 잠자는 시간은 늘어가는데 아직 이전의 모습을 회복할 기미는 없다.

일단은 쉬게 놔두는 편이 낫겠지. 그렇게 생각한 유현이 몸을 일으킬 때 수영이 몸을 뒤척이며 뭐라고 중얼거렸다. 흐느낌이 섞인 웅얼거림이었지만 청력이 과도하게 발달한 유현은 그 말을 알아들었다.

"너희도 이런 때 찾는 건 다른 사람과 똑같군."

잠시 멈칫했던 유현은 그렇게 투덜거리며 거실로 나왔다.

수영이 웅얼거리며 내뱉은 말은 '엄마'였다.

인생을 신령에게 저당 잡힌 소녀들이라고 해도 인간의 본
성만은 남아 있는 것일까. 약해졌을 때 엄마를 찾는 것은 전
세계 인간들의 공통점이라고 한다.

하지만 내게는 그런 게 어울리지 않지. 다시는 그 이름을
부르는 일이 없을 것이다. 이렇게 황폐한 전장 속에서 심플하
게 총과 칼로 대화를 나누다가 어느 날 쓰러져 죽어가겠지.

거기에 저런 자비로운 본능이 개입될 여지는 없다. 그 이름
을 부를 자격은 12년 전에 이미 잃어버렸다. 그들과 자신의
관계는 두 번 다시 회복되지 않은 채, 철저히 서로를 바라보
지 않은 채 살아가다 죽을 것이다.

문득 유현은 신우에게 물었다.

"그러고 보니 네 부모님은 어떻게 됐냐?"

원래대로라면 이런 것을 묻지 않았겠지만 신우는 그의 제
자다. 스승과 제자 사이니 어떻게 살아왔는지 아는 것도 괜찮
겠지.

"음? 부모님이요? 전에 사부님이 죽인 그 현윤이라는 양반
한테 죽었어요."

"현윤?"

"자염 당주요. 아버지가 전 당주였다가 현윤한테 뒤통수를 맞았죠."

"그래? 혹시 그거 내가 미안해해야 하는 부분인가?"

"아뇨. 원수를 갚아주셨으니 고마워해야겠죠? 으음, 그리고 어머니는 옛날에 돌아가셨어요. 아버지가 나이도 많은 주제에 색탐이 심각해서 이 여자 저 여자 첩으로 거느려서 씨를 뿌려대다가, 질렸다고 쳐다보지도 않아서 시름시름 앓다가……. 사실 그래서 아버지가 뒈졌을 때는 좀 후련했죠."

"상당히 비틀린 부자 관계였군. 하긴 뭐, 이 업계에선 흔한가?"

지독한 과거였지만 신우는 태연했다. 그런 태도를 가장하는 것이 아니라 진짜로 그렇게 여긴다는 것은 그의 눈만 봐도 알 수 있다. 이 녀석도 어린 나이에 굴곡이 많은 인생을 살았군.

"사부님은요?"

"나? 내 가족은… 전부 살아 있어."

"예?"

의외의 대답에 신우가 깜짝 놀랐다.

세상에. 이 세상이 자기 혼자밖에 안 남은 것 같은 이 양반에게도 가족이라는 것이 있단 말인가?

"왜 그리 놀래?"

"아니, 너무 의외라서요. 전 당연히 사부님도 고아일 거라고 생각했는데요."

"별로 다르진 않아. 살아 있지만 나한테는 죽은 거나 마찬
가지거든. 못 본 지 벌써 12년 됐어."

"어… 왜요?"

"그 사람들한테 나는 없는 거나 마찬가지거든. 아니, 마찬
가지라고 하기보다는 뭐랄까… 음, 그래, 확실히 없는 존재라
는 게 맞겠다."

유현은 이 정도면 알겠지 하는 표정이었지만 신우는 도통
이해할 수가 없었다.

아니, 이게 도대체 무슨 뜻이야? 다 살아 있지만 죽은 거나
마찬가지고, 그 사람들한테는 자기가 없는 거나 마찬가지라
니?

드라마 같은 데서 나오는 치정 관계를 빗대서 말하는 건
가? 예를 들면 사생아나 내놓은 자식이라던가.

하지만 신우가 오해를 하건 억측을 하건 유현은 그 이상은
말해줄 생각이 없는 것 같았다. 표정은 태연한데 몸에서 불쾌
한 기색이 풀풀 풍기는 게, 더 캐물었다가는 한 대 맞을 것 같
은 분위기라서 신우는 그냥 입을 다물었다.

"그럼 난 나갔다 온다."

"어? 어디 가시게요?"

"순찰이나 돌고 오려고. 넌 오늘은 쉬면서 쟤들이나 좀 돌
봐주고 있어."

"으, 애 보기는 싫은데. 사람 돌보는 거 그리 익숙하지 않다고요."

"너보다 나이 많다, 쟤들."

유현은 피식 웃으며 말하고는 대충 장비를 챙겨서 나갔다. 엘리베이터를 타는 것도 귀찮았는지 아파트 가장자리의 난간을 넘어서 그대로 밤하늘에 몸을 던진다.

"누가 보면 투신자살하는 줄 알겠네."

신우는 그렇게 투덜거리며 문을 닫았다.

아파트에서 뛰어내린 유현은 허공에서 반전, 밀도가 희박한 공기를 마치 땅처럼 밟고 날아서 건물과 건물 사이를 이동하기 시작했다. 그러다가 가까이 따라붙는 기색을 느끼고는 옆을 바라보았다.

"좋은 달밤이군. 별은 잘 안 보이지만."

그의 움직임을 스토킹이라도 하고 있었던 건지, 아일라가 귀신같이 따라붙은 것이다. 유현은 눈살을 찌푸리며 쏘아붙였다.

"댁 말야. 솔직히 귀찮거든?"

"어차피 혼자 나온 거 아닌가? 평소보다 좀 날카롭군. 무슨 심경의 문제가 있나? 청소년기의 고민? 아니, 그런 걸 가질 성격으론 안 보이는데."

"멋대로 떠드시지."

유현은 그녀와의 대화를 포기하고 광범위하게 마법 탐지

망을 펼쳐서 요괴의 존재를 찾아 돌아다니기 시작했다. 그러다 문득 하늘을 올려다보자 약간 어둠에 먹힌 달이 뿌옇게 빛나고 있었다.

"별로 좋은 달밤도 아니구먼."

그는 그렇게 투덜거리며 어둠에 잠긴 도시 한곳을 향해 날아가기 시작했다.

오늘 밤에도 망령은 건드리지 말아야겠다. 그것을 처리하는 것은 더 이상 그의 몫이 아니었으니까.

*   *   *

에밀 크레이그는 흥미로운 표정으로 돌조각을 만지작거리고 있었다. 그것은 겉보기로는 별 특징이 없어 보이는 그냥 돌조각이었지만 실제로는 다르다.

그것은 지구에는 없는 물질이다.

"나도 한번 달에 가보고 싶군. 기념품을 찾는 것도 괜찮을 것 같은데."

그의 앞쪽 소파에는 모건이 앉아서 캔 맥주를 마시고 있었다. 담배도 잊지 않는다. 줄담배를 피워대던 그는 한 갑을 다 피우고 나자 그것을 휙 던져 놓으며 한숨을 쉬었다.

"아, 이제야 살 것 같군. 달은 사람 살 곳이 아냐."

"어땠지?"

"공기가 없으니 담배를 못 피우지. 그것만으로도 최악 아닌가."

"난 담배 없는 세상이라면 도리어 환영하고 싶은데."

"저런. 환경 친화적이라서 힘들겠어. 하지만 유감스럽게도 이 세상의 즐거움은 모두 환경 파괴와 타락으로부터 오지."

나이 차가 20년 이상은 되어 보이는 두 사람이었지만 평대를 하는 것이 매우 자연스러웠다. 젊은 사업가로 알려진 에밀이었지만 연옥의 조직 미드가르드의 CEO를 맡고 있는 그의 실제 나이는 적어도 보이는 것보다는 훨씬 많았다. 그 사실을 아는 사람은 별로 없었지만.

모건이 또 한 개비를 꺼내서 입에 물며 말했다.

"그리고 보니 이번에 일본 애들이 달에서 우라늄 발견했다며? 다음에 가면 우라늄이나 찾아볼까?"

"한 20년쯤 후면 달을 둘러싸고 세계대전이 벌어질지도 모르지. 우주에서."

"SF가 현실이 되는 건가."

"물론 난 인류에게 그런 근사한 기회를 제공할 생각은 없어. 내가 그들에게 평화와 안식을 주지. SF보다는 판타지가 되겠지만."

에밀은 월석을 내려놓으며 말했다. 모건이 피식 웃었다.

"하긴 자네의 계획은 그린피스에서 알면 열렬하게 옹호할지도 모르지."

"전 세계의 녹지화, 정말 아름다운 계획 아닌가. 어떤 의미에서는 인류의 꿈이기도 해. 물론 내가 인류는 아니지만."

에밀은 천연덕스럽게 자신이 인류임을 부정했다.

그러나 그는 인간의 모습을 하고 있고, 인간의 식사를 하며, 인간의 말을 하고, 인간으로서 사회적 활동을 한다. 그럼에도 불구하고 인류임을 부정하는 것은 그가 유전자적으로 인류와 흡사하면서도 다른 존재이기 때문이다.

"숲이 사라지면 요정도 살아갈 수 없게 되는 건가."

"유럽에 구전되는 페어리테일(Fairytale)들을 모아보면 요정의 서식처는 숲으로 정해져 있어. 인류는 신화와 전설이라는 형태로 이전 세계, 그리고 그 세계의 주인이었던 우리에 대한 기억을 갖고 있는 거야."

에밀은 자신이 인간이 아니고 요정이라고 말하고 있었다.

요정, 유럽에 구전되는 이야기들 속에서는 페어리, 알프, 엘프 등의 이름으로 등장한다. 물론 그들과 에밀은 다른 존재였지만, 인류가 쌓아온 상상의 기록 속에 그의 혈족들의 정체가 녹아들어 있는 것만은 틀림없었다.

예를 들면 흡혈귀 같은 것이다. 차이점을 찾아본다면 스스로 요정인(妖精人)이라고 칭하는 에밀은 흡혈귀의 전승이 시작되기 이전부터 존재해 온, 진정 오래된 존재라는 점이겠지.

원래 그는 현세에 있어서는 안 될 존재다. 그러기에는 너무

나이를 먹었다.

모건이 말했다.

"생각해 보면 정말 웃기는 일이지. 요정이 이런 커다란 빌딩의 주인이랍시고 앉아서 컴퓨터로 이메일을 확인하는 시대라니! 난 정말 궁금해. 구세계의 문명이 절정에 달했을 때도 이런 생활 형태가 나타났었나?"

"아니. 이것과는 완전히 달랐지. 우리는 기본적으로 인류와는 생물학적인 기능이 다르다고. 지금 시대에 비교할 만한 것을 찾자면 텔레파시 기능을, 뭐 좀 다르긴 하지만 타고났으니까. 원한다면 양자레벨에서 신호를 교환할 수 있는데 이런 컴퓨터 단말 따위가 필요할 리가 없지. 핸드폰도 없었고. 예술을 비롯한 문화는 있었지만 그것을 감상하는 방법부터 차이가 났어. 인류는 360도 화면을 동시에 보는 게 불가능하지만 우리는 가능했으니 그것만으로도 얼마나 큰 차이가 발생할지 알 수 있었겠지?"

"전방위 시각인가? 나무하고 감각을 공유해서?"

"그런 식으로 만들어져 있었지. 눈, 코, 입은 인류하고 거의 비슷하게 달려 있었으니 그것만 갖고 360도를 볼 수는 없잖아?"

"그것참 대단하군. 인류가 앞으로 만들어낼 초광속 통신 기술을 육체에 탑재하고 태어났다는 것이지 않나?"

"그런 셈이야."

에밀은 담담하게 자신에게 남아 있는 기억들을 이야기했다.

요정인, 구세계의 인류.

사실 그의 기억은 온전하지 않다. 구세계가 파괴되고 이미 수만 년의 시간이 흐르면서 지구는 인류의 것이 되었다. 그 시절의 일들은 신화라는 이름으로 갈가리 찢겨져 인류의 상상력에 유린당하는 유희거리가 되었다.

에밀은 어디까지나 세계의 파멸과 함께 죽지 못한 망령에 불과할 뿐이다. 그렇기에 그 시절에 대해서는 자신의 정체성을 지탱해 주는 최소한의 기억밖에 남아 있지 않았다.

왜 자신이 이 시대에 부활한 것일까.

종종 그 사실에 의문을 느끼기도 했다. 구세계가 파멸할 때 그는 정신을 잠재워 언젠가 깨어날 수 있을 때를 예비했던 수만 명 중에 하나였다. 그리고 깨어났을 때, 그가 기억하던 세계는 모조리 파괴되고 오로지 그 세계의 기억을 가진 망령들만이 그를 추종했다.

세계가 파멸하고 오로지 혼자만이 살아남아, 자신들과 닮았지만 전혀 다른 것들로 가득한 낯선 세계 안에 내던져졌을 때 느낀 아득한 절망감.

그 고독을 이해하는 이는 아마도 이 세상에서 찾아보기 어려울 것이다. 인간의 횡포로 멸종해 버린 동물의 마지막 하나가 이런 기분에 휩싸이지 않았을까.

위이이이이잉.

그때 사무실 속에 자라난 나무들이 기묘한 공명을 일으키기 시작했다. 바람이 부는 것처럼 잎사귀가 흔들리며 속삭임 같은 소리가 일어났다.

에밀의 눈이 기묘한 빛을 발하며 나무를 통해 전해지는 신호를 받아들였다.

모건이 물었다.

"무슨 일이지?"

"흠. 슬슬 러시아, 일본과 중국, 미국, 영국 쪽의 공작이 완료된 모양이야. 일주일 안에 사건들이 터질 거야. 스페인은 좀 늦어지는 모양이군."

"자네의 직속 부하들은 정말 유능하군. 다들 이 조직의 힘을 잘못 알고 있어. 이사진도 상당히 불편해하는 것 같던데."

"아직 드러낼 때가 되지 않았을 뿐이지. 이대로라면 올해 안에는 계획 제1단계가 완성되겠어."

"근사하군. 그러고 보니 지난번에 거둬온 신윤범이라는 녀석도 자네 직속으로 들어갔나?"

"일단은 교육 단계로. 재능은 굉장한 친구인데 터득하고 있는 기술들이 아무래도 많이 저급해서 최신 기술들을 익히게 하고 있지."

"쓸만한 말이 하나 탄생하겠군."

"나도 그렇게 생각해. 자네는 이제 한국으로 다시 갈 건가?"

"그래야지. 일단 여기서 처리할 일들 좀 처리해 둔 다음에. 달에 다녀오는 데 너무 시간을 오래 잡아먹었군. 오지윤 이 녀석이 내가 준 선물을 어쩌고 있는지 봐야겠어."

모건은 마지막 캔 맥주를 비우고는 몸을 일으켰다. 그가 문 쪽으로 어슬렁어슬렁 걸어가고 있는데, 문득 에밀이 그의 뒤에 대고 물었다.

"자네는 지금 하고 있는 일에 회의를 느끼고 있지 않나?"

요정인인 그가 하고 있는 일은 인류에게 있어 별로 좋은 결과를 낳지는 않을 것이다. 그가 세계에 일으킬 변화는 적어도 인간을 위한 것은 아니니까. 그 사실을 잘 알고 있음에도 불구하고 모건은 그에게 협력하고 있었다.

"어쩌면 눈곱만큼은."

"미묘하군, 그거."

"하지만 그 미묘함이 언젠가 자네의 발목을 잡을지도 모르지. 그러니 나를 너무 믿지 말게나."

모건은 그렇게 말하고는 그의 사무실에서 나갔다. 그가 나간 자리를 바라보고 있던 에밀은 피식 웃으며 중얼거렸다.

"믿는다라……. 인간처럼 마음을 열어 보이는 기능조차 갖지 못한 존재를 믿는다는 것이 가당키나 한 일인가."

*　　　*　　　*

왜 문제는 줄줄이 터지는 것일까.

머피의 법칙이라더니 정말 자신의 경우에는 딱 들어맞는 것 같다. 유현은 골치가 아파오는 것을 느끼며 분주하게 움직이는 이삿짐센터 직원들을 바라보았다.

사흘 전, 갑자기 옆집 사람들이 이사를 가나 싶더니 오늘 새로운 이웃이 이사를 온 것이다. 아직도 망가진 채 방치된 신우네 집 바로 옆집이었는데, 문제는 거기 이사 온 것이 유현도 잘 아는 두 명의 여자라는 사실이다.

"여어, 간만이군."

"당신들은 또 무슨 꿍꿍이로 온 거지?"

넉살 좋게 인사를 하는 신아연에게 유현은 곱지 못한 시선을 보냈다. 그 옆에는 진선희가 시큰둥한 표정으로 서 있었다.

따지자면 목숨을 걸고 함께 이무기와 싸운 전우라고 할 수도 있는 관계다. 하지만 이후에 이 여자들이 살아서 보고를 넣는 바람에 육도에서 파견된 다른 작자들에게 심문을 당하는 불쾌한 경험을 하지 않았던가.

다행히 마지막 만남 이후로 아무런 움직임도 없다 싶었는데 이런 식으로 허를 찌를 줄이야.

"아아, 뭐, 널 해코지하러 온 것은 아니니까 너무 그렇게 험악한 눈으로 보진 않았으면 좋겠는데. 너하고는 교섭을 하러 왔다고. 그게 우리 임무지."

"교섭?"

"그건 좀 있다 이야기하기로 하고… 지금 네 이웃 중에 외국인 여자가 한 명 있……."

신아연이 날카로운 미소를 지으며 물을 때, 아주 타이밍 좋게 옆집 문이 열리면서 아일라가 밖으로 나왔다. 그녀를 보는 순간 신아연의 표정이 마치 아수라의 그것처럼 살의로 가득 찼다.

"음?"

자신을 향해 날아와 꽂히는 살의에 아일라가 눈살을 찌푸렸다. 동시에 그녀의 몸이 자동적으로 전투 모드로 들어간다.

이토록 노골적인 살기라니, 한국에 와서는 요괴 외의 상대에게는 처음 느껴보는 것이다. 게다가 이 살의는 난폭한 것 같으면서도 차갑게 다듬어져 있어서, 상대방이 광기에 사로잡혀 폭주하는 잡것이 아니라는 것을 알 수 있었다.

두 사람의 눈이 마주쳤다.

신아연도 176센티로 여자치고는 꽤 큰 키였지만 아일라 앞에 서니 작아 보였다. 아일라의 키는 아무리 봐도 여자라고 보기 어려울 정도다. 스타일이 좋아서 멀리서 보면 굉장히 균형이 잘 잡혀 있긴 하지만.

아일라가 살짝 고개를 갸웃했다.

"누구지?"

"……."

순간 진선희는 신아연의 이성의 끈이 뚜두둑 끊어지는 소리를 들은 것 같았다. 덤으로 쩌저적 하고 자존심에 금 가는 소리도 같이 들려오는 듯하다.

"이 여자가 진짜! 7년 만에 만났지만 당신 때문에 사경을 헤맨 사람도 기억 못하나?"

"유감스럽지만 그런 사람이 한둘이 아니라서."

아일라의 말투는 시큰둥했다.

그녀는 유현 이상으로 많은 사람을 베어온 데스트레자의 검호(劍豪)다. 아주 인상적인 상대가 아니라면 기억할 이유가 없었고, 유감스럽게도 신아연은 그런 상대가 아니었다.

"하지만 7년 전이라면… 아아, 혹시 육도의 조직원인가? 마력 파장을 보니 그런 것 같기도 하군. 기억하지 못하는 것은 미안하지만 내가 그 당시에 접했던 육도 인원 중에 기억하는 이는 많지 않아. 대부분은 내 손으로 베어 죽였지. 하지만 지금은 데스트레자에서도 나온 몸이고, 이번에도 딱히 당신들과 적대할 목적으로 여기 와 있는 게 아니니까 싸움은 피하고 싶은데."

"큭……."

횡설수설하고 있지만 한 가지는 확실하다.

아일라는 신아연을 완전히 무시하고 있었다.

지금 눈앞에 선 그녀가 일류 급 전투원인 것은 분명하지만,

과거에 상대가 되지 않았듯이 지금도 자신의 상대가 되지 않는다. 그때에 비해 압도적으로 강해졌다 한들 그 사실은 변하지 않는다.

그녀는 그렇게 생각하고 있었다.

데스트레자에 열한 명밖에 없는 마이스터 중에 한 명이었으니 그런 자부심을 가질 만도 했다. 7년 전에 아일라가 마이스터였는지 아니었는지 신아연은 알 수 없지만, 그때도 도저히 사람의 솜씨라고는 생각할 수 없는 강력함을 보였다.

그때 데스트레자는 함정에 걸려 전멸 직전까지 몰렸고, 육도 측에서 마지막 숨통을 끊으려는 찰나, 아일라가 뛰쳐나와 수라 급 전투원 다섯 명과 축생 급 전투원 20명을 베어 넘기고 포위망을 뚫었던 것이다. 그때의 신아연은 아직 축생 급이었고, 그녀의 귀신같은 검술 앞에 제대로 대항조차 못해보고 치명상을 입고 말았다.

7년이 지났지만 그녀는 변한 것이 없는 것 같다. 외모는 물론이고 저 속을 알 수 없는 표정까지도 기억 속에 남아 있는 것과 다르지 않았다.

'확 저질러 버릴까?

자신은 그때와는 다르다. 이 밉살맞은 여자하고 다시 싸우더라도 충분히 죽음을 체험시켜 줄 자신이 있다.

하지만 지금은 싸우러 온 게 아니다. 오죽하면 새파란 애송이인 진선희가 자신의 팔을 잡고 고개를 젓고 있지 않은가.

그녀는 한숨을 쉬며 살기를 거두었다.

"…뭐, 좋아. 나도 임무 때문에 온 거고 당신이랑 싸우러 온 건 아니니까."

"다행이군. 말이 통하는 상대라서. 아무래도 그쪽도 이 꼬마에게 볼일이 있는 것 같은데, 정작 그런 상대 앞에서 싸우는 것도 모양새가 안 좋지. 그렇게 생각하지 않나? 게다가 여긴 일반인들이 널린 아파트고."

"마치 다른 데서라면 상관없는 뜻으로 들리는군?"

"육도하고 싸우고 싶진 않아. 거대한 조직과 싸우는 것은 피곤한 일이지. 정말로."

거대한 조직이 관련되어 있지만 않으면 네까짓 게 덤비든 말든 모기가 물려고 다가오는 거랑 차이나 있겠냐? 그런 식으로 번역되어 들리는 말이었지만 분명 신경과민일 테니 참자. 참아야 한다.

신아연은 드물게 여유를 잃어버리고 짜증을 냈다. 하필이면 이런 여자가 여기 와 있다니 최악이다. 도대체 이년은 또 왜 우리 타깃 옆에 와 있는 거지?

두 사람을 보고 있던 유현이 인상을 구기며 말했다.

"댁들이 싸우든 말든 상관없는데, 할 거면 딴 데 가서 해. 짜증나."

"아니, 안 싸워. 안 싸운다고. 어쨌든 이사 끝나고 시간 나면 조용히 이야기 좀 했으면 좋겠군."

"당신들이 밥값을 낸다면 그렇게 하지. 어쨌든 이사나 끝 내시도록."

유현은 더 자세히 이야기하기도 싫다는 듯 문을 닫고 들어 가 버렸다. 그리고 아일라는 어깨를 으쓱하더니 구석의 난간 쪽으로 걸어가기 시작했다.

신아연이 그런 그녀의 등 뒤에다 대고 물었다.

"당신은 무슨 일로 여기 붙어 있는 거지?"

"그가 내 운명의 상대이기 때문이지."

"뭐?"

상상을 초월한 대답에 신아연의 눈이 휘둥그레졌다. 이게 무슨 개풀 뜯어 먹는 소리란 말인가?

"어쩌다 보니 그렇게 됐어. 그와 나는 운명 공동체야. 그와 같이 있어야 내가 찾는 녀석도 찾을 수 있고. 그럼 난 편의점 에 가야 해서 이만. 아, 당신 아파트 내부에서 담배 피지 마. 민폐야. 위법이고."

"쓸데없는 참견……."

막 담배를 꺼내던 신아연이 신경질적으로 쏘아붙이려고 했지만 아일라는 난간을 훌쩍 뛰어넘어서 아래쪽으로 사라져 버렸다. 신아연은 담배 케이스를 꽉 구기면서 내뱉었다.

"진짜 짜증나는 여자군. 언젠가 죽여 버리고 말겠어."

그리고 그 옆에서 진선희는 이 사람도 이렇게 망가질 때가 있구나 하고 신기해하고 있었다. 역시 사람은 잠깐 보고는 모르는 법인가 보다.

5

"이거 아우디 R8이잖아? 정말 근사한 차를 모는군."

유현이 휘파람을 불며 놀라워했다.

폭풍이 휩쓸고 지나간 후, 아스팔트 여기저기가 깨지고 가로수들이 쓰러져 피폐해진 아파트 주차장에는 눈이 부실 정도로 근사한 스포츠카 한 대가 서 있었다. 은색의 매끈한 바디를 뽐내는 아우디의 스포츠카 R8. 스포츠카 마니아들이 보면 침을 질질 흘리고 도로에 나서면 다른 차들은 스치는 것조차 두려워해야 할 고급 스포츠카다.

게다가 신아연은 키도 크고 몸매도 좋아서 거기에 기대어 긴 머리를 휘날리고 있는 것만으로도 그림이 된다. 누가 봤다면 카메라가 없는 것을 한탄하지 않았을까?

신아연이 씩 웃으며 말했다.

"이번에 작전 수행 잘하라면서 내주더군. 여태까지는 마티즈나 내주더니."

"속도 내야 할 일이 많을 텐데 마티즈도 좀 그렇지만 이것도 좀 오버로군. 너무 눈에 띄지 않나? 뭐, 인식을 피하는 마법은 걸려 있긴 하지만."

"내부도 완벽하게 개조된 슈퍼 카지. 엔진 파워가 원래의

320%까지 상승되어 있고 소음도 적어. 부가 기능도 잔뜩 붙었고, 바디의 강도도 높다고. 뭐든 요청하라기에 요청했더니 진짜로 내줘서 나도 놀랐어."

유현은 약간 흥분된 기색으로 차를 살펴보았다. 그도 바이크를 몰고 다니는 몸이다 보니—주로 자전거를 타지만—이런 차량을 보니 가슴이 설레는 것을 느낄 수 있었다.

"나도 차 하나 살까 고민 중이었는데. 스포츠카로 할까."

"면허는 있나?"

"아니. 당연히 없지."

아직 열여덟 살이고 현역 고등학생인데 면허가 있을 턱이 있나. 물론 운전은 잘하지만. 일단은 내년이 되면 딸 계획이었다.

"하긴 뭐, 이 업계 사람이 면허 있어야 운전할 수 있으면 그것도 코미디지."

그녀가 고개를 끄덕이는 사이 유현은 자전거 보관소에 매두었던 자전거 체인을 풀고 있었다. 누구는 몇억 원이나 하는 스포츠카를 타고 누구는 15만 원짜리 국산 자전거를 탄다니 이 격차를 도대체 뭐라고 해야 하나. 물론 재력만 보면 언제든지 저런 차를 살 수 있기는 하지만.

"그런 자전거로 속도나 제대로 나오나?"

"솔직히 좀 그렇지. 사실은 아는 업체에 프레임부터 시작해서 전부 다 주문 제작을 의뢰해 두긴 했어. 일단 3천만 원

정도 들었는데, 추가로 더 들어갈 수도 있다고 하고."

"…자전거를?"

"자전거를."

유현은 무려 3천만 원을 들여서 초인적인 육체 능력을 가진 자신이 탔을 때 최상의 속도와 퍼포먼스를 보여줄 수 있는 자전거를 주문했다. 제대로 탄다면 지형 조건에 따라서는 오프로드 바이크 이상의 기동성을 확보할 수 있을 것이다.

차라리 바이크를 타도 되지 않겠냐고 하겠지만 아무래도 학생 신분이고 해서 여러 가지 신경 쓰는 게 귀찮다. 평소에는 그냥 자전거처럼 타고 다니다가 결정적인 순간이 되면 슈퍼 자전거의 능력을 발휘할 수 있는 게 낫지.

'슈퍼 자전거라니 몸서리쳐지도록 유치하군.'

아무래도 적당한 명칭을 정해봐야겠다. 한 달 안에는 완성이 될 거라고 했으니까.

신아연이 물었다.

"근데 지금 시간 좀 내줄 수 없나? 이야기를 좀 했으면 하는데."

"미안하지만 지금은 애들 약을 찾으러 가야 해서 안 돼. 나중에 하지."

"아쉽군. 뭐, 알겠어. 그럼 난 안양에 나가서 이야기할 만한 가게가 있나 찾아보고 와야겠군."

신아연은 쿨하게 물러났다. 어차피 작전 기간은 정해져 있

지 않아서 좀 여유를 부린다고 타박받는 일도 없다. 본부 인
원들이 잠도 제대로 못 자고 죽어가는 동안 여유를 만끽하는
것도 괜찮겠지.

자전거를 타고 외곽 지역으로 향하는 진유현의 옆을 아우
디 R8이 매끈한 모습을 뽐내며 앞질러 갔다. 하지만 그 뒷모
습을 보는 유현은 부러워하거나 감탄하다기보단 약간 안쓰럽
다는 표정을 짓고 있었다.

'도로 사정이 이래서야 저런 근사한 스포츠카도 무용지물
이로군.'

이무기 사건 이후 안산의 도로 사정은 최악이라서 여기저
기 파손된 도로를, 조금만 가도 멈춰 있는 다른 차를 따라서
천천히 달려가는 수밖에 없었던 것이다. R8에게 눈물샘이 달
려 있었다면 분명 눈물을 흘리고 싶지 않았을까. 이래서야 차
라리 자전거가 훨씬 빠르니까.

유현은 멈춰 있는 아우디 R8을 지나치며 씩 웃었다. 운전
석에 있는 신아연이 눈살을 찌푸렸지만 그는 곧 골목을 돌아
서 사라져 버렸다.

*   *   *

"걱정 끼쳐 드려서 죄송합니다."

나영, 수영 자매가 유현과 신우, 한얼 앞에서 깊숙이 고개

를 숙였다.

결국 쌍둥이들이 신열에서 회복한 것은 일주일이나 지난 후였다. 신열의 후유증이 그만큼 컸던 것이다.

유현이 작게 한숨을 쉬며 말했다.

"알았으면 앞으론 무리하지 말기로 하지. 망령의 숫자가 상당히 줄었으니까 적당히 해도 될 거야."

"예."

"말씀 들을게요."

현재 안산의 영적 상태는 많이 호전된 상황이었다.

그동안 연옥의 조직들이 발에 땀나게 돌아다니면서 요괴도 처리하고 망령도 처리하고 수상한 곳이 있으면 정화 의식도 하고 돌아다닌 덕분이었다. 물론 쌍둥이 무녀가 유현의 힘을 받아 단숨에 망령의 밀집도를 확 낮춘 것도 크게 작용했다. 그건 말하자면 안산에 영적인 태풍이 몰아쳐서 망령들만 싹 쓸어버린 것이나 마찬가지였으니까.

만약 이무기를 막는 것이 더 늦어져 피해가 더 커지고, 연옥의 조직들에게 전혀 여력이 남지 않았다면 어땠을까?

유현이 성아와 함께 시뮬레이션을 해본 바로는 억지력 공백의 상태를 틈타 적어도 둘이나 셋 이상의 대요괴가 탄생했을 가능성이 있었다. 그렇게 됐으면 정말 감당 못하는 상태가 되었을 것이다.

어쨌든 이만하길 다행이다. 수십만 명의 사람이 죽었는데 이런 생각을 하는 것 자체가 죄악이지만, 요 근래 바쁘게 돌아다니다 보니 그런 생각이 들었다.

생각해 보면 그들은 정말로 자기희생적인 존재들이다. 인간성 따위 말살되어 버린 황폐한 존재들이지만, 그렇기에 더더욱 자신들의 존재 이유에 열심히 매달리는 것인지도 모른다.

'나도 그중에 하나지만.'

아무래도 남의 일처럼 말할 건은 아니겠지. 나름대로 발악은 해봤지만 결국 이 세계에서 멀어지는 것은 불가능했다. 발을 빼는 것도 아니고 관심이나 좀 줄이고 살려고 했을 뿐인데 그것조차 불가능하다 보니 사람의 운명이라는 게 참으로 고약하다 싶었다.

"그러고 보니 너희들이 깨어나면 물어보려고 했는데."

"네?"

고개를 갸웃하는 쌍둥이에게 유현이 물었다.

"혹시 너희 아는 사람 중에 선술사(仙術師) 없나? 도사든 아니면 선술을 사용하는 사람이든 어느 쪽이든 상관없는데."

"도가 계열의 술법을 사용하시는 분 말이죠?"

"도문(道門) 분들이라면 저희 선생님도 알고 계시고, 저희도 알고 지내는 분이 몇 있어요."

"아, 그냥 도가 계열의 술법이라고 해도 여러 가지니까… 확실하게 선술을 사용하는 사람이면 좋겠어. 선기(仙氣)라고 불릴 수 있는 힘을 사용하는 사람으로."

도가라고 하면 당연히 신선을 추구할 것 같지만 유파가 워낙 다양해서 그들이 사용하는 기술도, 구현하는 기운도 천차만별이었다. 당장 유현이 사용하는 의기강체술 역시 선술의 일종인 것이다.

그렇기 때문에 유현의 목적을 위해서는 확실한 인물을 찾을 필요가 있었다.

"무슨 목적으로 찾으시는 건가요?"

"이 녀석을 원래대로 돌려놓으려고."

유현은 난슬의 꼬리를 잡고 들어 올리며 말했다. 난슬이 바동거리다가 훌쩍 뛰어서 공중제비를 돌더니 유현의 머리 위에 근사하게 착지했다. 항상 심각한 표정인 유현의 머리 위에 하얀 여우가 올라가 있으니 정말 우스꽝스러워 보였다.

"풋, 사부님. 그거 어울리는데요?"

"맞을래?"

"아, 아뇨. 칭찬한 건데 왜 그러세요. 사부님도 참."

놀리려고 말을 꺼냈던 신우는 본전도 못 찾고 찌그러졌다. 하여튼 그렇게 쥐어 터져 놓고도 틈만 나면 잘도 까부는 녀석이다.

"이번에 너희들을 위해서 영력을 만들어내다 보니까, 선술의 선기도 샘플만 있으면 분석해서 만들어낼 수 있겠더군."

"그런데 그게 그 여우하고 무슨 상관인가요?"

"그 여우는 당신께서 사역하시는 요괴 아니었나요?"

난슬의 정체를 모르는 쌍둥이는 의아해하고 있었다. 하긴 지금의 난슬은 조금 똑똑한 요괴 여우 정도로밖에 보이지 않으니 어쩔 수 없는 노릇이다.

"이 녀석은 원래 400년도 넘게 산 구미호야. 그리고 요괴 선인이지."

"400년 산 구미호?"

"요괴선인?"

두 사람은 참 사이좋게 놀라는 모습을 보였다. 아무리 쌍둥이고 교감이 강해도 그렇지 어떻게 저리도 딱딱 맞는지 참 신기하다.

"정말이에요?"

"그래. 좀 일이 있어서 이런 꼴이 됐거든. 그래서 원래 모습으로 돌려놓을 방법을 고심하고 있는데… 여태까지 조사해 본 바로는 잘 답이 안 나오더라고. 그래서 이 녀석이 필요로 하는 에너지를 직접 공급하는 방법을 선택해 보려고 하는 거지. 그걸 위해서는 내가 선술에 쓰이는 선기의 특성을 확실하게 알아서 변환할 수 있어야만 해."

"으음. 저희도 그것까지는 확실히 모르겠는데… 일단은 연락을 넣어볼게요."

"부탁해. 아무래도 온건한 사람을 찾아야 하는데 이 업계에서 그러기가 힘들어서."

유현의 인맥 중에는 선술사가 없었고, 업계에서 의뢰할 만한 상대를 찾는다 한들 순순히 자신의 힘을 분석하게 내줄 것 같지는 않다. 그러니 쌍둥이의 인맥을 활용하는 게 나을 것 같았다.

"알겠습니다. 그럼 일단 스승님한테 전화로 부탁드리고 올게요. 그다음에 오늘은 정화 작업을 했으면 하는데… 괜찮을까요?"

쌍둥이들은 유현의 눈치를 보았다. 아무래도 유현의 말을 듣지 않고 멋대로 하다가 한번 쓰러져서 잔뜩 폐를 끼치고 나니까 행동이 조심스러워질 수밖에 없었다.

"그래. 대신 오늘은 절대 무리하지 않는 걸로 해두고, 오늘 하면 내일은 쉬면서 정양한다. 이건 꼭 지켜. 알겠지?"

"네."

"그렇게 할게요."

두 사람은 유현이 허락하자 환하게 미소를 지었다.

고통받는 망령들을 도울 수 있는 게 저렇게 기쁠까? 유현으로서는 이해할 수 없는 일이었다. 그에게는 요괴 퇴치든 사람을 죽이는 것이든 전부 어떤 성취욕이나 행복감을 가져다주는 일이 아니었으니까.

그건 마치 자진해서 자기 인생의 다른 가능성을 모두 내버리고 피폐한 제3세계의 사람들을 돕는 데 인생을 바치는 자원봉사자들을 볼 때와 같은 느낌이다. 그들은 분쟁 지역에서

강간당할 뻔한 열 살 소녀를 구하고 죽기도 하고, 아프리카 원주민들을 전염병으로부터 구해내고 그 자신은 병마로 죽어가기도 한다.

그것은 분명 멀리 떨어진 사람들이 들었을 때도 감동을 줄 수 있는 일이겠지. 그 인생은 분명 가치가 있다. 하지만 그렇다고 해서 그렇게 살고 싶을까? 그렇게 살았을 때 즐겁다고 생각할까?

쌍둥이와 유현 사이에는 그런 아득한 거리감이 있었다. 하지만 그렇기에 오히려 더 그녀들이 대단하다고 생각한다. 자신과는 다른, 기적처럼 긍정적인 방법으로 세상을 바꾸고 있으니까.

그걸 생각하면 이 '취미 생활'도 가치있는 일이겠지. 유현은 그렇게 생각하며 쓴웃음을 지었다. 그런 그의 머리 위에서는 난슬이 그의 속도 모르고 귀엽게 춤을 춰서 신우를 웃기고 있었다.

*   *   *

문명이 발달하면서 현대의 도시는 불야성(不夜城)이라는 말이 어울리는 공간이 되었다. 사람들은 어둠을 잘 모른다. 문명의 빛이 어둠을 걷어내고 그들에게 하루 24시간을 활용할 수 있는 자유를 부여했기에.

그러나 지금 안산은 이전에 비해 훨씬 짙은 어둠에 묻혀 있었다. 일부 지역에 불이 켜져 있긴 하지만, 한 달쯤 전까지만 해도 이 시간에 이 도시를 물들인 빛의 양은 이것과 비교할 수 없는 수준이었을 것이다.

"문득 생각한 건데."

신아연은 담배를 문 채 유령 아파트가 된 고층 아파트 옥상에 서서 아래쪽을 굽어보고 있었다. 그런 그녀의 곁에는 진선희가 붙어서 빵을 뜯어 먹고 있는 중이었다.

"저 녀석들은 뭐가 좋아서 자기 몸 망쳐 가면서 저렇게 사는 걸까?"

신아연은 진유현도 계속 고민해 본 문제를 중얼거렸다.

그녀의 시선이 닿는 곳에는 무수히 많은 망령들이 몰려들고 있었다. 반경 수백 미터의 망령들이 쌍둥이 소녀들이 발하는 파장에 이끌려 마치 빛을 보고 몰려드는 벌레들처럼 본능적으로 이끌려 온다.

그 중앙에는 맑은 방울 소리를 울리고 있는 쌍둥이가 있다. 유현으로부터 막대한 에너지를 제공받은 그녀들은 그 힘을 이용, 단숨에 수백의 망령들을 '구원'하고 있었다.

그것은 분명 대단한 일이지만, 동시에 어린 그녀들의 수명을 갉아먹는 일이기도 하다. 아무리 조심한다고 해도 저런 일을 하면서 육체와 영혼 양쪽에 무리가 안 갈 리가 없다.

그건 마치 전구의 필라멘트와도 같았다. 밝게 타오르면 타오를수록 조금씩 수명이 줄어들어 간다.

저 쌍둥이는 아마 그 사실을 잘 알고 있을 것이다. 바보가 아니라면 무당으로 일하면서 자신들의 상태를 자각하지 못했을 리가 없다.

그런데 어째서 기꺼이 저런 일을 하는 걸까? 아무리 생각해도 이해할 수가 없다. 자신이 타고난 운명과, 자신이 살아가는 세계에 대해 고민했다면 차라리 신윤범처럼 극단적인 어리광을 부리던가, 아니면 신아연과 진선희처럼 조직에 속해 명령받은 대로만 하는 공무원 마인드로 살게 되는 게 정상일 텐데.

쓸데없이 진지하거나 선량한 녀석은 오래 못사는 법이지. 하지만 그렇기에 귀중하기도 하다. 아마 진유현도 그래서 저들을 돕는 것이리라.

"글쎄요. 그 일이 좋은가 보죠. 이해는 안 가지만."

"흠. 하긴 살아온 인생이 지구와 화성만큼이나 머니까 어쩔 수 없나."

"선량한 사람들은 계속 그렇게 살면 되는 거고요. 적어도 인생에 보람이고 성취감이고 뭐고 하나도 없는 우리보다는 낫겠죠."

"그렇지. 우린 쓰레기니까."

신아연은 킥킥대면서 웃었다.

사람 목숨을 파리 목숨으로 알고, 대화보다는 총으로 쏴버

리고 칼로 써는 것이 익숙해서 좋아하고, 수많은 죽음 속에서
피로 목욕을 해도 아무런 감흥이 없는 존재를 쓰레기가 아니
라고 하면 뭐라고 할까.

하지만 그런 쓰레기가 없으면 선량한 자들도 살아갈 수 없
는 것이다. 그 쓰레기는 결국 그들이 낳은 필수 배설물이니
까.

"그나저나 저 꼬마, 재미있지 않아?"

신아연이 가리킨 것은 신우였다.

오늘도 신우는 앞장서서 요괴를 상대하느라 녹초가 되어
있었다. 이번에는 상대가 약했기 때문인지, 아니면 그동안 경
험이 쌓여서 그런지 유현의 도움 없이도 어떻게든 요괴를 물
리치는 데 성공해서 관객(?)들의 박수를 받았다.

진선희의 반응은 냉담했다.

"아무리 좋게 봐줘도 삼류잖아요? 흥미를 가질 이유가 있
나요?"

"왜 저런 녀석을 제자로 받아서 가르치는지는 모르겠지만
하는 짓이 재미있잖아. 아까 요괴한테 쫓겨서 비명 지르면서
도망 다니는 거 봤어? 완전 코미디던데."

"참 개성적이라는 것만은 인정하죠."

신우의 장엄한 사투(?)는 두 사람이 보기에는 코미디 단막
극쯤으로밖에 보이지 않았다. 실력이 처져서 필사적으로 싸
우는 것은 그렇다 치고, 어찌나 긴장감이 없는지 보면서 웃음

밖에 안 나왔던 것이다.

물론 두 사람이 하는 말을 들었다면 신우는 입술을 삐죽거리며 '나도 필사적으로 열심히 싸워서 이긴 거라고!' 하고 항변했을지도 모른다.

쉬이이이이이…….

그때 바람이 불면서 빛이 솟구쳤다. 하늘까지 뻗는 그 빛을 타고 수많은 혼령들이 승천하여 허공으로 녹아들 듯이 사라져 간다. 꾸역꾸역 몰려든 수많은 망령들이 모두 쌍둥이의 인도에 따라 저승으로 사라진 것이다.

"끝났군. 대단해."

"확실히 저 규모는 상상을 초월하는군요. 두 명이서 한다는 점을 감안하더라도."

마법사인 진선희로서는 쌍둥이의 정화 의식이 경이로울 수밖에 없었다. 영적인 힘을 다루는 기술로만 본다면 그녀가 쌍둥이보다 몇 배는 능수능란하겠지만 그녀는 절대로 저런 일을 할 수 없다.

'아니지. 장비를 잔뜩 갖다 놓고 하면 가능은 할지도?'

누가 극도의 실용주의 마법사 아니랄까 봐 진선희는 머릿속에서 자신이 저런 일을 하는 데 필요한 요소들을 계산해 보았다. 그 결과 마력 증폭, 결계, 정화 등등의 역할을 해주는 장비들을 20억 원어치 정도 투입하면 가능할지도 모른다는 결론에 도달할 수 있었다.

한마디로 절대 단가가 안 맞는 장사다. 실제로 해낼 수 있을지 어떨지도 장담할 수 없는 일이고.

"대충 일이 끝난 것 같으니 이쪽 볼일을 들이밀어 봐야겠군."

신아연은 지쳐서 주저앉은 쌍둥이 무녀들에게 옷을 걸쳐주는 유현을 향해 뛰어내렸다.

*　　　*　　　*

원래 낮에는 밥이나 같이 먹고 적당한 카페라도 찾아 들어가서 이야기를 나눌 생각이었다. 하지만 밤이 된 이상 그런 번거로운 일은 할 필요가 없다.

유현은 일단 그들의 이야기를 들어보기로 하고 다른 사람들과 떨어져서 이동했다. 아파트 옥상은 다른 사람의 시선을 피하기에는 최적의 장소다.

'아일라는… 쫓아오고 있군.'

혹시나 했는데 역시나 아일라는 유현의 말을 무시하고 따라오고 있었다. 별로 자신을 감출 생각도 없는지 노골적으로 존재를 드러내고 쫓아온다.

하지만 이쪽의 이야기를 방해할 생각은 없는지 충분히 거리를 두고 있고, 도청 등의 마법도 사용하지 않았다. 신아연은 그녀의 존재가 굉장히 거슬리는 기색이었지만 함부로 부덮칠 수도 없는 노릇이라 그냥 놔둘 수밖에 없었다.

"이쯤에서 하지."

신아연은 일부러 피해를 크게 입은 지역을 찾아왔다. 사람이 없기 때문이다. 바람 소리가 거슬리는 아파트 옥상에서 유현은 급수 탱크에 기댄 채 두 사람의 이야기를 기다렸다.

잠시 후 불어오던 바람이 멈췄다. 진선희가 결계를 쳐서 주변을 막은 것이다. 일종의 무음 지대가 형성되면서 대화를 나누기 위한 환경이 조성되었다.

"비밀 이야기인 것 같은데 독순술 대책은 하고 있나? 저 여자가 독순술을 할 수도 있잖아?"

유현은 건너편 아파트 옥상에 서 있는 아일라를 가리키며 말했다. 실제로 아일라는 독순술을 익히고 있었지만 그걸 알고 한 말은 아니다. 단지 주의할 거면 확실히 해야 한다는 의미로 말했을 뿐이다.

"알고 있어요. 이미 광학 결계도 같이 쳐뒀으니 걱정 끄시죠."

진선희는 이전에 결계를 돌파당해서 자존심을 상한 것 때문인지 유현을 대하는 태도가 다소 까칠했다. 유현은 어깨를 으쓱 하고는 신아연을 바라보았다.

신아연은 진선희의 결계 구축이 완전히 끝나기를 기다렸다가 입을 열었다.

"이제야 이야기할 여건이 형성된 것 같군."

"너무 사람을 오래 기다리게 해, 당신들."

"그건 사과하지. 아무래도 기밀을 요하는 일이라서."

"무슨 일이지? 아직도 이무기 소멸의 방법을 넘겨달라는 거라면 거절이야. 그 비슷한 제안은 이미 다 거절했다는 걸 알고 있을 텐데?"

"그건 이미 듣긴 했는데, 내가 가져온 것은 완전히 다른 제안이야."

"제안이긴 하단 소리군. 뭐지?"

"진유현."

신아연은 갑자기 분위기를 바꾸며 진지한 눈으로 유현의 이름을 불렀다. 이제부터 시작되는 이야기의 무게를 느끼는 듯 쉽사리 입을 열지 못한다. 그만큼 그 이야기는 그녀에게도 충격적이었다.

그리고 잠시 후 다시 그녀의 말이 이어졌을 때, 유현 역시 경악할 수밖에 없었다.

"육도의… 천상 계급으로 돌아오지 않겠나?"

"뭐라고?"

순간 뒤통수를 망치로 얻어맞은 것 같았다.

유현은 자신이 뭘 잘못 들었나 싶은 표정으로 그녀를 바라보았다. 하지만 그녀의 표정이 변함없이 진지한 것을 보고는 자신이 들은 것이 진실임을 깨달았다.

육도로 다시, 그것도 천상 계급으로 돌아오라고?

세 사람 사이에 무거운 침묵이 내리깔렸다. 그리고 그것은 아주 오랫동안 깨지지 않고 남아 있었다.

Chapter 14
하늘의 수족

1

미국 워싱턴 주의 포크스.

1년 내내 햇빛이 없는 날이 많기로 유명한 이곳 주민들은 지금 악몽 속의 등장인물이 되어 있었다. 누군가 그들이 처한 상황을 객관적으로 서술한 문서를 본다면 단 한 마디를 던질 것이다. '이거 B급 컬트호러물 시놉시스야?'

호ㅇㅇㅇㅇ······.

헨리 브렉은 건물 안에 숨은 채 창문을 가린 블라인드 틈으로 밖을 바라보았다. 미 육군 출신으로 아프칸에서 실전을 겪기도 했던 그는 지독한 안전불신증에 걸려 있었고, 평소에도 최신 총화기를 사들이거나 멀쩡한 집 유리를 모두 라이플 총격에도 버틸 수 있는 강화유리로 바꾸는 등 다른 사람들이 보면 이해할 수 없는 행동을 상당히 많이 했다.

하지만 지금은 그런 행동이 그를, 그리고 이웃의 여러 사람을 살리고 있었다.

"어, 어떻소?"

헨리의 이웃인 잭이 물었다. 그도 가족을 지키겠답시고 엽총을 들고 있기는 했지만 별로 도움이 될 것 같지는 않았다. 저러다 다른 사람을 쏘지나 않으면 다행이다.

"물러갈 것 같지는 않군. 거리에 가득해."

헨리가 눈살을 찌푸리며 대답했다.

원래부터 햇살이 나는 날이 별로 없고 안개가 끼는 일도 잦은 포크스다. 그리고 어슴푸레한 어둠 속에서 하얀 안개가 자욱하게 내리깔린 도시를 흐느적거리는 실루엣이 돌아다니는 장면은 정말로 현실의 것이라고는 생각할 수 없었다.

인간의 것이라고밖에 생각할 수 없는, 그러나 가까이 가서 보면 결코 인간이 아님을 알 수 있는 실루엣. 그것은 바로 어제까지만 해도 살아 있는 사람이었고 그들의 이웃이기도 했다.

그래, 저것들은 좀비(Zombi)다.

예전에는 무척 매니악한 말이었지만 이제는 영화나 소설, 게임 등으로 인해 사람들에게 무척 익숙해진 존재. 시체가 살아서 움직이며 인육을 탐하는 괴물. 각종 매체에서 그려낸 묘사 그대로의 존재들이 흐느적거리며 거리를 배회하고 있었다.

어디서부터 이 악몽이 시작됐을까? 헨리는 좀비들이 현관을 쿵쿵거리며 두들기는 소리를 들으며 입술을 깨물었다.

모든 것은 고작 14시간 전에 시작되었다. 하늘로부터 검은 비가 내려 사람들을 적시기 시작한 그때부터.

하늘에 거대한 해골 마스크가 나타났다. 그리고 짙은 먹구름이 몰려들며 검은 비가 내리기 시작했다.

그 비를 맞은 사람들의 살이 타들어가며 비명이 메아리쳤다. 그들은 곧 숨이 끊어졌고, 이성도 무엇도 없이 흐느적거리며 돌아다니는 좀비가 되었다. 그리고 그들에게 습격받아 죽은 사람들 역시 좀비가 되었다.

전형적인 좀비 영화의 한 장면이다. 하지만 실제로 일어나고 있는 일이기도 했다.

이런 소리를 하면 분명 미친놈 소리를 들을 것이다. 하지만 어쩌겠는가? 사실인걸. 게다가 이 상황 자체가 충분히 미쳐 돌아가고 있기 때문에 정상인이라는 소리를 들어봤자 별로 기쁘지 않을 것 같다.

쿵. 쿵. 쿵.

현관을 두드리는 소리가 강해진다. 아니, 현관만이 아니다. 벽에 달라붙은 좀비들이 집 전체를 두들겨 대고 있다. 마치 이 안에 싱싱한 먹잇감이 있음을 다 알고 있다는 듯이.

많은 돈을 들여 견고하게, 그리고 외부로부터 공격해 올 경우를 대응하기 용이하게 만든 집이지만 한계는 있다. 비축해 둔 식량도 무한한 것은 아니라서, 이 집에 있는 여덟 명이 아무리 아껴 먹더라도 일주일을 버티는 것이 고작일 것이다.

하지만 그래도 버텨야 한다. TV와 인터넷은 아직 정상 작동했고, 그것들을 통해 소식을 알아본 결과 이 사태는 미국 전역에 미치는 것은 아니었다. 아니, 하다못해 워싱턴 주에서도 포크스에서만 이런 일이 일어나고 있었다.

그러니까 버티다 보면 분명히 구조자들이 와줄 것이다. 전화도 몇 번이고 해뒀으니 정부가 이런 사태를 방관할 리가 없다. 곧 군대를 보내서 이 빌어먹을 좀비들을 싹 쓸어버리겠지.

쿵.

그러나 그때였다. 갑자기 뭔가 육중한 소리가 들려오며 땅이 미세하게 울렸다. 사람들이 깜짝 놀라는데, 그 소리가 규칙적으로 울려 퍼지면서 점점 가까워지기 시작했다.

쿵. 쿵. 쿵.

"뭐, 뭐야?"

콰직!

그들이 놀랄 때 이번에는 지붕 쪽에서 뭔가 부서지는 소리가 울려 퍼졌다.

콰드드득!

그리고 믿을 수 없게도 삼중 안전 구조로 만들어져서 폭탄이 떨어져도 한 번 정도는 버텨줄 지붕이 부서지기 시작했다. 헨리는 경악하면서 라이플의 총구를 지붕으로 겨누었다.

콰자작!

마침내 지붕 일부가 부서지면서 새카만 하늘이 모습을 드러냈다. 아니, 그것은 착각이었다. 그것은 하늘이 아니고 그 구멍을 가릴 정도로 커다란 무언가였다.

"그오오오오오!"

지붕을 뜯어내며 포효하는 그것은 거인 좀비였다. 그렇게밖에 말할 수 없었다. 마치 썩은 시체들을 모아서 찰흙을 빚어내듯 거인 형상으로 만들어놓은 듯한 모양새라니! 부러져서 달라붙는 뼈와 살점, 그리고 뚝뚝 떨어지는 핏방울이 너무나도 선명하게 보인다.

헨리는 한순간 그 기괴함에 압도당해서 아무것도 하지 못했다. 그러나 다음 순간 뜯어진 지붕을 통해 거인이 손을 뻗는 것을 보며 반사적으로 방아쇠를 당겼다.

탕!

제대로 조준도 못하고 쐈지만 표적이 워낙 크다 보니 어렵지 않게 명중했다. 라이플 총탄에 맞은 거인 좀비의 몸이 확 터지듯이 부서져 나갔다.

그러나 전체 면적이 워낙 넓다 보니까 아주 경미한 타격에 불과했다. 헨리는 욕설을 내뱉으며 연속으로 방아쇠를 당기는 한편, 거실에서 벗어나 집 쪽으로 들어갔다.

"모두 지하실로 들어가! 빨리!"

그는 다른 사람들에게 외치며 필사적으로 방아쇠를 당겼다. 하지만 거인 좀비는 맞을 때만 주춤거릴 뿐, 계속 괴성을 지르면서 지붕을 뜯어내고 안으로 몸을 들이밀고 있었다.

이럴 줄 알았으면 폭탄도 준비해 놓는 건데! 그는 후회했지만 총기류라면 몰라도 폭탄은 개인이 가져도 되는 물건이 아니다.

팍!

"크악!"

"잭!"

그와 함께 총격을 가하고 있던 잭이 거인 좀비의 손에 맞고 나가떨어졌다. 스쳤을 뿐인데 복부의 살점이 뭉텅이로 떨어져 나가면서 처박혀서 일어나지 못한다. 저건 살아남을 수 없다.

헨리는 입술을 깨물며 안쪽으로 달려들어 갔다. 총알이 떨어져서 더 이상은……

다음 순간 발목 쪽에 화끈한 통증이 느껴졌다. 거인 좀비의 손가락이 스쳐 지나간 것이다. 달려들어 가던 몸이 균형을 잃고 바탕이 쓰러진다.

"크, 큭!"

그는 필사적으로 몸을 일으키려고 했지만 늦었다. 거인 좀비의 거대한 손이 그의 몸을 잡고 들어 올렸다. 우드득 하는 소리와 함께 엄청난 압력이 몸의 뼈를 부서뜨린다.

"아, 아아아아악!"

비명이 터져 나왔다. 거인 좀비의 손은 악력도 굉장했지만 표면이 부드러운 피부가 아닌, 살점과 부서진 뼛조각들이라서 조이는 것만으로도 사방에서 날카로운 칼날이 찔러 들어오는 것과 같았다. 헨리의 몸이 피투성이가 되어서 부서져 갔다.

쾅!

하지만 그때, 폭음과 함께 거인 좀비의 머리가 터져 나갔다. 피가 확 튀면서 헨리의 몸을 적신다. 헨리의 총격에는 움찔거릴 뿐이었던 거인 좀비가 크게 휘청거렸다.

쾅!

또 한 번 공격이 날아들면서 거인 좀비의 머리가 완전히 날아갔다. 그리고 다음에 날아든 공격 두 발이 거인 좀비의 팔을 끊어놓았다.

쿠웅!

잘려진 팔이 땅으로 떨어졌다. 헨리는 그 충격으로 내장이 뒤틀리는 것 같았지만 가까스로 눈을 뜨고 거인 좀비가 있는 곳을 바라보았다. 그 너머의 집 지붕에 전신을 새카만 옷으로 감싼 남자가 서 있었다.

"헤이, 좀비. 머저리들 상대로 잘 놀았나?"

유쾌한 어조로 말한 것은 또 다른 집 지붕에 선 다른 남자였다. 아무리 봐도 아직 스무 살도 안 된 것 같은 소년이었는데, 중세에나 썼을 법한 기다란 양수검을 들고 있었다. 그런 그의 등 뒤에서 거미를 연상시키는 여덟 개의 기계 팔이 뻗어나와서 각종 총기들을 들고 좀비를 겨누었다.

"공격 개시. 완전 제압에 들어간다."

어느새 헨리가 쓰러진 곳에서 무뚝뚝한 어조로 명령을 내리는 남자가 있었다. 그의 주변에는 산산조각 난 좀비들의 시체(?)가 즐비하게 널브러져서 꿈틀거린다.

그 이후로는 학살이었다.

미군 제식 복장과는 다른, 마치 SF에 나오는 병사 같은, 군데군데서 희미하게 빛을 발하는 전투복을 걸친 이들은 역시 비현실적인 장비를 이용해서 좀비들을 제압했다. 등에서 여덟 개의 기계 팔을 뻗어 전방위 사격을 가했고, 빛을 발하는 검으로 좀비들을 썰어댔으며, 심지어 격투기로 좀비를 분쇄하는 자도 있었다.

그런 신화적인 전장에서, 지휘관으로 보이는 남자는 차분하게 부하들의 상태를 파악하고 명령을 내리다가 문득 생각났다는 듯 헨리를 내려다보았다. 헬멧을 쓰지 않은 그의 눈동자는 섬뜩할 정도로 차가운 푸른색이었다.

"운이 없군, 당신은."

그의 입에서 흘러나온 말에 헨리는 오싹함을 느꼈다.

뭐지? 운이 없다니? 왜 그런 말을 하는 거야?

불길한 예감은 남자가 권총을 들어 자신을 겨누는 순간 확신으로 변했다. 남자는 거대 좀비의 손에 잡혀 제대로 움직일 수도 없게 된 헨리의 머리에 총구를 겨누고 방아쇠를 당기며 말했다.

"당신은 이미 좀비야."

탕!

의식이 까맣게 꺼지기 직전, 헨리가 떠올린 생각은 '이건 악몽이야. 틀림없어' 였다.

*　　　*　　　*

최근 들어 유현의 재산은 계속해서 불어나고 있었다. 신우의 수업료를 비롯해 상당한 지출이 있었지만 그럼에도 불구하고 수입이 더 많았다. 왜냐하면 망혼을 통해 받아온 망령 퇴치 일도 있고, 또 밤마다 계속 요괴를 사냥하면서 팔 것들이 늘어났기 때문이다.

"아, 낙찰됐군. 700만 원인가. 생각보다 싸게 팔렸는데?"

유현은 인터넷으로 자신이 연옥의 옥션에 내놓은 매물들의 판매 상황을 보면서 투덜거렸다.

유현이 이번에 내놓은 것은 요괴를 벤 검이었다. 원래 전장에서 실제 사람을 벤 검이나 요괴를 베어 그 피를 머금은 무기는 설령 공장제 싸구려라고 해도 높은 주술적 가치를 갖게 된다. 그 가치를 잘 아는 유현은 일부러 최근 요괴 사냥 때 총기류를 쓰지 않고 적당한 질의 검을 사들여서 사용하고 있었던 것이다.

"그거 스승님은 안 쓰고 매번 그렇게 팔기만 해도 돼요?"

그 광경을 보고 있던 신우가 의아해하며 물었다. 그로서는 비싼 무기에 집착하지 않고 죄다 팔아버리는 유현을 이해할 수 없었다.

한얼의 경우에는 10년 전부터 하나의 장군검을 쓰고 있었다. 그의 검도 연옥에서 마법으로 강화된 검이고 많은 피를 머금었기 때문에 그 가치가 높다. 무릇 전사가 좋은 무기를 애병으로 삼는 데 집착하게 되는 것은 당연한 일이지 않은가? 자신의 목숨과 직결되는 문제니까.

"나야 뭐 진짜 제대로 된 무기들은 따로 있으니까. 이런 건 싸구려지."

"싸, 싸구려라니. 지금 700만 원에 팔렸다면서요?"

"그야 요괴를 베어 쓰러뜨린 검이니까 당연하지. 전에 너네 자염을 상대할 때 썼던 검도 꽤 비싸게 팔렸어. 사람 피를 많이 머금어서 2,500만 원. 그리고 그 현윤인가 하는 작자가 썼던 일본도는 조선 시대부터 내려온 유서 깊은 요검(腰劍)이라서 38억 원에 낙찰됐지."

"캑! 38억 원이라고요?"

칼 하나에 38억 원씩이나 되는 가격이 매겨졌다고?

물론 그 칼은 역사적인 가치, 미술품으로서의 가치도 상당했다. 게다가 오래된 물건이고 사연있는 물건일수록 주술적인 가치가 높아진다는 것을 생각하면 그 가격은 합당한 가격이리라.

하지만 역시 억 단위가 우습게 날아다니는 것은 신우로서는 이해 불가의 영역이었다. 당장 그가 쓰고 있는 칼은 유현이 얼마 전에 선물해 준 환두대도로, 마법적 처리가 되어 있어서 200만 원 이상의 가격을 지불해야만 했다.

"내가 쓰는 장비들은 정기적으로 업그레이드와 교체를 해 주고 있고, 때문에 가격도 높지만 유지비도 꽤 비싸. 그러니 이런 것들은 팔아서 돈을 마련해야지."

"전 정말 사부님을 모르겠어요."

"뭐, 요즘은 아예 일도 받고 하기 시작했으니 그냥 이대로 프리랜서로 놀아볼까도 생각 중이야. 연옥하곤 얽힐 만큼 얽혀서 빠져나가는 것도 어려우니까 프로에서 은퇴해서 일반인 비슷하게 사는 것도 어려울 것 같다. 그냥 적당히 양쪽을 병행하는 게 낫지."

유현은 요 몇 개월간 있었던 일들을 생각하며 투덜거렸다.

그러고 보니 오지윤의 제안을 거절할 때는 프로에서는 은퇴했다고 했는데 지금 이 꼴은 도대체 뭔가. 스스로도 쓴웃음이 나온다.

하지만 본격적으로 생각지도 못하는 사건들이 자기를 얽어보겠다고 다가오다 보니 전투태세를 취할 수밖에 없고, 그런 상황을 유지하려면 돈이 필요했다. 괴로운 악순환이다.

'역시 한번 얽히면 빠져나갈 수 없는 판인가.'

새삼 그 점을 실감할 수밖에 없다.

유현은 기운이 빠지는 것을 느끼며 옥션 사이트를 닫고 일반 인터넷으로 전환했다. 연옥의 네트워크는 독자적인 회선을 쓰고 있기 때문에, 일반 인터넷에 접속하려면 아예 하드웨어적인 모드 전환이 필요하다.

블로그 메타 사이트들을 돌아다니던 유현은 해외 소식 카테고리 메인에 올라온 이슈를 클릭했다. '미국 워싱턴 주에서 일어난 믿을 수 없는 소식'이라는 제목의 포스팅이었는데, 그 블로그에 들어가자마자 이름을 보고 흠칫했다.

오지윤의 IT 월드.

"…이거 설마, 아니겠지?"

오지윤이라는 이름이 그렇게 희귀한 이름도 아니니까 설마 우연의 일치일 것이다. 그렇게 생각하면서도 혹시나 해서 프로필 쪽을 본 유현의 표정이 꽉 구겨졌다.

"이 자식이 공공연하게 이딴 짓을 하고 있었어?"

프로필 사진에 너무나도 눈에 띄는 붉은 머리와 선글라스

를 낀 오지윤의 환하게 웃는 표정이 있는 것이 아닌가. 블로
그를 하는 것까지는 그렇다고 치자. 근데 프로필 사진에 버젓
이 자기 얼굴을 공개하는 이 개념없는 행동은 도대체 뭐란 말
인가?

"왜 그러세요?"

신우가 물었다. 참고로 신우는 난슬과 함께 인생 게임 말판
놀이를 하고 있는 중이었다.

"아니, 옛날에 알던 놈인데 이런 블로그를 운영하고 있네."

유현이 기가 막혀하며 말하자 신우가 다가와서 오지윤의
블로그를 보고 놀랐다.

"어? 이 블로거, 사부님이 아는 사람이에요?"

"응. 잘 아는 편이지."

바로 얼마 전에는 총알을 쑤셔박아 줬을 정도로 잘 아는 사
이다. 지구상에서 가장 서로를 죽이고 싶어하는 사람들 리스
트를 뽑아보면 반드시 들어가 있지 않을까?

"이 사람 IT 계열 파워 블로거 중 하나잖아요. RSS 구독자
만 3천 명이 넘을걸요. 포탈 메인 화면에도 꽤 자주 떠요. 저
도 종종 가보는 편이에요. 최근에는 아이팟 관련 이슈를 많이
포스팅하던데."

"그, 그래?"

"네. 이 블로그 월간 광고 수익만 수십만 원은 될걸요. 여
기저기 업체들에서 리뷰해 달라고 물건 보내주고 그러는 모

양이더라고요."

"⋯⋯."

유현은 할 말을 잃었다.

아니, 연옥에서 일반인 납치해다가 파멸적이고 음흉한 음모를 진행 중인 놈이 이러고 있어도 되는 거야? 정말 그래도 괜찮은 거냐?

게다가 최근에도 업데이트가 정말 꾸준하지 않은가? 이번 이슈 역시 바로 다섯 시간 전에 작성된 것이었다.

'좀비 사건?'

하지만 일단 포스팅을 읽어본 유현의 표정이 굳어졌다.

오지윤은 워싱턴에서 24시간 전에 일어난 좀비 사건에 대해서 이야기하고 있었다. 워싱턴의 포크스라는 곳의 주민들이 좀비로 변하는 사건이 일어났다는 것이다.

이 사실은 목숨을 걸고 탈출하거나, 집 안에 숨어서 전화와 인터넷으로 외부와 연락한 사람들에 의해 알려져 일파만파로 인터넷을 강타하고 있다고 한다. 그곳에서 폰카와 캠코더 등으로 찍힌 영상과 미국 인터넷과 언론의 반응을 캡처해서 근거로 제시하고 있었다.

'한 마을 사람들이 전부 좀비로 바뀌었다고? 이거 보통 심각한 게 아니군. 적어도 대요괴 급이 개입한 모양인데.'

아니면 최악의 경우 범인은 인간일 수도 있었다. 인간 네크로맨서가 미쳐서 이런 일을 저질렀다면 그건 더더욱 심각하다.

유현은 일단 이 사태에 대해서 알아보기로 하고는, 네트워크를 연옥 전용으로 전환하기 전에 오지윤의 블로그에 비공개로 덧글을 달았다.

　　진유현:이 생각없는 자식아, 무슨 생각으로 이런 짓을 하고 있는 거야? 생각은 하고 사냐? 뇌는 무사하고? 일반인이 아니라는 자각은 있는 거냐?

　　반응이 궁금해서 친절하게 잘 안 쓰는 이메일 주소 하나를 떡밥으로 던져 주었다. 연옥의 이메일이 아니고 일반의, 해외 이메일이라서 개인 정보를 일체 입력하지 않는 계정이었다.
　　'근데 뭐 생각해 보니 내 연락처 정돈 쉽게 알아내려나? 옥션에 판매자 연락처를 기재해 놨으니.'
　　어쨌든 이미 덧글을 올려 버렸으니 이제 와 고치기도 귀찮다. 유현은 그렇게 생각하며 네트워크를 다시 연옥 모드로 바꾸었다. 그리고 연옥의 정보 사이트에 들어가서 최근 전 세계적인 사건들에 대해서 검색해 보았다. 이 사이트 역시 유료 사이트로 연 회비가 200만 원이나 되지만 그만큼 쉽게 각지에서 일어난 연옥의 사건들을 알 수 있었다.

　　미국 워싱턴 주의 포크스에서 일어난 좀비 사건은 아크 데몬에 의한 것. 주민의 90%가 좀비화되었고, 좀비 자체가 진화해서 여러 괴물들이 출현, 경찰 병력과 나중에 투입된 구조 병력 역시 전멸하는 사태가 있었음. 이에 워싱턴 주 방위대에서 대량의 병력을 투입하게 되었으나, 그에 앞서 디스트로이어가 나서서 좀비 병력을 압도. 생존자들의 구출만을 주 방위군에 넘기고 철수하는 사태가 있었음. 아크 데몬을 상대로 싸울 때 디스트로이어 측에서도 사망자가 다수 나온 것으로 추정.

역시 워낙 굵직한 사건이다 보니 사건 개요도 꽤 자세하다. 세부 자료를 보기 위해 들어가니 민간에서 찍은 사진과 동영상 중에서 명확한 것을 자체적으로 선명화 처리해서 올려둔 것이 보였다.

'디스트로이어가 나섰을 정도의 사건인가. 게다가 민간인 피해가 천문학적……'

게다가 이슈는 그것만이 아니었다.

이 시각 미국에서는 뉴올리언스에 거대한 태풍이 몰아치고 있었다. 이미 일부 지역이 수몰되고 다수의 사망자와 실종자가 나오고 있다고 한다.

뉴올리언스는 원래 재해에 의한 피해가 막대해 아직까지도 복구 중이는 곳이긴 하지만, 정보 네트워크에서는 드래곤급으로 추정되는 대형 마수가 이 사태의 원흉이라고 기재해 놓았다. 위성사진도 첨부되어 있었는데, 그것을 보니 아무리 봐도 얼마 전에 상대한 이무기 이상이면 이상이지 절대 뒤떨어지지 않는 놈 같다.

"이런 터무니없는… 우리나라 다음에는 미국인가? 야, TV 틀어봐."

유현은 신우에게 말하고는 정보를 더 뒤졌다.

사태는 그걸로 끝나는 게 아니다. 미국에서는 네바다 주에도 지진을 비롯한 재해가 대요괴에 의해 닥치고 있었고, 영국에는 해안도시 본머스를 해일이 강타했다. 역시 레비아탄(Leviathan)이라고 명명된 해룡(海龍) 형태의 괴수가 원인이라고 한다.

이러한 존재들은 민간인들에게 목격당하는 것을 막을 수 없을 정도로 크고 강대하기 때문에 7대 조직도 필사적으로 대응하고 있는 것 같았다.

"무슨 일이 일어나고 있는 거지?"

유현은 망연해하며 거실로 나와서 TV를 보았다. 그리고 흠칫 놀랐다.

[속보입니다! 바로 15분 전에 일본 오사카를 지진과 해일이 덮쳤다는 소식이…….]

"일본까지? 말도 안 돼. 이런 일이 있을 수가 있나?"

한국에 이어 미국, 영국, 그리고 일본까지라고? 게다가 미국, 영국, 일본은 지금 거의 시간 차가 없이 몰아치고 있지 않은가? 전 세계에 동시다발적으로 재해 급 대요괴들에 의한 긴

급 상황이 발생하다니 어떻게 이런 일이?

"도대체 누가… 이런 일을 하는 거야?"

유현은 가슴이 막막해지는 것을 느끼며 말을 내뱉었다.

무언가, 지금까지는 상상도 못했던 일이 시작되고 있었다.
그것만은 분명했다.

2

온라인은 편하다. 누구든지 가면을 쓸 수 있는 곳이니까.
하지만 반대로 온라인이야말로 누구라도 본성을 드러낼 수
있는 곳이기도 하다. 현실에서는 사회적인 제약 때문에 드러
낼 수 없었던 자신의 흉한 밑바닥을 익명성이라는 강력한 가
면을 쓴 채로 드러낸다.

그렇기 때문에 오지윤은 온라인을 사랑하는 동시에 증오
한다. 블로그 방문자 수와 광고 수익, 그리고 답할 가치가 있
는 덧글들에 흐뭇해하지만, 파워 블로거로서 적어도 수천에
서 수만 단위의 방문자들이 오는 만큼 찌질하고 짜증나는 녀
석들도 많았다. 이럴 때마다 일일이 찾아가서 패버리고 싶은
충동이 치솟는 것을 참는다.

'아, 나도 참 인간적이란 말이지.'

오늘도 블로그에 달린 인격 모독성 악플을 지우면서 지윤
은 쓴웃음을 지었다. 감정이 마모된 살육 기계니 뭐니 하는

자신이지만 인터넷에서 찌질이의 덧글 하나로 감정이 요동치는 것을 느낄 수 있으니 얼마나 인간적이란 말인가?

인터넷은 참 인간적인 공간이다. 성인군자라는 것들 데려다가 인터넷 포탈에서 키보드 워리어질을 시키면 인격 수양이고 뭐고 다 집어치우고 바닥을 드러내는 데 24시간도 필요하지 않을 것이다.

"음?"

덧글들을 확인하고 답글을 달거나 삭제하고 있던 오지윤은 문득 최신 포스팅에 달린 덧글을 보고는 눈살을 찌푸렸다.

이하영:아우, 찌질해. 완전 잉여 인간의 표준을 보여주는구먼. 가족들한테 인사는 하고 다니냐?

하영이 이 녀석이 진짜! 요즘 연일 계속되는 하드코어한 스케줄로 스트레스를 받아서 그런지 이런 식으로 화풀이를 해대곤 했다. 불만있으면 그냥 와서 말로 하라고. 왜 굳이 다른 사람 다 보는 데서 분란을 일으키고 싶어서 안달이 난 거야?

실제로 그 아래쪽으로 지윤을 옹호하는 사람들이 답글로 가열차게 그녀를 까고 있었고, 그리고 또 반대로 반감을 가진 사람들에 그걸 받아치면서 덧글란이 난장판이 되고 있었다.

"진짜 내가 못산다, 못살아."

지윤은 한숨을 쉬며 관련 덧글들을 죄다 지워 버렸다. 그러자 한참 아래쪽에 있던 비공개 덧글 하나가 눈에 들어왔다.

　진유현:이 생각없는 자식아, 무슨 생각으로 이런 짓을 하고 있는 거야? 생각은 하고 사냐? 뇌는 무사하고? 일반인이 아니라는 자각은 있는 거냐?

　"이 자식은 또 뭐… 아니, 잠깐. 진유현? 이거 설마 진짜 그녀석인가?"

　예의 바르게 이메일 주소까지 남겨놨다. 오지윤은 혹시나 해서 그 이메일로 메일을 보내보았다. 대충 진짜 진유현이 맞아 확인해 볼 수 있는 내용을 적어서. 만약 답신이 제대로 오면 그때는 정말 기묘하고 웃기는 상황이 연출되겠지.

　'그것도 재미지? 하긴 차라리 진짜가 아닌 편이 낫겠지만.'

　이메일 하나로 운명적이고 드라마틱한 상황은 물 건너갈 것 아닌가. 아니 뭐, 이메일로 아무리 이런 말 저런 말을 주고받는다 한들 서로 만났을 때 총질해 대고 칼질해 대는 상황이 변할 리는 없겠지만.

　"아음. 오늘은 대충 이 정도인가."

　삐삑.

　그때 아지트 내부에 설치된 인터폰이 울렸다. 오지윤이 뭔가 하고 염동력으로 버튼을 눌러보자 이현종의 목소리가 들렸다.

[지윤아, 대마법사님 오셨다.]

[어, 그래? 알았어. 지금 갈게.]

벌써 한 달 정도 소식이 없던 양반이 연락도 없이 다시 돌아오다니. 하긴 어차피 공간 도약으로 어디든 갈 수 있으니까 시간도 거리도 상관없이 내 집 드나들 듯 어디든 갈 수 있는 양반이긴 하지만.

지윤이 내려가자 이현종과 늑대인간 주찬이 한곳에 모여 흥분해서 떠들고 있는 것이 보였다. 그리고 모건은 그 옆에 앉아서 느긋하게 디스플러스를 피워대고 있었다.

"으이구, 오자마자 담배입니까?"

"넌 어른한테 인사랍시고 하는 게 그거냐?"

"영어로 해드리죠. Hi."

"자꾸 그러다 맞는다, 이 녀석."

"하하! 근데 뭘 가져오셨기에 다들 그러고 있어?"

지윤은 연구원들 사이에 머리를 들이밀며 물어보았다. 그리고는 무척 실망했다.

"뭐야? 돌덩이잖아?"

"야야, 이거 월석(月石)이야, 월석!"

이현종이 흥분해서 말했다.

"음? 월석? 그러니까 문스톤(Moon Stone)? 달에서 닐 암스트롱이 갖고 왔던 그거?"

"그래, 그거! 대마법사님께서 이번에 달에 갔다 오시면서 가져온 거래!"

"대단하지 않냐?"

이현종과 늑대인간 주찬은 엄청 들떠 있었다. 엄청난 거구인데다 사람 목숨을 파리 목숨으로도 생각하지 않는 놈들이 어린애처럼 흥분해서 떠들어대고 있으니 참 안 어울린다. 그들은 만져 보고 냄새를 맡아보고 마력 파장을 투과시키기도 하면서 아주 신이 나 있었다.

"저거 진짜 월석이에요?"

"그래, 진짜다."

"그럼 달에 다녀오신 겁니까?"

미심쩍어하는 지윤의 물음에 모건은 히죽 웃으며 고개를 끄덕였다.

"아니, 달에 어떻게 가요? 우주선이라도 탔어요?"

"그럼 한 달 만에 지구로 돌아오는 게 가능할 리가 없지 않느냐? 공간 이동으로 날아서 다녀왔다. 더럽게 멀더구먼."

"고, 공간 이동으로 달까지도 갈 수 있어요?"

"어렵긴 하지만 불가능하진 않더군. 대기권 내에서 움직이는 건 좌표 잡기가 쉬운데, 지구도 움직이고 있고 달도 움직이고 있고, 게다가 거리는 더럽게 멀어서 좌표 잡는 게 말도 못하게 고생이었다. 만약 불가능했으면 비행 마법을 병행, 장거리 공간 도약을 계속하면서 갔어야 하는데 그건 정말 지옥이었겠지."

"맙소사! 달은 완전 진공이잖아요?"

"그래서 생존용 주문을 잔뜩 걸고 있어야 했다. 진공인 주제에 온도 변화는 말도 못하게 심해서 추웠다 더웠다, 그것만으로도 사람 정도 죽기에는 충분해."

모건이 태연스럽게 늘어놓는 말을 들으면서 지윤은 그가 진짜로 달에 다녀왔다는 것을 실감했다.

연옥에서 요괴를 상대해 오면서 온갖 초현실적인 것들을 보아온 자신이지만 지금 그가 하는 말은 정말 굉장하게 들린다. 달이라니. 그것은 정말 마법의 비의를 터득하고 있는 자들에게도 신화의 영역으로 남아 있는 곳이 아닌가?

"진짜 달에 가는 게 가능하다니… 아크메이지, 정말 대단하군요."

"이제 알았냐? 달에서 지구를 보는 것도 나쁘지 않은 경험이더군."

"달에는 왜 갔습니까?"

"에밀이 부탁한 게 있어서 갔다. 달 뒷면에 볼일이 있었지."

"달 뒷면? NASA가 사실은 외계인하고 교섭하느라 공개하지 않는다는 거기요?"

"너도 그런 소릴 믿냐? NASA는 달 뒷면에 못 가서 자료를 얻지 못한 거다. 위성으로 탐사해도 아무것도 안 잡히는, 과학적으로는 암흑 영역이니까."

"과학적으로는? 그 말은 설마… 달에도 마법이 있습니까?"

지윤이 설마 하는 표정으로 물었다.

달은 신화의 영역이지만, 인간은 과학이 발달하기 전에는 달에 발 디딘 적이 없다. 게다가 달은 사람이 살 수 있는 환경도 아니다. 그런데 거기에 마법이 남아 있을 리가 있나?

"믿기 어렵겠지만 그렇다. 북유럽 신화를 아느냐? 죽음의 나라 니플헤임에 대해서."

"약간은요. 온라인 게임 하다 보니 나오던데요? 귀여운 몬스터들이 나오는데 몰이꾼도 많고 득템거리가 별로 없어서 인기없는 사냥터죠."

"…하여튼 요즘 젊은이들이란."

모건은 세대 차이를 느끼면서 투덜거렸다. 그의 게임 인생이라고 하면 닌텐도 패미컴이나 코오롱 아타리를 만지작거리면서 그 조악한 화면, 심플하면서도 중독성 최고의 게임성에 열광했거늘 요즘은 화려한 화면에 너도나도 온라인, 온라인!

하지만 지금 포인트는 거기가 아니지. 그는 그렇게 생각하며 담배 연기를 뿜어냈다.

"달 뒷면이 바로 그 신화 속의 니플헤임이다. 우리 업계의 이름이 거기로부터 비롯된 게 맞고. 거기에 미미르의 샘을 보러 갔지."

"미미르의 샘이라면 그 오딘이 한쪽 눈을 미미르에게 대가로 주고 대신에 무한한 지혜를 얻게 되었다는 그거 아닌가요?"

이현종이 불쑥 끼어들었다. 네크로맨서 연구자인 그는 지윤과는 달리 각지의 신화와 전승에도 능했다.

"그래, 바로 그거지. 그게 달 뒷면에 있거든. 그래서 그거 보러 갔었다. 아직도 남아 있더군."

지윤이 믿을 수 없다는 듯 물었다.

"그 신화, 사실이었어요? 게다가 달? 생명체가 살 수가 없 잖아? 설마 옛날에는 달에 공기가 있었다는 게 진짜?"

"그럴 리가 있나. 달은 옛날에도 절대 진공이었다."

"그럼 거인들은 어떻게 거기 살았는데요? 잠깐, 게다가 니 플헤임이면 죽음의 나라잖아? 죽은 자들이 바글바글?"

"정상적인 생명체가 살 수 없기 때문에 죽음의 나라라고 불렸던 거지. 달에 대한 신화와 전승은 꽤 이것저것 뒤섞여 있기 때문에 신화 그 자체로 진실을 추측할 수는 없다. 미미 르가 어째서 니플헤임에 있었는가부터 생각해야겠지 않겠느 냐? 게다가 그리스 신화나 동양 쪽 신화까지 섞이면 어느 게 진실인지 알기 더더욱 곤란해지지."

"그건 그렇군요. 근데 미미르는 거인이었잖아요? 어떻게 거기 살 수 있었던 겁니까?"

"그건 그놈들이 기계 생명체였으니까. 신화 속의 거인, 그 리스 신화 속의 티탄은 전부 기계였다. 우리가 생각하는 기계 하고는 좀 다르지만 '생명과 자아가 있는 기계'라는 것만은 분명했지."

"기계? 무슨 SF 영화 같군요. 그런 게 가능합니까?"

"아마 고도의 자율 지능을 가진 골렘이었거나, 아니면 정말로 영혼을 가진 존재였을지도 모르지. 어쨌든 구시대가 지금 우리가 살고 있는 것과는 다른 단계로 발전했고, 문명 역시 다른 형태로 구축되어 있었던 것만은 분명하다. 구시대의 인류와 현생 인류도 다른 존재였겠지. 그들 모두가 기계 생명체였던 것은 물론 아니지만."

구세계를 지배하던 것은 요정인들이었다. 그들에 대한 것은 신화나 전설에 다양한 형태로 전해져 내려오고 있지만 분명한 것은 그들이 인간과 매우 닮았으면서도 다른 존재라는 것이다.

"구시대의 인류라고요?"

"달은 영적인 거점이었다. 몇만 년 전에 멸망한 구 인류는 그곳에 많은 흔적을 남겨두었지."

"잠깐. 구 인류라니, 그게 무슨……."

갑자기 이상한 방향으로 튀는 모건의 이야기에 지윤이 눈살을 찌푸렸다. 모건은 바로 그 지적을 기다렸다는 듯 피식 웃으며 아직 지윤이 모르는 '진실'을 이야기해 주었다.

"우리 현생 인류의 역사는 현재 과학자들이 추정하는 것과는 달리 고작 몇만 년에 불과하다. 그 이전에 구 인류라고 할 수 있는 지구의 지배 세력이 있었고… 그들은 지금의 인류와는 다른 존재였지."

"그거 혹시 뮤 대륙이나 아틀란티스 같은 겁니까?"

"그거하고는 다르지. 인간과 비슷한 것 같지만 전혀 다른 존재들이 이 지구를 지배하고 있었다고 이해하거라. 정확히는 그들은 지금 시대에는 요정이나 신족이라고 불리는 존재들이다. 예를 들어, 미미르의 샘에서 무한한 지혜를 얻었던 오딘, 천상의 올림푸스를 지배했던 제우스처럼."

과거에 현생 인류와는 다른 생물적 특성을 가진 인류가 지구를 지배하던 시절이 있었다. 신화와 전설의 형태로 현생 인류에게 자신들의 흔적을 남긴 그들은 현재의 언어로 정의한다면 '요정인' 이라는 이름을 가진 존재들이었다.

"우리 조직의 뿌리는 바로 그들에게 있다."

"그게… 어떤 의미가 있는 겁니까?"

"조직이 원하는 세계의 변혁은 현생 인류를 위한 것이 아니라는 의미지."

"……."

지윤은 잠시 동안 찌푸린 얼굴로 모건을 바라보았다.

그가 이런 말을 하는 저의는 무엇일까?

미드가르드 상층부가 지윤에게 알려준 것은 어디까지나 연옥의 패권에 대한 것이다. 그들은 수천 년에 걸쳐서 경직된 연옥을 뒤흔들어 일어나는 혼란을 틈타 7대세력을 능가하는 힘을 손에 넣으려 하고 있었다.

'적어도 우리는 그렇게 알고 있었지.'

새가 태어나기 위해서는 알껍질을 깨야 한다. 알껍질은 곧 세계이다.

이제 그 존속의 이유와 가치조차도 불명확해진 연옥을 바꾸기 위해서는 연옥 그 자체를 파괴해야 한다. 지윤이 원하는 것은 자신이 그 혼란을 제압하고, 더 이상 남들의 장기말로 움직이는 신세가 아닌, 세계의 모든 진실을 꿰뚫고 그것을 조율하는 위치에 서는 것이었다.

그런데 그러한 계획의 이면에 자신이 전혀 짐작조차 하지 못한 이유가 숨겨져 있었다면?

다소의 비밀이나 음모 따윈 결국 주도권을 누가 쥐느냐에 관련된 것이다. 그렇게 생각했다. 하지만 갑자기 구 인류라는 어처구니없는 존재가 튀어나오고 그들이 현생 인류와는 다른 종으로서 뭔가를 원하고 있다는 소리를 들으면 이야기가 달라진다.

모건을 바라보자 그의 눈이 깊게 가라앉아 있는 것이 보인다. 그는 지윤이 모르는 조직의 비밀에 대해서 알고 있고, 무슨 의도에서인지 그것을 조심스럽게 알려주려 하고 있었다.

"하나 묻고 싶은데… 지금 안산을 시작으로 세계 각지에 일어나고 있는 재해, 혹시 우리 조직에서 관여하고 있는 겁니까?"

"그래. 에밀이 계획한 일의 일부지."

모건이 별로 고민할 것도 없다는 듯 시원스럽게 대답해 주었다.

"역시. 안산 사건 하나라면 모르겠지만 너무 연이어 터져서 그런 게 아닐까 생각했습니다. 굳이 이런 미친 짓을 저지를 힘이 있으면서, 그걸 실제로 저지를 조직이라면 우리 외에는 딱히 생각나는 곳이 없고 말이죠."

"원숭이라도 그 정도는 추측해 낼 수 있겠지. 하지만 미친 짓이라는 것에는 동감한다. 그래도 우리가 하려는 일 자체가 미친 짓이니 수단이 미쳐 있는 것은 어쩔 수 없지."

"뭐, 선량하지 않다고 뭐라고 하는 건 아닌데요. 어차피 일어날 일이었고 하니까. 그냥 궁금했던 것뿐입니다. 생각보다 일을 벌이는 게 빠르고 지나치게 과격한 것 같아서요."

지금 전 세계적으로 일어나는 사건들은 솔직히 말해서 지나치다.

이것은 단순히 연옥을 뒤흔드는 데 그치지 않는다. 연옥의 존재 자체를 파괴하는 결과를 낳을 수도 있는 것이다. 연옥과 일반 세계의 경계가 무너진다면 그 충격과 혼돈은 상상을 초월할 게 분명했다.

모건이 피식 웃었다.

"의심은 하고 있었나 보구나."

"그럴 수밖에 없죠."

"그래, 계속 의심하거라. 앞으로 네가 어떻게 행동할지 기대가 크니."

"하지만 설마 하니 조직의 목적이라는 게 이제 와서 진실 알리기 운동이라도 하겠다는 거였나요? 하긴 다들 피해 의식에 절어 있으니 어쩔 수 없나?"

지윤이 웃기지도 않는다는 듯 쿡쿡거렸다.

그도 역시 연옥의 일원이고 이 세계의 부조리에 진저리를 치는 한 사람이다. 그러나 그럼에도 불구하고 그는 자신이 이미 망가질 대로 망가져서 일반인 속에서는 살아갈 수 없다는 것도 잘 알고 있었다. 인간적인 부분이 마모되고 열화되어서, 오로지 연옥의 어둠 속에서만 자신이 살아있다는 것을 실감하고 리얼리티를 손에 넣을 수 있는 것이다.

그렇기 때문에 이 엿 같은 세계 구조에도 별로 유감은 없다. 하지만 다른 이들이 피해 의식을 갖고 세계를 한번 엎어 버리고 싶다고 생각하는 것도 이해한다.

그러니까 그건 온갖 반칙을 일삼으며 강대국의 위치에 올라간 놈들이 자국의 이익을 위해 타국에 분쟁을 일으키고, 경제적 폐함을 선물하면서 반칙하지 말라고 다그쳤을 때, 착취당한 이들이 느끼는 감정과 같다.

아니, 더 심각하지. 저쪽은 애당초 이쪽의 희생은커녕 존재 자체를 모르고 있으니까. 열심히 싸우다가 어느 날 갑자기 염증을 느끼게 될 만하지 않겠는가?

그래서 지윤은 유현을 이해할 수 없었다. 아무것도 모르는

무지한 일반인 따위, 그렇게 집착할 필요가 뭐가 있단 말인
가? 이쪽이 더 큰 피해자인데. 이쪽의 생명이 존엄하지 않다
면 그들의 목숨 역시 마찬가지다. 이쪽에서 지키는 것은 상식
의 세계 전체이지 인간 개개인이 아니다.

"뭐, 앞으로 더 큰일들이 벌어질 거다. 늦어도 몇 년 안에
모든 인간이 요괴의 존재를 알게 되고, 현실적인 위협으로 드
러난 그들을 상대하기 위해 연옥에 힘을 구걸하게 될지도 모
르지. 현대 문명만으로는 상대할 수 없는 존재들을 보면서.
그렇게 세계의 구조가 변하는 것도 꽤 역사적인 구경거리가
될 게다."

"재미있긴 하겠지만 뭐, 저는 그 사이에서 챙길 수 있는 실
리 외에는 관심없는데요. 하지만 조직이 그런 계획을 갖고 있
었다면 제 계획도 수정이 불가피하겠군요."

지윤은 코웃음을 쳤다.

조직이 그렇게 막나가는 길을 선택했다는 것은 조금 충격
이지만 그렇다고 해서 이탈할 생각이 드는 것은 아니다. 기존
의 부조리한 세계를 모조리 파괴하고 신세계가 만들어진다면
그 속에서 자신의 자리를 찾는 것도 나름대로 재미있는 일이
될 것이다.

"심플해서 좋군. 타흘룸은 좀 다룰 수 있게 되었느냐?"

"어느 정도는요."

"아직 제대로 못 쓰나 보군. 그런 너를 위해 선물이 있다."

모건이 꺼내 든 것은 손바닥 위에 올라가는 작은 크기의 정육면체였다. 속까지 꽉꽉 들어찬 형태 안쪽에 푸른 보석의 파편 같은 것이 들어 있어서 조금씩 빛을 발하고 있었다.

그것을 받아 든 지윤이 이리저리 살펴보며 물었다.

"이게 뭐죠?"

"지혜의 파편이라는 것이다."

"지혜의 파편?"

"북유럽 신화에서 오딘이 그 눈과 맞바꾸어 손에 넣은 것. 달의 뒷면에 감추어져 있던 것 중에 하나지."

또다시 신화가 등장했다. 지난번에는 루, 그리고 이번에는 오딘이라니, 모건은 지윤을 신화의 재현으로 만들기라도 할 셈일까?

"이걸로⋯ 뭘 할 수 있죠?"

"아마 너희들이 시스템을 완벽하게 만들 수 있을 거다. 오로지 그것을 가지는 너 혼자만이 가능하게 되겠지만."

그 말에 지윤의 눈이 빛났다. 아직도 갈 길이 멀다고 생각했던 시스템이 완전해지는 것도 좋지만 오로지 자신만의 힘이라는 것이 마음에 든다. 그는 미소를 지으며 물었다.

"어떻게 하면 되죠?"

"나머지는 연구실에서 설명하도록 하지. 가자."

그 말에 지윤과 이현종이 앞장서서 연구실로 향했다. 모건은 손에 들고 있던 담배를 단숨에 빨아 마시고는 꽁초를 버리고 그 뒤를 따랐다. 뒤에 남아 있던 늑대인간 주찬이 담배 냄새가 싫다고 투덜거리면서 그 꽁초를 주워서 쓰레기통에 갖다 버렸다.

*   *   *

"나참, 이런 일로 차를 사게 되다니."

유현은 스타렉스에 탄 채 투덜거렸다. 운전자는 한얼이었고, 차 안에는 유현과 신우, 그리고 쌍둥이 무당과 난슬까지 타고 있었다.

덤으로 그 뒤쪽에서는 신아연과 진선희가 탄 아우디 R8이 쫓아오고 있었고, 또 그 뒤로는 아일라 스카우드가 바이크를 타고 쫓아오고 있었다. 정말 웃기지도 않는 행렬이었다.

그들은 경상북도 경주로 향하고 있었다. 어차피 쌍둥이 자매도 태워야 하고, 또 앞으로도 차를 쓸 일이 있지 않을까 해서 차를 사버린 것이다. 중고로 샀기 때문에 비교적 싸게 샀다. 하지만 그렇다곤 해도 스포츠카를 살까 고민하다가 중고 스타렉스라니, 투덜거릴 마음이 드는 것도 어쩔 수 없다.

일단 이 차는 면허가 있는 한얼의 명의로 샀다. 그 외에는 면허를 가질 자격이 있는 사람이 없으니 어쩔 수 없는 일이었다.

"기왕 샀으니 유용하게 쓰시면 되지 않습니까? 장 보기도 편하고요."

"아니, 장은 그냥 마법 포켓에 넣고 오면 되니까 아무리 잔뜩 사도 자전거면 충분했다고."

"…그건 저희는 못 쓰는 방법인데요."

"신우는 앞으로 쓸 수 있게 될 거야. 마법을 조금이라도 제대로 쓸 수 있게 되면 말이지."

유현은 포켓북으로 나온 마법 이론서를 들여다보고 있는 신우를 보면서 말했다. 지루한 기색이던 신우는 그 말에 흠칫하며 다시 책을 보는 데 열중하는 척했다.

"그런데 경주라니 의외군. 백아산하곤 꽤 멀잖아?"

"저희 신령님 관할은 아니고요."

"일종의 공동체를 형성해서 자주 모이시는데, 그분들 중 하나가 관할하고 계셔요."

나영, 수영 자매가 평소처럼 차례로 대답했다.

두 사람은 몇 주에 걸쳐서 안산의 망령들을 정화하는 작업을 끝냈다. 아직도 여기저기에 망령들이 남아 있긴 했지만 적어도 안산을 메우고 넘쳐 나던 수십만의 망령들이 그들의 인도를 따라서 하늘로 올라갔다.

사람이 덕을 쌓아 천국행 티켓을 산다고 한다면, 이 녀석들은 벌써 천국에 갈 자격이 넘쳐 나는 게 아닐까. 유현은 그런 생각을 하면서 두 사람을 바라보았다.

두 사람은 건강이 악화되어서 안색은 별로 좋지 않았지만 그래도 밝은 표정으로 재잘거리며 떠들고 있었다. 이렇게 보면 보통 여자 애들 같기도 하다. 하긴 누구나 겉만 보면 그렇게 보이는 법이지만.

어쨌든 그 일이 끝나고 나자 백아산 산신령이 자신의 권속인 두 사람을 통해 약속한 대가를 지불하겠다고 이야기해 왔다. 그가 이야기하는 퀘이사 포인트는 바로 문화재가 즐비한 경주에 있었다.

'아무리 나라도 문화재를 파괴하는 사태는 좀 피하고 싶은데.'

유현은 혹시나 그런 상황이 일어나지 않을까 걱정했다. 하지만 설마 그런 일은 없겠지. 만약 불국사나 석굴암을 파괴하게 된다면 그건 아무리 생각해도 상당히 꺼림칙하다.

"그나저나 저 사람들까지 줄줄이 달고 가도 됩니까?"

한얼이 백미러로 아우디 R8과 바이크를 보면서 물었다. 유현이 작게 한숨을 쉬었다.

"후우. 떼어놓는다고 못 따라올 것들도 아니니 어쩔 수 없지. 게다가 육도의 여자들은 확실히 볼일이 있어서 쫓아오는 거야."

"볼일?"

"일단 그건 비밀."

유현은 눈살을 찌푸리며 대답했다.

아일라가 쫓아오는 이유야 일단 예언자 친구의 말 같지도 않은 부탁 때문에 유현을 시야 안에 두고 싶기 때문이고, 육도의 두 사람이 쫓아오는 이유는 며칠 전부터 들어온 교섭 내용과 관련이 있었다.

육도의 천상 계급의 자리를 줄 테니 돌아와라.

처음 그 말을 들었을 때 이놈들이 도대체 무슨 악질적인 농담을 하나 싶었다. 하지만 그게 그들의 진심이라는 것을 안 이후로는 지금까지도 그들의 진의를 알기 위해 고심하고 있었다.

'도대체 꿍꿍이가 뭐지?'

퀘이사의 힘 때문인가?

육도의 인간 계급부터는 희소성이 높은 능력자들로 채워져 있다. 단순히 전투 능력이 뛰어난 것만으로는 수라 급이 한계이고 그 이상의 계급이 될 수 없었다. 그러니까 그 구성원을 병기로 분류한다면 수라 급까지는 국지적 전술 병기고, 인간 급부터는 전략 병기, 혹은 전략적인 시스템이라고나 할까?

그런 의미에서 보면 유현이 가진 퀘이사 에너지 통제력은 확실히 희소성이 높다. 높다 못해서 전 세계에 유일한 능력이니 그들이 탐내는 것도 이해할 수 있다. 무려 재해 급 대요괴마저 완전 소멸시킨 능력이 아닌가?

하지만 그것만으로는 부족하다는 생각이 들었다. 인간 급 자리를 제안했다면 모르되 천상 급은 육도의 지배자 자리다. 그런 자리를 자신 같은 애송이에게 대뜸 내준다고?

도저히 납득할 수 없는 일이다. 결국 유현의 대답은 거절이었다. 아니, 충격 때문에 대답이 늦어졌을 뿐이지 처음부터 답은 결정되어 있었다. 이제 와서 육도로 돌아갈 생각은 절대로 없었으니까.

하지만 그들은 이야기를 들어봐 달라고 유현을 설득했다. 시간을 내어 육도의 천상 계급의 일원을 직접 만나보지 않겠냐고.

그들의 진의가 궁금했기 때문에 유현은 그 제안을 받아들이기로 했다. 그리고 만남의 장소는 육도의 본거지인 지리산으로부터 좀 거리도 있고, 자신이 일 때문에 가게 된 경주로 결정된 것이다. 일단 자신이 일을 마치고 나면 육도 측에서 천상 급 인원이 와서 만나기로 했다.

'피곤하군. 하지만 그냥 지나칠 수는 없겠지.'

유현은 그렇게 생각하며 창밖을 바라보았다. 이제 여름도 가고 가을이 왔다는 것을 알려주는 듯 울긋불긋한 단풍이 길옆으로 많이 보였다. 하지만 아직도 날씨는 여름 날씨를 완전히 벗어나지 못한 듯하다.

평화로워 보이는 광경이지만 지금 이 시간에도 세계 각지에서는 재앙의 전조처럼 보이는 대사건들이 연달아 일어나고 있다. 일본 오사카에는 해일이 덮쳤고, 미국에는 좀비 사건이 일어나질 않나 정체불명의 전염병으로 한 마을이 전멸하는 사태도 있었으며, 뉴올리언스에서는 주 전체에서 수십만 명의 희생자가 나왔다. 그리고 영국 역시 재해 급 요괴인 리바이어선의 공습을 받아서 엄청난 피해를 입은 상태다. 그러한 사건들의 원흉 중 몇몇은 현지 조직들의 맹공에도 불구하고 완전히 퇴치되지 않고 전투가 계속되고 있었다.

게다가 중국과 러시아에서도 사건이 일어나기 시작했다. 중국 광산 하나가 폭발로 통째로 날아가질 않나, 마을 하나가 완전히 빙결되어 얼음산으로 변해 버리는 사건도 일어났다. 폭풍우가 각지에 몰아쳤다.

각지에서 신격에 가까운 재해 급 대요괴들이 나타나서 난동을 부리고 있는 것이다. 이러한 사태는 세계 7대 조직에게도 버거운 것이라서 일반인들에게도 그 정보가 흘러들어 가고, 지금 세계 전체가 혼란에 빠지고 있었다.

'불길해…….'

갑자기 세계가 급격하게 변화하고 있는 것이 느껴졌다. 그리고 육도의 제안 역시 왠지 그 변화와 무관하지 않다는 예감이 들었다.

분명히, 믿을 수 없을 정도로 좋지 않은 뭔가가 시작되고 있었다.

3

예지능력자의 숙명은 좋은 일을 예견하기보다는 나쁜 일

을 예견하는 쪽이다. 뛰어난 예지능력자는 어느 정도 자신의
예지력을 제어할 수 있어서 그것을 이용, 현세의 부와 권력을
거머쥐기도 하지만 그들의 본질은 길흉화복 중 흉과 화를 경
고 받고 그에 대처하는 것이다.

절대 운명은 존재하지 않는다. 모든 것은 세상을 이루는 셀
수 없이 많은 존재들의 행동 하나가 겹치고 겹쳐서 내는 결과
다. 개개인이 인식할 수 없는 테두리 밖에서 일어나는 일의
영향이 앞길을 가로막기에 사람들은 그것을 운명이라고 한
다.

릴리아나는 무수한 파멸을 보아왔다.

아직 어린 그녀이지만 무수한 예지의 환영을 보았고, 그 속
에서 절대 다수를 차지하는 것은 누군가의 파멸이었다. 들판
에 핀 한 떨기 꽃보다는 그곳을 짓밟고 불태우는 참화만이 보
이기에 예지력자는 삶에 긍정적이기 어렵다.

"예언은 변하지 않나?"

마드리드의 어느 성당의 예배소에서 릴리아나에게 묻는
이가 있었다. 30대 정도로 보이는 날카로운 눈매의 소유자인
그는 스페인의 비밀 조직 데스트레자의 마이스터를 총괄하는
이였다.

릴리아나는 고개를 끄덕였다.

─아무것도.

그녀의 입술이 움직였다. 굳이 휴대폰이나 단말기를 이용

해 의사를 표시하지 않는 것은 이 자리에 모인 이들이 모두 독순술을 터득하고 있기 때문이다. 비밀 회동에서 휴대폰 액정에다가 타이핑을 하고 있다면 그것도 참 분위기 깨는 일이 아닐까.

이 자리에 모인 것은 아홉 명이었다.

성녀(聖女) 릴리아나를 비롯, 열한 명의 마이스터를 총괄하는 마이스터 로드, 그리고 일곱 명의 장로.

실질적으로 데스트레자를 지배하는 계급이 모였다. 그들이 묻고 있는 것은 릴리아나가 본 불길한 예지였다.

마이스터 로드가 탄식했다.

"바르셀로나가 파멸한단 말인가."

엄청난 이야기였다. 스페인을 대표하는, 올림픽이 열리기도 했던 그 도시가 파멸한다니?

"어디서부터 시작될지 알 수 없다는 점이 문제군."

"마법적인 탐지로도 아무것도 알아낼 수 없었다."

"성녀의 예지가 거기까지 닿지 않는 것으로 볼 때, 적은 일부러 이쪽의 예지를 막기 위한 방비를 취하고 있는 것 같군."

마이스터 로드와 장로들의 말이 이어졌다.

릴리아나는 최근 무수한 예지를 보았고, 그 대다수는 세계 곳곳의 참화와 관련되어 있었다. 한국 안산을 덮친 재앙, 미국 뉴올리언스의 재해, 일본 오사카 괴멸 등을 그녀는 모두 예지했고, 이제 마침내 데스트레자의 본거지인 스페인에 그러한 재앙이 미칠 것을 예견한 것이다.

"현재까지 일어난 일들의 패턴을 볼 때 확실히 바르셀로나가 표적이 되기 쉬운 것은 사실이다."

"바다와 인접해 있다는 것만으로도 그렇지. 일본 오사카의 예로 볼 때 폭풍우와 해일로 공격받기가 쉬워."

"문제는 그러한 대규모의 재해는 막을 방법이 없다는 것."

"마법이나 기계 병기에 의한 것이라면 발동 시퀀스가 길고 크게 노출될 게 뻔하니 얼마든지 막겠지만… 저런 식으로 재해 급 아크다이몬이 출현할 경우 막을 수 없다."

이들이 대요괴를 가리키는 말은 '아크다이몬' 이었다.

이미 그들과 어깨를 나란히 하는 다른 조직들이 크게 당한 이상, 그들도 피해 그 자체를 미연에 방지할 수 없다는 것은 인정해야 한다. 육도, 쿠로카미, 디스트로이어, 스패쯔나쯔, 금오, 퀸 오더 등이 설마 예지력자가 없어서 그 사태를 전혀 예지하지 못했을 리는 없으니까.

그렇다면 일이 일어난 후의 대응이 문제다. 바르셀로나는 스페인에도, 그리고 그들에게도 중요한 도시다. 그곳이 괴멸한다는 것이 기정사실이 되었다면 어떻게 대응해야 하는가.

"성녀, 이 일들이 인위적이라는 것은 정말 분명한 것이오?"

마이스터 로드가 물었다.

릴리아나는 고개를 끄덕이고 입술을 달싹였다.

—거대한 힘이 그 뒤에서 움직이고 있어요. 나의 예지도 그들에게까지 닿지 않아요.

릴리아나는 이 모든 사건의 뒤에 어떤 조직이 존재한다고 말하고 있었다.

신화 속에나 존재할 법한, 아니, 신 그 자체라고 해도 부정할 수 없는 괴물들을 마구 부활시켜 전 세계를 뒤흔든 존재가 있다고 말하고 있는 것이다.

그들은 그녀의 말을 의심하지 않았다. 성녀로 선택받은 그녀의 예지능력은 조직의 방향성마저 좌지우지할 수 있었다.

"역시 육도 측에서 넘겨준 정보를 신뢰해야 할까?"

"배신자 세르반테스 말인가? 확실히… 그가 한국 안산에서 출현했다는 것은 성녀가 말씀하시는 조직에 그가 속해 있을 가능성이 크다는 것이다."

육도 측에서는 안산 사건에 정도일과 함께 나타났던 정체불명의 검사를 데스트레자 출신으로 판단하고 정보를 보내왔다. 이에 데스트레자 상층부에서는 그가 2년 전 조직을 떠난 배신자, 마이스터였던 흑검사 세르반테스라는 결론을 내렸다. 아일라 스카우드와 필적할 정도로 뛰어난 실력자였지만 어느 순간 갑자기 부하들을 몰살시키고 홀연히 자취를 감추었던 남자다.

"바르셀로나의 파멸이 기정사실이라면 그에 대처할 수밖에 없겠지. 이 순간 이후로 바르셀로나의 조직 기반을 철수,

사흘 후에 시작될 아크다이몬 공습에 대비하여 전투 조를 편성하고 전략급 병기 사용을 승인해 두고 싶소."

"찬성하오. 아마 아크다이몬은 일차적으로 해일로 바르셀로나를 공격할 것으로 예상되니, 그에 대한 방어 대책을 강구하여 피해를 최소화해야 할 것이오. 전투 병력은 도시 밖에서 대기, 아크다이몬이 자연 현상을 이용한 공격을 가한 후 본체가 모습을 드러냈을 때부터 투입되는 것으로."

"찬성합니다. 일단 정부 측에도 사흘 후 쓰나미가 올 것을 예고해서 시민들을 피난시키는 편이 좋겠군. 민간인 피해는 최소한으로 줄여야 이후 영맥의 폭주가 작아질 것이오."

"찬성이오."

마이스터 로드와 장로들은 성녀 릴리아나가 사흘 후로 예견한 바르셀로나 파멸에 대해 대책을 결의해 나갔다.

일반인 피해를 줄이는 것은 그들에게 있어서는, 스페인의 중심축 중 하나인 바르셀로나의 영적 포인트가 폭주하는 것을 최소화하기 위해서일 뿐 그들의 인명을 소중하게 여긴다는 의미는 아니다. 갑자기 많은 인간들이 죽는다면 그것만으로도 영맥이 요동치며 돌이킬 수 없는 사태를 부르게 되니까.

그때까지 가만히 있던 장로 중에 하나가 입을 열었다.

"성녀는 이에 대해 의견이 있소?"

그는 다른 이들과는 차원이 다른 존재감을 자랑하는 이였다. 검은 가면으로 얼굴 반쪽을 가리고 있었는데, 드러난 한쪽 얼굴은 중년사내의 것이었다. 하지만 가면 저편으로 드러난 눈은 왼쪽의 것과는 다른 색이라 그가 오드아이임을 알 수 있었다.

육도의 지배자 불사천존 이무준처럼 그도 역시 스페인의 그랑 포인트를 수호하며 인류 문명을 지키는 신화적인 존재다. 그는 누구도 읽어낼 수 없는 릴리아나의 심리마저 꿰뚫을 듯한 눈으로 그녀의 대답을 욕구했다.

—아무것도.

하지만 릴리아나는 고개를 저었다.

자신이 할 말은 아무것도 없다. 어차피 아무도 자신의 의견 따윌 필요로 하지 않으니까. 그들은 자신의 예지가 필요할 뿐, 현세의 행동을 결정하는 것은 그녀의 의지가 아니다.

그러나 그럼에도 불구하고 장로는 시선을 거두지 않았다. 그리고 표정조차 바꾸지 않은 채, 갑자기 다른 이들은 들을 수 없도록 불쑥 정신파로 이야기를 걸어왔다.

—아일라 스카우드를 움직인 것에도 필시 이유가 있겠지. 우리에게 말해서는 안 될 예지가 있는 것인가?

릴리아나는 흠칫했다.

자신이 아일라를 만난 것은 누구도 알 수 없는, 조직에서 가진 수많은 '눈' 의 사각에서 이루어진 비밀이다. 그런데도 장로는 그 사실을 알고 있단 말인가?

—걱정하지 말게, 탓할 생각은 없으니. 다만 성녀의 결정이

우리 조직, 그리고 나아가서는 이 세계를 위한 것임을 믿겠소.

장로는 그렇게 말하며 시선을 거두었다. 릴리아나는 그를 놀란 표정으로 바라보다가, 이윽고 결연한 표정으로 고개를 끄덕였다.

*   *   *

경주라고 하면 학창 시절에 다들 한 번쯤은 가보는 관광지다. 굳이 어른이 되어서 찾아가지는 않을지라도 학창 시절에 소풍이니 수학여행이니 해서 가기 때문에 경주에 못 가보는 사람은 별로 없을 것이다.

하지만 세상에는 남들 다 가보는 관광지도 불운한 성장 과정 때문에 가보지 못하는 사람들이 있었다.

"우와! 경주다, 경주!"

신우는 신이 나 있었다. 여태까지 자염에서 죽자고 훈련받으면서 안산 부근에서만 살아온 그에게 있어 경주는 완전한 신천지였다. 일부러 관광지 티를 내는 듯한 시내의 정경이 가슴을 두근거리게 한다.

"촌놈처럼 그러지 마라, 좀."

유현이 시큰둥하게 한마디 했다.

그도 수학여행 같은 일반인스러운 이유로 와본 적은 없다.

하지만 작전 수행 때문에 와본 적은 있었다. 옛 신라의 수도였으며, 문화재가 많고 유서 깊은 도시답게 용혈도 많고, 영맥의 흐름 역시 역사적이라 한번 문제가 일어나면 크게 나서 육도도 자주 개입하는 지역이었다. 지사에도 상당한 병력이 상주하고 있었을 텐데 지금은 어떨지 모르겠다.

"하지만 여기 처음이라니까요, 저. 안산 촌놈 맞죠, 뭐."

"흠, 뭐 그럼 기념품이라도 잔뜩 사던가. 미리 말해두는데, 관광하러 온 거 아니다."

유현은 그렇게 못 박아두고는 경주 시내에 숙소를 하나 잡았다. 장으로 잡을까 하다가 굳이 돈 많은데 쩨쩨하게 굴 필요도 없을 것 같아서 비싼 호텔로 잡았다.

"근데 굳이 숙소를 잡을 필요가 있어요?"

갈아입을 옷 안 가져왔는데, 라고 투덜거리면서 신우가 물었다.

"뭐, 하루 만에 끝날 수도 있긴 한데 그렇지 않을 수도 있으니까. 게다가 만약 하루 만에 끝난다고 해도 두 가지 일을 하루 만에 처리하기에는 좀 피곤하니까 이틀로 나눠서 하려고. 옷 같은 게 필요하면 그냥 사."

"사부님, 과소비예요, 그거."

"여기서 산다고 집에 가서 안 쓰는 것도 아니니까 괜찮아."

유현은 혼자 살 때는 옷이고 속옷이고 빨기 귀찮으면 그냥 버리고 새로 사버리는 무시무시한 성격의 소유자였다. 하다

못해 교복도 몇 벌이나 새로 산 전적이 있을 정도다. 그야말로 환경의 적, 과소비의 화신!

"그나저나 단석산이라고?"

유현은 따로 방을 잡아준 쌍둥이에게 물었다. 일행 중에 여자들이 그녀밖에 없으니―아일라와 신아연, 진선희는 무시―어쩔 수 없는 노릇이었다.

"네."

"토함산이 아니라서 다행이군."

적어도 석굴암을 건드릴 일은 없을 테니까. 석굴암은 일반에도 가치를 인정받는 소중한 문화재지만, 그와는 별도로 영적으로도 중요한 역할을 하고 있기 때문에 잘못 건드렸다가는 무슨 사태가 벌어질지 모른다. 오래된 문화재들은 그렇게 연옥에서도 함부로 할 수 없는 가치가 있는 것이다.

어쨌든 단석산이라……. 신라 화랑들의 수련 장소로 이용되기도 했고, 화랑 중 넘버원의 인지도를 자랑하는 김유신이 바위를 가르는 절세 무공을 선보였다고 해서 그런 이름이 붙은 산이다. 경주국립공원의 일부라서 행동에 제약이 따를 것이다.

게다가 신선사는 신선들의 바둑에 대한 일화가 전해지는 영적 포인트였고, 그 안에 있는 국보 마애불상군 역시 영적으로 중요한 물건이라서 행동을 조심해야 할 필요가 있었다.

'제발 그런 거 부수는 일은 없길 바라야겠군.'

퀘이사 포인트라는 게 좀 불안해야 말이지. 무슨 일이 일어날지 알 수 없지 않은가.

그런 그의 고뇌를 알아챈 것처럼 쌍둥이가 말했다.

"신령님이 말씀하시길, 문화재를 손상시킬 일은 없을 거다 하셨어요."

"대신에 잘못하면 산 전체가 사라지는 일도 있을 수 있으니 주의해 달라고 하시던데……."

"…전혀 위로가 안 되는 말이로군."

딱히 문화재를 건드릴 일은 없지만 그 산 자체가 통째로 사라질 수도 있다니, 이걸 도대체 어떻게 해석해야 하나. 물론 애당초 처음 퀘이사를 접했을 때 일어났던 일을 생각하면 산 하나 없어지는 것은 애교일 수도 있지.

어쨌든 일단 숙소를 잡은 후 유현은 일단 휴식을 취하기로 했다. 백아산 산신령이 쌍둥이를 통해 전하길, 밤이 되고 관광객들이 모두 사라졌을 때 행동을 개시하라고 했기 때문이다.

그렇게 결정되자 신우가 조심스럽게 물었다.

"아, 그때까지 관광 좀 다녀와도 돼요, 스승님?"

"놀러 온 거 아니라니까."

유현은 투덜거리면서도 신우의 관광을 허락해 주고 용돈까지 좀 쥐어주었다. 한얼을 보호자로 대동하고, 절대 현지의 조직 등과 마찰을 빚지 말라고 신신당부하는 것도 잊지 않았다.

"한얼도 같이 가니까 걱정 마세요. 그리고 저도 애도 아닌데요, 뭐."

"너 애 맞아."

유현은 못 미더워하는 표정으로 말하고는 두 사람이 나가는 것을 바라보았다.

뭐, 가끔은 이런 것도 괜찮겠지. 어차피 신우를 데려온 것은 경험이나 쌓으라고 그런 것이고, 퀘이사 포인트와 마주하는 것 자체는 자기 혼자만 할 수 있는 일이니까.

한얼과 신우가 나가고, 유현은 쌍둥이를 보러 갔다가 눈살을 찌푸렸다. 아일라가 그 방에 들어와서 쌍둥이와 카드놀이를 하고 있었기 때문이다.

"이봐, 당신."

"너도 하겠나?"

태연하게 권하는 아일라에게 유현은 잔뜩 불쾌감을 담은 시선을 보냈다. 하지만 아일라의 포커페이스는 철벽이었고, 그는 결국 한숨을 쉴 수밖에 없었다.

나쁜 의도도 없는 것 같으니 그냥 놔두자. 이 여자를 확실하게 신뢰할 수는 없지만, 여태까지 한 행동으로 미루어보건대 적어도 적은 아닌 것 같고.

게다가 생각해 보니 쌍둥이를 보호할 사람도 필요하긴

하다. 혹시라도 그의 행보를 못마땅하게 생각하는 녀석들
이 있다면 쌍둥이에게 해코지를 하려고 들 가능성도 있었
다.

'현 시점에서 그녀들이 인질로 잡히기라도 한다면, 상당히
불리한 거래를 해야겠지.'

그런 점도 고려를 해야 했다. 그런 일을 벌이는 게 아일라
본인이 될 수도 있겠지만, 일단은 두고 보기로 하자.

"난 됐어. 마음대로 해라."

유현은 문을 닫고 방으로 돌아와서 노트북을 열었다. 침대
위에는 난슬이 몸을 둥글게 말고 잠들어 있었다.

"넌 나날이 잠만 늘어가는구나."

아닌 게 아니라 이 녀석, 점점 쇠약해져 가는 것이 느껴진
다. 마정석으로 힘을 공급해 주고 식사도 꼬박꼬박 챙겨주고
있었지만 그것만으론 부족한 것 같았다. 유현을 구하고 이런
모습이 되었을 때 잃어버린 것, 그것은 보통 방법으로는 치료
할 수 없는 상처 같은 것이라 그녀는 점차 깨어 있는 시간이
줄어들어 가고 있었다.

'빨리 방법을 찾아야 해.'

일단 쌍둥이들을 통해 선술사 한 명을 소개받기로 했다. 선
기의 샘플을 분석하게 해달라는 요청도 해결되었다. 막대한
돈을 주기로 하긴 했지만 그런 것은 아깝지 않다.

문제는 그가 중요한 의식을 진행하고 있는 중이라 앞으로

일주일 후에나 만날 수 있다는 것이다. 그때까지 난슬이 아무 문제 없이 버텨줄 수 있을까? 그녀의 상태를 확실히 파악할 수 없다 보니 언제 무슨 일이 일어날지 알 수 없어서 불안했다.

난슬의 몸에 잔류하는 에너지를 분석하는 방법도 시도해 봤지만, 지금의 그녀는 요괴도 선인도 아닌 애매한 존재다. 힘의 성향 자체가 뚜렷하지 않아서 그런 힘을 주입해 봤자 도움 될 일이 없다는 결론을 내렸다.

"반드시 예전 모습으로 되돌려줄게."

유현은 난슬을 쓰다듬어 주며 중얼거렸다. 다시 그 맹한 얼굴을 보면서 한마디 안 해주면 직성이 안 풀릴 것 같다.

노트북이 부팅되자 유현은 일단 이메일 통합 확인 프로그램을 켰다. 그리고 눈살을 팍 찌푸렸다.

오지윤:Hi, 진유현.

오지윤이 블로그에 남겨둔 이메일로 답신을 보내온 것이다.

지난번 일은 고맙게 생각해. 꼭 신세를 갚을 생각이니 목이나 씻고 기다려라. 아, 그러고 보니 그 여자 애는 어떻게 됐어?

p.s. 혹시 블로그 만들면 주소 남겨라.

내용은 짧았다. 하지만 유현은 그 짤막한 메일을 통해 그의
움직임을 어느 정도 짐작했다.

'결국 조용히 찌그러져 있을 생각은 없다 이거군.'

그와 자신은 반드시 다시 만나게 될 것이다.

그런 확신이 들었다. 그는 분명히 운명적인 적대자로서 자
신의 앞에 서서 총알과 칼날을 교환하게 될 것이다. 마지막에
서 있는 것은 단 한 사람뿐이리라.

유현은 그에게 짤막하게 '그 애가 어떻게 되건 내가 알 바
아니잖아? 우주로 꺼져 버려'라고 답장을 쓰면서 투덜거렸
다.

"그나저나 이놈은 도대체 왜 이렇게 블로그를 좋아하는 거
야? 원참, 기가 막혀서."

한편 유현이 자기 방에 틀어박혀 있는 동안 쌍둥이는 조금
긴장한 채로 아일라와 놀고 있었다. 그녀 역시 유현 이상으로
피비린내 나는 아수라 같은 존재였기 때문에 무서웠지만, 자
신들에게 해코지를 하는 것도 아니고 호의를 가진 것이 명확
했다.

"그런데 당신은 왜 그분에게 붙어 있는 건가요?"

"그분은 당신이 있는 것을 싫어하던데."

쌍둥이가 물었다. 아일라는 조금 곤혹스러운 표정을 지었지만 곧 대답했다.

"당신들과 비슷한 아이가 부탁해서. 그 이유 외에는 없어. 어차피 그 외에 다른 이유가 필요없기도 하군."

세상에 모든 것을, 심지어 미래를 꿈꿀 자유조차 빼앗겼지만 아무것도 증오하지 않는 소녀 릴리아나. 그녀는 예지능력자고 쌍둥이는 무당이지만 둘은 왠지 닮은 구석이 있다. 연옥 사람들이 별세계 이야기로 생각하는 평화와 소통을 바란다는 점에서.

"단지 어떤 사람이 부탁했기 때문에요?"

"그분도 무당인가요?"

두 사람은 이해할 수 없다는 듯 물었다. 그녀와 같은 존재가 단지 그런 간단한 동기만으로 이런 번거로운 일을 하고 있단 말인가.

"그래. 그 아이는 예지능력자야. 불쌍한 아이지."

"예지능력자……."

"점을 쳐서 아는 것보다는 많이 힘들겠군요."

무당도 미래를 보지만 그것은 그들 자신의 예지력에서 비롯되는 것이 아니라 그들과 소통하는 신령으로부터 비롯되는 경우가 많았다. 게다가 점이라는 불확실한 수단을 통해 한 번 필터링된 결과를 보게 되는 그들과, 결코 예지의 환영으로부터 달아날 수 없는 예지력자는 미래를 생각하는 감각 자체가 다를 것이다.

물론 쌍둥이 역시 달아날 수 없는 운명을 살아가는 존재다. 유현은 그녀들이 어려서부터 신령을 모시는 생활을 해왔다면 그런 인식이 희박할 것이라 생각했지만, 쌍둥이는 그 점을 명확하게 인지하고 있었다.

결국은 삶을 대하는 태도의 문제다.

사람은 누구나 감내하고 살아가야만 하는 숙명이 있다. 그것이 크든 작든 그 점에서는 누구나 마찬가지다.

그것을 받아들이고 살아가느냐 아니냐는 사람마다 다를 것이고, 쌍둥이는 받아들이는 쪽을 선택했다. 받아들임으로써 평온을 얻고, 자신들을 괴물 보듯이 바라보는 보통 사람들로부터 달아났다.

"하지만 당신은 그녀를 걱정하기보다 자기 자신을 걱정해야 하지 않을까요?"

어린 모습에 걸맞지 않게 갑자기 자신의 마음속을 들여다보는 듯한 말에 아일라는 한 방 먹은 기분을 느꼈다. 하지만 곧 희미하게 미소 지으며 대꾸했다.

"난 이미 자기 자신을 걱정하고 돌보기에는 너무 멀리 와 버렸어. 그도 아마 그렇게 생각할걸."

세상에는 분명히 돌이킬 수 없는 것이 있다.

아무리 미래를 바라보며 열정적으로 살아가는 사람이라도, 그 사실을 잊고 도망쳐서는 안 된다. 아일라는 그렇게 생각했다. 감내해야만 하는 파멸이라면 달밤에 끌어안고 우아하게 춤을 추며 무덤까지 가자. 그것이 아마 가장 올바른 길일 테니까.

'세르반테스, 당신도 마찬가지지.'

그녀는 숙명을 감당하지 못하고 미쳐 버린 한 남자를 떠올리며 마음속으로 중얼거렸다.

4

한얼과 신우는 저녁이 되기 전에 돌아왔다. 혹시나 하고 걱정했지만 한얼의 사리 분별력 덕분인지 문제는 일어나지 않았다고 한다.

"토착 조직 사람이 문화재를 건드리거나 하는 일 없도록 하라고 권고는 하더군요."

한얼이 쓴웃음을 지었다. 경주에는 역사가 깊은 토착 조직이 많았다. 그런 이들은 요괴와 싸우는 것도 중요시하지만 역사와 문화를 보존하는 데도 굉장히 날이 선 태도를 취하고 있었다.

신우는 어떠냐 하면, 불국사와 석굴암 기념 티셔츠를 사는 등 기념품을 잔뜩 사 와서 신나하고 있었다. 어린애가 아니니 뭐니 하더니 웬걸, 그야말로 어린애답고 관광이라고는 처음 해보는 티를 잔뜩 내고 있지 않은가.

"관광지의 상술에 홀라당 넘어갔구먼."

"후후, 뭐 어때요. 인터넷에 보니까 관광 와서 관광 온 티 안 내는 것도 바보 같은 짓이라던데. 기왕 관광을 할 거면 즐겁고 신나게 즐겨야죠."

"뭐, 틀린 말은 아니다마는……."

문제는 그들이 관광을 온 게 아니라는 것이지. 유현은 굳이 그 점을 이야기하진 않고 그냥 피식 웃기만 했다. 요 근래 매일매일 빡세게 굴리기만 했으니 가끔은 풀어주는 것도 괜찮겠지.

어쨌든 저녁 식사를 하고 시간이 좀 더 지난 후, 일행은 스타렉스를 몰고 단석산 쪽으로 향했다. 아주 자연스럽게 바이크를 탄 아일라가, 그리고 아우디 R8을 탄 신아연과 진선희가 따라붙는다.

유현은 그들에게는 쿼이사 포인트에 접근하는 것을 보이고 싶지 않았기 때문에 미리 자신이 일을 보는 데 접근하지 말아달라고 경고했다. 그리고 그들도 멀찍이 떨어져서 대기하기로 합의를 보았다.

단석산은 높이로는 경주에서 가장 높지만 크기로 치면 사람 발길이 닿지 않은 곳이 별로 없는 산이다. 그런데 과연 그 산 어디에 쿼이사 포인트가 있는 것일까? 물론 산이고 보니 사람 눈길이 닿지 않는 곳이야 얼마든지 있겠지만, 일반인도 아니고 육도의 눈길을 피했을 정도라면 역시 궁금하다.

스타렉스를 타고 단석산 등산로 초입까지 온 유현은 곧바로 눈살을 찌푸렸다.

"단석사 안으로 가야 된다고?"

이곳에 와서 다시 백아산 신령의 말씀을 전해 들은 쌍둥이가 말하길, 사람들 왕래도 많은 단석사, 혹은 신선사라 불리는 그곳으로 가야 한다는 것이다. 문화재를 건드릴 일은 없을 거라고 해서 등산로에서 벗어난 곳을 예상하고 있던 유현에게는 뒤통수를 치는 말이었다.

"그럼 문화재를 건드릴 수밖에 없는데. 이 시간에 접근하는 것을 토착 조직들이 용인할까?"

산신령이 용서한다고 해도 토착 조직들이 용서할 것 같지는 않다. 일단 밤이 되면 토착 조직들에서 파견된 병력들이 어둠 속에서 숨어서 문화재 주변을 경비하고, 그렇게 되면 안쪽으로 들어가기가 쉽지 않다.

그렇다면 전투를 벌여야 할까? 그것도 좀 달갑지 않았다. 아무래도 이쪽이 먼저 치는 형국이 되니까.

그러나 이 문제는 신아연이 해결해 주었다.

"뭐, 필요하다면 육도 지부에 연락해서 안으로 들어가게 해줄 수도 있는데. 그 정도 편의는 어렵지 않아."

"그럼 부탁하지."

유현은 별로 고민하지 않고 그녀의 호의를 받아들였다. 어차피 이후 육도의 천상 계급과의 만남이 약속되어 있는 만큼,

이런 때는 이용해 먹는 게 이득이다.

신아연도 그런 유현의 심리를 읽었는지 피식 웃으면서 육
도 지부에 연락을 넣었다. 환몽여제 김지아로부터 이번 교섭
을 위해 여러 가지 권한을 위임받고 있었기 때문에 이런 일을
해결하는 것은 어렵지 않았다.

그로부터 10분 후, 일행은 신선사를 향해 오르기 시작했다.
아일라 스카우드가 그들과 멀찍이 떨어져서 따라가는 것을
보며 진선희가 물었다.

"우린 안 따라가도 될까요?"

"뭐, 상관없잖아? 우리 일은 저들을 감시하는 게 아닌데."

"그건 그렇지만……."

"저들이 뭘 하려는 건지 신경 쓰여?"

그녀의 물음에 진선희는 조금 망설이다가 고개를 끄덕였
다. 애당초 저들이 무슨 일로 본거지인 안산을 떠나 머나먼
경주까지 온 것인지, 그리고 토착 조직들이 중요하게 생각하
는 문화재에 접근하는 이유는 무엇인지 신경 쓰이지 않을 리
가 없지 않은가?

"그걸 알아보려면 따라가는 것도 괜찮겠지만… 뭐, 이번에
는 상공에서 감시하는 것 정도로 참도록 해."

신아연의 말에 진선희는 즉시 마력을 발현, 멀리 보기 술식
으로 하늘에서 지상을 굽어보는 마법의 눈을 만들어냈다. 여
러 각도에서 신선사를 감시, 단순히 눈에 보이는 정보만이 아

니고 영적인 정보도 함께 수집하고 투시술도 병행해서 그 안쪽을 들여다보기 시작했다.

'헛수고일 텐데.'

그런 진선희를 보며 신아연은 피식 웃고 말았다. 그녀가 나이에 비해 뛰어난 역량을 가진 것은 사실이지만 진유현은 그녀가 자신의 행동을 들여다보는 것을 용인하지 않을 것이다. 얻을 수 있다면 그녀로서도 좋지만.

신아연은 다시 담배 한 개비를 꼬나물었다. 여름 한정품으로 나온 것을 사다가 아껴두었던 던힐 프리즈였다.

*　　　*　　　*

단석산은 산길이 꽤 험한 편이라 밤에 오르기에 좋은 곳은 아니었다. 차로 올라오는 이들도 있긴 하지만 경사가 심해서 4WD가 아니면 올라올 생각 말라고 표지판이 붙어 있을 정도이니 알 만할 것이다.

그런 곳을 오밤중에 전속력으로 올라간다면 목숨을 걱정해야 할 지경이지만, 다들 일반인이 아니다 보니 그런 문제는 일어나지 않았다. 아예 걸어가지도 않고 훌쩍훌쩍 날듯이 뛰어서 올라가자 목적지에 이르는 데 10분 정도가 소요됐을 뿐이다. 문제가 되는 것은 쌍둥이였는데, 그녀들은 아예 유현과 한얼이 한 명씩 업고 올라갔다.

"죄, 죄송해요."

"죄송하긴 뭘. 내 일로 부려먹는 건데."

부끄러워하는 쌍둥이에게 그렇게 말하는 동안 목적지인 신선사에 도착했다. 주변에 토착 조직의 병력이 돌아다니는 기척이 느껴졌지만 육도에서 권고를 넣었기 때문에 앞을 막으려는 기색은 보이지 않는다.

"으아, 절 앞에 떡하니 커피 자판기가 있어요."

"커피가 마시고 싶으면 한 잔 마시던가."

신우가 신선사 입구에 설치된 커피 자판기를 보며 뜨억하자 유현이 한마디 쏘아주었다. 사실 신선사는 대웅전과 산신각을 제외하면 죄다 가건물 수준이라 모양새가 볼품없어 보였다. 게다가 입구에 낡은 커피 자판기까지 붙어 있으니 품격하고는 담을 쌓는 느낌이 든다.

하지만 유현에게는 아무런 상관 없는 일이었다. 문득 그는 진선회가 상공에 띄워둔 마법의 눈을 의식하고는 자신도 똑같이 마법의 눈을 띄워 올렸다. 그리고 상공에서 신선사를 관찰하며 생각에 잠겼다.

'문제가 되는 것은 오히려 일반인들일까?'

신선사는 절이기 때문에 당연히 스님들이 살고 있다. 하지만 마법을 다루는 연옥 사람들이 일반인들의 이목을 두려워한다면 그것도 웃기는 일이다. 유현은 어떻게 할까 고민하다가 일단 단석사 전체를 가리는 결계를 치고 주문을 걸어 그들을 모두 잠들도록 했다.

"굳이 재울 필요 없지 않아요?"

신우가 물었다. 어차피 인식을 흐리는 주문을 사용하면 일반인은 설령 자신들이 바로 옆에 지나가도 그 존재를 알지 못한다. 그런데 굳이 잠재울 필요가 있었을까?

"혹시 요란해질 수도 있으니까 주의해야지. 그렇게 되지 않길 바라지만."

쌍둥이는 국보인 마애불상군이 목적지라고 했다. 도대체 마애불상군 어디에 퀘이사 포인트가 있는 것인지는 모르겠지만 부디 그 지하로 들어가는 비밀 문이라도 있기를 바란다. 그렇지 않으면 마애불상군을 파괴해야 할 수도 있는데 그런 일을 했다가는 뒷감당이 상상을 초월할 정도로 귀찮아질 것 아닌가.

일반인들이 다 잠든 것을 확인한 유현은 신선사 안으로 진입했다. 마애불상군이 있는 곳으로 가니 한밤중에는 거대한 검은 덩어리로 보일 뿐이다. 유현의 경우는 시력이 특수해서 어둠 속에서도 사물을 윤곽으로 구분할 수 있었기는 하지만.

"이거 굉장히⋯⋯."

상대적으로 영감이 약한 신우가 마애불상군을 보면서 움츠러드는 기색을 보였다. 국보로 지정될 정도로 오래된 영적 포인트인만큼 그에게도 그 거대한 영적 밀도가 느껴지는 모양이다.

"여기서 뭘 어쩌라는 거지?"

유현이 쌍둥이에게 물었다. 마애불상군이 영적으로도 대단히 가치있는 존재라는 것은 한눈에 알 수 있었다. 하긴 천년이나 된 문화재가 이 정도 영적인 힘을 갖고 있지 않으면 그건 가짜라는 소리다.

하지만 여기 어디에 퀘이사 포인트가 있다는 것인가?

'설마 이 마애불상군 자체가 퀘이사 포인트라는 소리를 하려는 것은 아니겠지?

퀘이사 포인트는 무엇이든 될 수 있는 존재, 설령 거대한 영적 밀도를 가진 존재가 되었다고 해도 이상할 것은 없다. 하지만 그럴 경우 유현이 기대한 것은 전혀 얻을 수 없다고 봐야 했다.

다행히 쌍둥이는 유현의 우려와는 다른 대답을 주었다.

"안으로 들어가세요."

"그리고 당신께서 가진 힘을 개방하시면, 거기에 바로 답이 있다고 하십니다."

그런 거라면 환영이다. 유현은 고개를 끄덕이고 마애불상군의 서쪽 입구를 통해서 안쪽으로 들어갔다. ㄷ자 형태에서 열려 있는 한쪽 면이라 마애불상군의 모습이 적나라하게 보인다. 거대한 암석의 삼면에 조각된 불상들의 모습을 보면서 유현은 하늘의 왼손을 불러내고 퀘이사 에너지를 통제하기 시작했다.

웅웅웅웅웅…….

희미한 진동음과 함께 퀘이사 에너지의 잔향이 사방으로 퍼져 나가기 시작한다. 이곳을 둘러싼 영적 에너지가 흠칫하며 물러나는 것이 느껴진다.

하지만 아직 원하는 반응은 없다. 퀘이사 포인트라면 이 힘에 반응해야 할 텐데, 이렇게까지 반응이 없을 리가…….

"우우우—!"

그때 신우의 어깨 위에 앉아 있던 난슬이 깜짝 놀라서 울었다. 유현이 뒤를 돌아보는 순간 갑자기 변화가 일어났다.

풍경이 변했다.

'뭐지?'

유현은 당혹감을 느꼈다.

방금 전까지만 해도 그는 한밤중에 마애불상군 앞에 서 있었다. 그런데 지금은 꽃잎이 흩날리는 동산 위에 있다니?

그곳은 무릉도원이었다.

싱그러운 풀과 갖가지 꽃이 흐드러지게 피어난 곳 위에 근사한 정자가 있고, 그 옆으로 맑은 냇물이 졸졸 흐른다. 불어오는 바람에 꽃나무 가지가 흔들리며 꽃잎을 흩날리고 사방이 좋은 향기로 가득했다.

'결계인가?'

유현은 주변을 관찰하며 눈살을 찌푸렸다.

아니, 단순히 결계라고 하기에는 너무나 전환이 빠르다. 유현 자신이 인식도 못하는 사이에 이 속에 빨려들어 오게 만드는 것은 설령 금오의 요괴선인이 온다고 해도 어려울 것이다.

"너무 모든 것을 자신의 상식에 맞추어 생각하지 말게나."

유현은 흠칫하며 뒤로 물러났다. 갑자기 눈앞에 있던 정자 쪽에서 사람의 목소리가 들려온 것이다. 눈에 보이는 이도, 기척을 내는 이도 없었는데 갑자기 목소리가 들려오다니? 게다가 어느새 그 자리에 도복을 차려입은 젊은이 한 명이 앉아 있는 것이 아닌가?

*　　　*　　　*

"당신은 누구지?"

유현은 바짝 긴장한 채로 물었다. 눈앞의 젊은이는 아주 단정하면서도 마음을 편하게 해주는 외모에 부드러운 미소를 짓고 있었다. 몸에서 풍기는 기운 역시 이곳을 채운 꽃향기와 같아서 결코 악의를 느낄 수 없다.

그러나 그럼에도 불구하고 유현은 전투태세로 들어가 있었다. 지금 마음을 감화시키듯이 감각으로 스며들어 오는 정보가 어떻든 간에, 그는 자신도 인식하지 못하는 사이에 이 공간으로 끌려 들어왔고 그에게 자신의 감각권을 침범당했다. 경계하지 말라는 것이 무리다.

"솔직히 자네에게 이름을 알려줄 신분은 못 되고… 알기 쉽게 말하지."

"우린 신선(神仙)이다."

그의 뒤쪽에서 또 다른 목소리가 들려왔다. 짧은 말만큼이나 무뚝뚝한 느낌을 주는 목소리였다. 그리고 그곳에는 역시 도복을 차려입은, 하지만 날카로운 눈매와 당당한 체격을 가진 남자가 앉아서 바둑판을 내려다보고 있었다.

그는 바둑판을 뚫어져라 바라보다가 고개를 저으며 말했다.

"이 바둑, 도대체 언제 두다가 내버려 둔 것인지 모르겠군. 수순은 알겠는데 두는 방식이 너무 오래되었어."

"뭐, 천 년 이상은 되지 않았겠나?"

사람 좋아 보이는 젊은이는 천 년의 세월을 너무나도 가볍게 이야기했다. 그들의 말로 미루어보아 아무래도 바둑을 둔 것은 또 다른 이들이었던 모양이다. 지금은 있는지 없는지도 모를 아득히 오래전의 존재들.

유현은 그들의 말을 의심하지 않았다.

"당신들 정말 신선인가?"

신선.

그것은 도가의 존재들이 궁극적으로 추구하는 불사불멸의 존재다. 선기(仙氣)를 체득하고 선술(仙術)을 사용하는 자들을 선인이라고 부르지만 그들은 아직 인세의 존재들이며, 마침내 인세를 벗어나 천상에 올라 신위를 획득한 자들만이 신선이라 불릴 수 있다.

그러니 이 두 사람이 신선이라면 얼마 전에 상대한 이무기 이상의 존재라고 할 수 있다. 인세에 감히 이들과 대적할 만한 힘을 가진 자가 없는, 신이라고 할 수 있는 존재이니 지금까지 겪은 일도 다 이해할 수 있었고, 천 년의 세월을 가볍게 말하는 것도 납득할 수 있었다.

사람 좋은 젊은이, 아니, 신선이 피식 웃으며 말했다.

"거 현실 받아들이는 게 참 빠르구먼."

유현이 긴장을 풀지 않은 채 대답했다.

"안 받아들이고 있어봤자 득될 것도 없으니까."

이미 일어난 현상을 부정하는 것은 어리석은 일이다. 전장에서 그런 식으로 현실 도피를 하고 있다가는 죽는다.

"그 나이에 전장에서 살았나? 아, 미안. 그러고 보니 사고를 읽는 게 불쾌할 수도 있겠군. 근데 우린 인간의 사고가 아주 자연스럽게 읽혀지거든. 마치 기도를 듣듯이… 인세를 내려다보면 수천만, 수억의 이야기를 듣게 되지. 그러다 보니 프라이버시라는 것을 생각하지 못했어."

"신선이 '프라이버시' 같은 단어를 사용하니 환상이 깨지는데."

유현은 그렇게 투덜거리면서 퀘이사 에너지를 제어해 보았다. 잔향이 퍼져 나가며 주변을 두르자 사람 좋은 신선이 호오, 하고 감탄했다.

"이야, 진짜 혼원(混元)의 힘을 다룰 수 있잖아? 신기하네. 확실히 그러면 우리도 자네의 사고를 읽을 수 없지."

"혼원의 힘을 다룰 수 없다면 애당초 여기까지 올 수도 없고, 우리가 불러 나올 일도 없잖나."

눈매 사나운 신선이 빈정거렸다.

"혼원의 힘? 퀘이사 에너지를 말하는 건가?"

"그렇게 불러도 문제는 없지. 언어나 전승에 따라서 부르는 말은 다 다르니까. 당장 우리만 해도 시원의 힘, 혹은 혼원의 힘이라고 부르고 있고. 어쨌든 세상이 음양오행(陰陽五行)으로 나뉘어지기 전의 혼돈 그 자체! 세상을 창조하고 거두는 힘! 그것이 바로 지금 자네가 쓰고 있는 그것이지. 신들도 사용할 수 없는 힘이라는 것은 알고 있나?"

"마치 세계에서 가장 가치있는 자본, 무색의 황금, 1리터당 1억 원이라고 말하는 것 같아, 당신."

유현은 그렇게 빈정거리면서 잔향을 확대, 주변을 탐색해 보았다. 하지만 사람 좋은 신선이 그를 만류했다.

"그만두게. 이 공간 그렇게 강한 편이 아니라서 잘못하면 깨진다고. 자네가 원하는 것은 이 공간의 중심에 있으니 어차피 갖게 될 거야."

"시간을 낭비하고 싶진 않아. 애당초 천상의 존재인 신선들이 여기에 왕림한 이유는 뭐지? 말하는 것을 들어보니 내가 이 공간에 들어오는 것과 동시에 당신들도 강림한 것 같군.

그렇다는 것은 이 공간에서 나를 맞이하는 것이 당신들의 일이라는 것 같은데, 내 생각이 맞나?"

"맞아. 명석하군. 참 잘했어요 도장 찍어줄까?"

"시시한 농담은 필요없으니 본론이나 말해줬으면 좋겠는데. 이 공간은 혹시… 전승에 나오는 신선들의 바둑을 보고 있었더니 도끼 자루는 썩어 있고 50년이 지나서 사람들은 다 호호백발이 되어 있었다, 그런 이야기에 나오던 그곳 아닌가?"

"비슷하긴 한데 그런 악랄한 일은 안 벌어지니 걱정 말게. 그때하고는 공간 세팅이 다르거든."

"그런 용어를 써대는 게 안 어울려."

"현대적이지 않나. 기술은 진보했고 우리 역시 그 기술을 즐기는 존재들이니까."

"천상이라는 곳도 꽤나 인간적인 곳인가 보군. 단지 인세와 격리되어 신적인 존재들이 모여 있을 뿐인가?"

누구도 실체를 모르는, 그러나 누구나 동경하는 천상. 그 실체를 추측하는 유현의 말에 사람 좋은 신선이 빙그레 웃었다.

"우리의 이야기를 통해 천상이 어떤 곳일까 추측하지는 말게. 실은 이런 이야기는 모두 의미가 없을 수도 있어. 우리가 이렇듯 사람의 모습으로 자네 앞에 존재하지만, 그것은 영겁에 걸친 시간 속에서 잠시간 일어난 현상, 흔들림 같은 것에 지나지 않아. 우리가 이렇게 대화를 나누는 것도 오로지 이곳이 그런 목적으로 만들어진 공간이기 때문이야. 애당초 신이라는 개념 자체가 인간의 의식으로부터 태어난 허상. 실제로 그것이 얼마나 오해받고 있을지 인간들이 이해할 수는 없는 노릇이라네."

"어려운 이야기군. 요는 당신들은 이 공간의 특성에 의해 나라는 인간과 의사를 나누기 위해 전승에 걸맞은 모습으로 나타난 현상일 뿐, 지금 이 모습이 당신들의 본질은 아니다. 그 본질도, 그 본질이 기거하는 천상이라는 곳도 인간의 개념으로 알기 어려운 곳이다. 그런 말을 하고 있는 건가?"

"마법을 터득해서 그런지 이해가 빨라서 좋군. 더 대화를 나누고 싶지만 실은 허락된 시간도, 말할 수 있는 것도 많지 않으니 본론으로 들어가지. 자네는 왜 이곳에 온 건가?"

"퀘이사 포인트를 찾아왔지. 백아산 산신령의 권속을 도와준 대가로 이곳에 대한 정보를 들었거든."

"왜지? 왜 굳이 이곳을 찾을 필요가 있었지?"

"내가 사용하는 힘의 정체를 명확히 알고 그것을 제어할 방법을 손에 넣기 위해서."

유현은 일단 솔직히 대답하기로 했다. 여기서 정보를 감추고 심리전을 벌여봐야 아무런 이득이 없었다.

문득 신선이 유현의 왼손을 보았다.

"자네는 하늘의 왼손을 갖고 있군. 그건 아마도 3천 년쯤 전에 만들어진 걸 거야. 그걸 통해 혼원의 힘을 약간 사용할 수 있다면, 그 힘의 본질에 구애받는 것도 당연하긴 하지만……."

"아니, 잠깐. 당신들, 나에 대해서 다 아는 건 아닌 것 같군. 내가 하늘의 왼손을 통해 힘을 사용하는 것은 사실이야. 하지만 그게 다는 아니지."

유현은 잠시 망설이다가 안대를 벗었다. 그리고 재빨리 눈 부근 다섯 포인트를 짚어서 봉인 효과를 유지시키고 눈을 감았다. 유현의 눈을 봉인하기 위해 그 주변에는 미세한 크기의 다섯 개의 특이 금속이 이식되어 있는 상태였다.

그것만으로도 충분했다. 신선들의 얼굴에 경악이 떠올랐다.

"이럴 수가! 특이점이라고?"

"저런 일이 있을 수가 있나? 아니, 있군. 그렇게 된 건가?"

그들의 표정이 경악에서 심각함으로 빠르게 변해갔다. 그 표정 변화를 통해 유현은 그들이 인간으로서는 이해할 수 없는 방식으로 정보를 터득하고 있다는 사실을 알 수 있었다. 유현의 눈을 보는 순간 그에 대한 정보를 아마도 천상의 채널을 통해 제공받는 듯했다. 그것이 지금 이 상황에 대처하기 위해 필요하니까.

'잠깐. 내가 어떻게 그런 것을 알지?'

단순히 표정 변화를 통해 추측했다고 하기에는 너무나 많은 것을 꿰뚫어 보았다. 유현은 그 사실에 의아함을 느끼며 원인을 짚어보았다.

"이런. 자네에게도 정보가 흘러들어 간 것 같군. 혼란스러워하지 말게. 인간에게도 예지로 발전할 수 있는 통찰의 힘이 있고, 그것을 통해 우리에게 수신되는 정보 일부를 흘려 받은 것뿐이니까. 자네가 방출하고 있는 혼원의 힘 때문에 노이즈가 발생한 것 같군."

신선이 유현의 혼란을 풀어주었다.

"그렇다곤 해도 대단하군. 운명의 특이점이라고 해도 좋을 정도야. 단순히 하늘의 왼손을 얻고 그 힘의 사용법을 터득했다고만 생각했는데, 자네 자신이 혼원의 문 그 자체였단 말인가."

"수천 년 만에 처음 있는 일이군. 너의 희생정신은 높이 사겠다. 확실히 그때 네가 자신을 던지지 않았다면 지구 전체가 먹혀들어 갈 수도 있었겠군."

눈매 사나운 신선이 못마땅하다는 듯 덧붙였다. 저 작자는 왜 칭찬을 하면서도 태도가 고압적인지 모르겠다. 유현은 살짝 불쾌감을 느끼며 물었다.

"나와 같은 존재가 이전에도 있었나?"

"없진 않았지. 수천 년 주기로는 나타났어. 물론 똑같은 혼원의 문이라고 해도 그 능력은 서로 달라서, 예를 들면… 그래, 혹시 북유럽 신화를 알고 있나?"

"조금은."

요괴를 상대하는 게 일이다 보니 신화와 전승에도 어느 정도는 제반 지식이 있다. 물론 유현 그 자신이 마법을 배우는 과정에서 흥미가 있어서 알아본 것이지 육도 사람이라고 해서 누구나 아는 것은 아니지만.

"거기에서 주신 오딘이 미미르에게 눈을 대가로 주고 대신 미미르의 샘에서 무한한 지혜를 얻는 이야기가 있지 않나? 그것이 바로 자네와 같은 상태가 되는 것을 가리킨다. 그러나 이 경우 오딘이 얻은 것은 혼원의 문이 되어 힘 그 자체를 사역하기보다는 강대한 마력과 지혜를 얻었지. 미미르의 샘 그 자체가 자네가 퀘이사 포인트라고 부르는 혼원의 파편이었는데, 그것은 온 세상의 지혜와 영적인 힘을 모아두는 것으로 그 형질이 변화되었거든."

"그런 데 비해 너는 변질되기 이전의 순수한 혼원 그 자체를 삼킨 거다. 그렇기에 네가 발하는 혼원의 힘은 이 세상의 개념으로 오염되지 않은 순수함을 가졌지. 아마 너는 그걸 이 세상의 존재로 변환시켜서 사용하고 있겠지만."

유현의 그들의 말을 이해할 수 있었다. 퀘이사 에너지는 무엇이든 될 수 있고, 또한 무엇이든 자신으로 만들 수 있는 힘. 그러면서도 인간의 의지에 사역당하니, 아마 세계의 사념이 투영되었다면 다른 무언가로 변해갈 수도 있었으리라. 그것이 신화에 나오는 무한한 지혜의 샘이라고 해도 납득할 수 있었다.

"이 포인트는 인간에게 열어주어도 되는 것은 아니다. 신격을 얻은 우리가 다시 이런 모습으로 끌어내려져 가며 이곳에 오는 것은 이것이 인간이 얻어서는 안 될 힘이라고 판단한 이들이 스스로를 제물로 바쳐 가며 천상에 보호를 구했기 때문이다."

"없앨 수도 없고, 단순히 봉인하는 것만으로는 충분하지 않았기 때문에 이런 극단적인 수법을 쓴 거지."

"하지만 솔직히 자네가 가져간다고 하면 막을 수 없을 것 같군."

그 말에 유현은 의아함을 느꼈다.

이들은 신선이다. 아무리 하계에 내려왔다고 해도 그 힘은 변함없을 텐데 어째서 유현을 막지 못한다고 하는 것일까? 분명 퀘이사 에너지를 변환해 얻는 유현의 힘은 대단하고, 심지어 퀘이사 에너지 그 자체를 다루는 것도 어느 정도는 간단하지만 신을 상대로 싸워서 이길 수는 없을 것 같았다.

"원래 신위를 얻은 자는 세계를 움직일 뿐, 그래, 마치 지구의를 돌리는 것처럼 움직일 뿐 그 안에서 살아갈 수는 없다. 왜냐하면 우리는 이미 인격을 잃고 신격이 되었으며, 인간이었음을 잃고 영원과 불멸을 얻었기 때문이지. 이 공간 속에서 우리는 인간의 형상을 입고도 절대적인 영향을 행사하지만 자네는 그것을 무시하고 있다. 왜냐하면 자네 자신이 혼원의 문이며 또한 그 힘을 사역하는 운명의 특이점이기 때문이지."

"굳이 그런 말을 안 했으면 알아서 물러갈 수도 있었다고 생각하지 않나?"

유현은 술술 다 불어버리는 사람 좋은 신선에게 약간 어처구니가 없어서 물었다. 하지만 그는 빙그레 웃으며 말하는 것이었다.

"그렇게 될 리가 없었다. 나의 예지가 그렇게 말하는군. 그렇다면 차라리 가져가게나. 자기를 던져서 세계를 지키고자 생각했던 이라면, 적어도 이 힘으로 세계를 멸하고자 하진 않겠지. 자네에게 인의와 도리를 기대하진 않겠지만, 인간이고 싶어하는 갈망을 믿겠다."

신선은 그렇게 말하고 살짝 고개를 숙이니 그로부터 빛이 일어나며 모든 것이 사라져 갔다. 유현이 그 빛으로부터 눈을 감았다 뜨니 무릉도원도, 정자도, 신선들도 모두 사라지고 그 자리에는 거대한 빛의 석주(石柱)만이 남았다.

"수정 같군."

사람 키보다도 큰 돌기둥들이 수정처럼 자라나 무지갯빛을 발하고 있었다. 반투명하여 스스로 빛을 발하고 투과시키는 그것은 홀릴 듯이 아름답다. 하지만 유현은 그 아름다움에 현혹되지 않고 다가가 보았다. 그가 다가갈 때마다 공기가 진동하며 퀘이사 에너지가 서로 공명하는 것을 알 수 있었다.

웅웅웅웅웅…….

유현은 수정군 아래쪽에는 작은 제단 같은 것이 있고 그 위에 무언가가 놓여 있는 것을 발견했다. 그것은 바로 하늘의 왼손과 마찬가지로 수은처럼 흐물흐물한 표면을 가진 장갑이었다.

"땅의 오른손?"

유현은 그 앞에 새겨진 고대의 문자를 보며 기가 막혀했다.

하늘의 왼손 다음에는 땅의 오른손인가? 그렇다면 이것은 하늘의 왼손과 같은 시기, 혹은 같은 집단에 의해 만들어졌단 말인가?

아니, 아니다. 유현은 왠지 모르게 그것의 정체를 알 수 있었다. 아까 신선들이 정보를 얻었던 것과 같은 방식으로 그의 통찰력을 통해 무언가가 정보를 전달해 왔다. 정보 제공자는 아마도 이 수정군이리라.

이것은 고대, 왕을 능가하는 권위를 가지며 신으로 군림했던 이가 사용했던 신물이다. 아직 신성(神性)이 지상에 남아 있던 시대, 신비를 다루는 기술력은 지금보다 떨어졌지만 사람이 의지만으로도 기적을 일으킬 수 있었던 시간 속에서 유현과 비슷한 존재가 무수한 생명을 제물로 사용하고 스스로의 영혼마저 내던져 이것들을 만들어냈다.

그 결과 왼손은 하늘의 뜻을 사역하고, 오른손은 땅의 힘을 떨치니 감히 그 앞에 맞설 존재가 없었다.

유현은 냉소를 흘리며 땅의 오른손에 손을 가져갔다. 땅의 오른손 역시 유현의 왼쪽 눈과 반응, 곧바로 그 손에 끼워지기 위해 만들어진 듯 딱 들어맞는 형상으로 변했다.

"사람이 만든 신의 힘인가."

비록 퀘이사의 힘이 하늘로부터 왔다고 하더라도, 그것을 의지와 기술을 이용해 도구로 만들어낸 것은 인간이다. 인간이야말로 세상에서 가장 불가사의하고 가장 끝을 알 수 없는 존재였다.

유현은 자신이 새로운 힘을 얻었다는 사실을 알았다. 이걸로 퀘이사 에너지에 대한 통제력은 비할 바 없이 강력해졌고, 할 수 있는 일도 훨씬 많아졌다. 서로 짝을 만난 하늘의 왼손과 땅의 오른손이 공명하며 주인인 유현에게 그런 지식을 전달해 주고 있었다.

고대에 이것을 만들어낸 존재는 과연 후세에 자신과 같은 존재가 나타날 것을 예견했을까?

알 수 없는 일이다. 유현은 그런 생각을 하며 양손을 수정군, 퀘이사 수정이라고 불러야 할 것에 갖다 대었다. 그러자 그것은 한 줌의 빛으로 변해서 유현에게로 녹아들었다.

그리고 수천 년 동안 유지되던 공간이 파멸했다.

*   *   *

"도대체 어디로 사라지신 거지?"

신우는 불안해하며 기다리고 있었다.

마애불상군 앞에 섰던 유현이 갑자기 픽 꺼지듯이 사라져 버린 후 벌써 여섯 시간이 흘렀다. 한밤중에 왔지만 조금만 있으면 동이 틀 듯했다. 날이 밝을 때까지 돌아오지 않으면 상당히 곤란할 텐데, 과연 어디로 사라져 버린 것일까?

이런 가운데 여유있는 것은 쌍둥이 소녀들뿐이었다. 그녀들은 아예 돗자리를 깔고 보온병에 담아온 차를 마시면서 난슬과 주사위 놀이를 하고 있었다. 신우나 한얼과는 달리 신체 상태를 자유자재로 조율할 방법을 터득하고 있지 않았으니 이해는 하겠는데…….

'그래도 너무 여유있는 거 아냐?'

신우는 괜히 심통이 나서 지금 그렇게 여유가 있어도 되냐고 물어봤지만 두 사람은 유현이 곧 돌아올 것이라는 대답만 들려줄 뿐이었다. 산신령을 모시는 몸이다 보니 주인의 언약만 있으면 마음도 안정되는 모양이다.

"아아, 이러다 진짜 동트겠다."

"벌써 그렇게 시간이 지났나?"

"으힉!"

투덜거리던 신우는 갑자기 뒤에서 들려온 목소리에 펄쩍 뛰었다. 사라졌던 유현이 기척도 없이 나타나서 대꾸를 해온 것이다.

"뭘 그렇게 놀라고 그래?"

유현은 웃기는 놈 다 보겠다는 듯 물었다. 공간이 깨져 없어지는가 싶었더니 어느새 마애불상군 앞에 돌아와 있었다.

그리고 곧바로 신우의 투덜거림을 들었던 것이다.

그나저나 안에서는 그렇게 많은 시간의 흐름을 느끼지 못했는데 벌써 동이 틀 때라니, 신선은 악질적인 문제는 없을 거라고 했지만 어느 정도 심술은 부린 것 같다. 뭐, 해가 떠버리지 않은 것은 다행이지만.

"고맙다. 필요했던 것을 얻었어."

유현은 쌍둥이 무당에게 가서 말했다. 그녀들은 유현을 보면서 고개를 갸웃거리고 있었다. 땅의 오른손까지 찬 그는 퀘이사 에너지에 대한 통제력이 훨씬 더 높아져서 그녀들로서도 전혀 꿰뚫어 볼 수 없는 상태가 되어 있었기 때문이다. 덧붙여서 하늘의 왼손과 땅의 오른손 모두 그 형태를 변화시키기까지 해서 작은 리스트 밴드 형태로 손목에 둘러져 있었다.

"그럼 이제 돌아가지."

유현은 신선사를 감쌌던 결계를 풀고 잠들었던 스님들을 일깨웠다. 동시에 기억을 조작해서 잠들어 있던 시간을 이상하게 여기지 않도록 하는 것도 잊지 않았다.

'그러고 보니 신선의 힘을 분석했으면 따로 선인을 만날 필요도 없었을지도 모르는데 미처 생각을 못했군.'

유현은 난슬을 보며 눈살을 찌푸렸다. 신선이면 선인들의 지향점이니 그들의 기운을 분석해서 재현할 수 있었다면 손쉽게 난슬의 상태를 회복시킬 수 있었을지도 모른다. 아쉬운 일이다.

하지만 이미 지난 일이고, 쌍둥이를 통해서 선술사를 소개
받기로 했으니 문제는 없다.

"일은 잘 끝났나?"

신선사 밖에서 그들을 지켜보고 있던 아일라가 물었다. 그
녀는 마치 체중이 없는 존재마냥 나뭇가지 위에 걸터앉은 채
유현을 바라보았다. 언제 준비해 왔는지 편의점 삼각김밥과
음료수 하나를 손에 들고 먹고 있어서 별로 폼은 안 났지만.

그녀의 감정없는 푸른 눈동자가 유현에게로 향했다. 잠시
동안 유현을 바라보던 그녀는 곧 흥미롭다는 듯 미소 지으며
말했다.

"재미있는 변화를 얻었군."

"알아볼 수 있나보군."

"분위기가 바뀐 것 정도는 누구나 알아볼 수 있겠지. 하지
만 그보다는 그렇게 노골적으로 정보를 감추는 것도 별로 좋
은 활용이라곤 생각하지 않는데."

아일라는 유현이 퀘이사의 힘을 이용해 자신의 정보를 다
른 누군가가 꿰뚫어 보는 것을 원천적으로 차단한 것을 지적
하고 있었다. 지금의 유현은 예지, 투시력, 마법적인 탐지, 독
심술 등의 영향을 완전히 무시한다. 기감마저도 어떤 식으로
움직이는지 알아볼 수 없다. 그렇기에 쌍둥이 무당 역시 유현
을 볼 때는 마치 약간 감이 좋은 보통 사람으로 돌아간 듯한
착각마저 느껴야 했다.

"그럼 어떤 활용을 하란 말이지?"

"그 위에 차라리 조작된 정보를 덧씌우는 건 어떨까? 불가능하지 않다면 말이지. 차단하는 것을 넘어서 상대방에게 거짓 정보를 주고 자신이 원하는 방향으로 판단을 유도할 수 있다면 그게 가장 좋겠지. 왜 순간예지력자와 싸워본 적 없나? 그런 상대와 싸울 때는 정말 예지를 어떻게 교란시킬지 피 말리는 싸움이 되지."

"유감스럽게도 순간예지력자와는 싸워본 적이 없군. 하지만 당신 지적이 옳다는 것은 인정해. 그 부분은 좀 연구해 보지."

유현은 약간 기분 나쁜 것을 느끼면서도 순순히 아일라의 충고를 받아들였다. 원래 저런 조언은 아무에게나 하는 것이 아닐 텐데, 유현은 인정하지도 않은 협력 관계를 멋대로 고수하고 있는 아일라는 확실한 호의를 보이고 싶어하는 것 같았다.

유현은 난슬을 어깨 위에 올리고는 쌍둥이 중 한 명을 업었다.

"내려가자."

또다시 그들의 인영이 어둠에 잠긴 산속을 가로질렀다.

5

기술은 발전한다. 누군가 뛰어난 기술을 만들어냈을 때, 그것은 언젠가 해체되고 연구되어 보다 뛰어난 기술을 만들어내기 위한 밑거름이 된다.

마법이나 주술 역시 인간이 세계의 신비를 다루기 위해 만들어진 기술, 그 점에서는 다르지 않았다. 인간의 필요에 따라 더더욱 발전하고 새로운 사용법이 만들어진다. 그러한 발전은 자연과학의 발전과 맞물려 최근 100년 동안의 발전도는 상상을 초월할 정도였다.

그러나 그것을 사용하는 것이 인간인 이상 인간 자신의 힘은 중요하게 작용한다. 무기를 예로 들면 똑같은 총화기를 다룬다고 해도 사용하는 이에 따라 결과는 천차만별로 나온다. 그렇기에 마법 역시 재능과 역량이 크게 작용했다.

그런 점에서 신윤범은 커다란 그릇이었다. 신령조차 탐낼 정도로. 이전에는 채워지지 않은 그릇에 불과했지만 이제는 완전히 채워질 수 있는 환경을 갖췄다.

"공부는 잘 되어가나?"

에밀은 마치 시험공부를 하는 자식을 걱정하는 부모 같은 물음을 신윤범에게 던졌다. 두꺼운 책들을 쌓아놓고 읽고 있던 신윤범은 그의 방문에 정중하게 인사했다.

"배려해 주신 덕분에 무척 많은 것을 배우고 있습니다."

에밀이 한국어를 할 수 있었기 때문에 신윤범은 한국어로 말했다. 영어도 배우는 중이긴 했지만 아직 많이 어색했다.

정규 교육도 제대로 받은 적이 없는 몸이다 보니 아무래도 외국어에는 약하다. 번역용 정령이라도 사용하면 되겠지만 그래도 언어는 완전히 익혀놓는 쪽이 좋다.

"다행이군."

에밀은 신윤범에게 많은 현대 주술 자료와 우수한 선생들까지 붙여주었다. 그가 배우고자 하는 것은 가르칠 수 있도록 배려했고, 필요한 것은 얼마든지 제공했다. 그 결과 신윤범은 2개월 동안 무섭도록 발전했다.

망혼 역시 지역의 맹주로 군림할 만큼 뛰어난 조직이라 주술 체계 등이 상당히 발전해 있었지만, 에밀이 제공한 것은 차원이 달랐다. 뭐랄까, 지금 터득하고 있는 것들에 비하면 망혼의 주술은 개발도상국 수준이라고나 할까? 이 경우에는 하드웨어보다는 소프트웨어로 비교해야 할 텐데 그건 마치 DOS 시절의 끝자락과 지금을 비교하는 것이나 같다.

신윤범은 이전에 가진 지식이 탄탄했고, 또 본인의 재능이 워낙 출중해서 물이 젖은 솜처럼 지식을 흡수해 가고 있었다. 신령으로부터 벗어나면서 힘이 많이 하락했지만 요 2개월간 얻은 것만으로도 이전 이상의 힘을 가졌다고 생각될 정도였다.

동시에 그는 알고 있었다.

자신은 에밀에게 복종한다는 것을.

"아마 근시일 내로 실전에 한번 투입되어야 할 것 같은데 괜찮겠나?"

"문제없습니다. 최근에 재미있는 일들이 많이 일어나고 있더군요. 스페인 바르셀로나 건의 리포트도 무척 인상적이었습니다."

"외부 정보에도 귀를 기울이고 있나 보군. 좋은 태도일세. 아마 자네가 투입되는 일도 비슷한 케이스가 될 거야. 이미 한번 해본 일이니 쉽게 해내리라고 생각하네."

"기대에 부응하도록 하겠습니다."

"아, 그리고 이사진 쪽에서 찾아오지 않았나?"

에밀의 질문에 신윤범의 표정이 미미하게 일그러졌다. 짧은 순간 스쳐 간 그것은 틀림없는 불쾌감이었다.

"그쪽에서 보낸 심부름꾼이 찾아왔습니다만……."

"그렇지 않아도 또 찾아온 참이었소."

그때 두 사람 사이에 불쑥 끼어든 목소리가 있었다. 갑작스러운 등장이었지만 에밀은 태연하게 그를 돌아보았다.

그는 벽을 통과하면서 나타났다.

그런 능력 자체는 마법사들도 어느 정도 부릴 수 있는 재주이지만, 지금 그가 보이는 능력은 마법이 아니다. 게다가 그는 인간도 아니었다.

'나가(Naga)?'

신윤범은 나타난 존재가 혀를 날름거리는 것을 보며 그 정체를 떠올렸다.

뿔이 난 뱀의 머리에 인간의 그것과 닮은 상반신, 그리고

긴 뱀의 그것인 하반신을 가진 존재였다. 머리부터 꼬리 끝까지의 길이가 2미터가 좀 넘어서 몸을 꼿꼿이 세우고 있으면 일반 성인 남성과 비슷한 눈높이를 갖게 된다. 눈은 사이한 기운을 풍기고 있었고, 상반신에는 놀랍게도 비즈니스 슈트를 걸치고 있어서 그로테스크한 느낌을 풍겼다.

그런 존재와 마주하면서 인간의 언어로 대화를 나누는 것은 뭐랄까, 현기증 날 정도의 비현실감을 참아내야 하는 일이다. 신윤범 역시 연옥의 인간으로 자라났기에 요괴에게는 익숙했지만 이국(異國)의 존재, 그것도 대요괴 급과 태연하게 마주하고 있는 것은 쉬운 일이 아니었다.

"키오스터, 이건 좀 월권 아닙니까? 분명히 이 구역은 당신들의 출입이 자유롭지 않을 텐데."

에밀이 미소를 지으며 물었다. 키오스터라 불린 나가는 살짝 고개를 숙여 보였다.

"이거 실례. 하지만 미스터 에밀, 당신이 요즘 우리에게는 말도 안 하고 여기저기서 병력을 모으고 있으니 말이오. 소문 자자한 친위대 후보를 한번쯤 보고 싶어지는 것도 어쩔 수 없지 않겠소? 나의 변덕이라 생각해 주시오."

"그건 미안하군요. 언제 한번 공개적으로 그들의 무력 시범이라도 보이도록 하죠."

"기대하겠소. 하지만… 그는 본질적으로 우리와 닮았군."

문득 키오스터가 신윤범을 바라보며 말했다. 노란 뱀의 눈과 시선을 마주하는 순간 신윤범은 오싹한 한기를 느꼈다. 그가 자신에게 어떤 영향력을 행사하는 것도 아니고, 눈에서 흘러나오는 사이한 기운은 분명 완전히 차단하고 있는데도 마치 가슴속을 꿰뚫어 보아지는 듯한 착각에 사로잡혔다.

"자네는 뱀의 운명을 타고났군. 만약 사악한 고대의 지혜에 관심이 있다면 찾아오게. 오늘 이렇게 만난 인연으로 자네에게 선물을 줄 수도 있으니."

그렇게 키오스터는 쉿쉿거리며 혀를 날름거리더니 에밀에게 정중하게 몸을 숙여 인사했다. 그리고 다시 벽을 통과해서 사라졌다.

"이런이런. 여전히 통제가 안 되는 양반들이야. 하긴 인간이 아닌 자들에게 그런 양식을 바라는 것도 무리가 있지만…이런, 자네, 괜찮나?"

에밀이 신윤범을 보며 걱정스러운 표정을 지었다. 신윤범이 식은땀을 흘리고 있었기 때문이다. 나가, 그중에서도 나가의 왕이라 불리는 나가라쟈인 키오스터와 장시간 마주하게 둔 것이 안 좋았던 것이었을까?

"아, 괜찮습니다."

신윤범은 겨우 호흡을 안정시키고 대답했다.

전혀 영적인 힘을 사용하지 않으면서 그를 이렇게 만들 수 있다니, 대단하다. 방금 전에는 발가벗겨진 채 그 눈앞에 낱낱이 해부당하는 느낌이었다.

"미안하게 됐군. 이사진과는 아직 만나게 하고 싶지 않았는데 워낙 제멋대로라."

"이사진은 전부 저런 존재입니까?"

신윤범이 기가 막혀하며 물었다.

얼마 전에 찾아온 이사진의 심부름꾼 역시 인간이 아니었다. 저들은 간단히 말해서 요괴다. 인간 사회의 어둠에 숨어 장구한 세월을 존재해 온 영악한 요괴들이 에밀과 손을 잡고 미드가르드의 중추에 존재하고 있는 것이다.

"전부는 아니지. 하지만 기본적으로는 인간이었다가 영생을 비롯한 여러 가지 비원을 이루기 위해 마(魔)가 된 존재들일세."

"저런 자들을 두고 있으면 7대세력의 표적이 되지 않습니까?"

"그렇지 않다는 것이 저들의 대단한 점이지. 저들은 표면에 결코 드러나지 않지만 이면에서 막대한 영향력을 행사하고, 그들의 명령을 받드는 마법사나 주술사도 굉장히 많다네. 그들을 통해 세계의 정, 재계에 영향력을 행사하기 때문에 우리 조직의 자금줄이기도 해."

"정말 말도 안 되는 조직이군요."

신윤범은 허탈함을 느꼈다. 미드가르드는 정말 비정상적이다. 연옥의 조직인 주제에 연옥의 존재 의의를 뿌리부터 뒤흔들고 있지 않은가? 신화 속의 대요괴들을 준동시켜 세계를 위기에 처하게 하는 것은 물론, 조직의 중추에 요괴들을 앉혀 두고 협력하고 있다니!

"그렇지 않으면 앞으로 할 일들을 감당해 낼 수 없지. 어쨌든 자네에게는 많은 기대를 걸고 있다네. 앞으로도 열심히 해 주게. 이사진에게는 접근하지 말 것을 확실히 주지시켜 두기로 하지."

에밀은 그렇게 말하고는 물러갔다. 고개를 숙여 그를 배웅한 신윤범은 심호흡을 하여 마음을 안정시킨 뒤 중얼거렸다.

"뱀의 운명인가. 하긴 딱 어울리는 평가이긴 하군."

*   *   *

지윤은 눈을 감고 세상의 움직임을 인식하고 있었다.

시각 정보에 의존하지 않아도 주변에 흐르는 전기적인 흐름만을 이용해서 생명체와 기계의 존재를 인지하고, 심지어 그것에 영향을 끼치는 것도 가능하다. 그런 인식 능력과 연산 능력은 인간에게 주어진 것이 아니겠지만 지금의 그는 손쉽게 해낼 수 있었다.

컴퓨터 본체가 저절로 켜지고 부팅을 시작한다. 굳이 모니터를 켤 필요는 없다. 모니터에게로 가는 신호를 캐치해서 읽어내는 것 역시 지금 하는 행동의 목적 중의 하나이니까.

윈도의 부팅이 끝나고 바탕화면이 떴다. 바탕화면의 영상 정보를 받아들여서 웹브라우저의 아이콘을 클릭한다. MS의 익스플로러가 열리고 주소창에 기억하고 있는 주소를 입력시킨다. 마침내 목적하던 화면이 열리고 원하는 정보를 입력하기 시작하자…….

"야, 이런 상황에서도 블로그질이냐?"

상황을 모니터링하고 있던 이현종이 기가 막혀하며 한마디 했다. 그가 보고 있는 화면에는 지윤이 조작하고 있는 컴퓨터의 상황이 그대로 뜨고 있었는데, 지윤은 지금 자신의 블로그 '오지윤의 IT 월드'를 열고 덧글을 확인하고 답글을 달아주고 있었던 것이다.

모처럼 얻은 초인적인 인지 능력과 연산 능력을 십분 활용하는 실험에서 하는 짓이 결국은 블로그질이라니, 예전부터 블로그 폐인이라는 것은 알고 있었지만 이건 진짜 답이 없다.

"그럼 온라인 게임이라도 하랴? 솔직히 컴으로 할 일이 별로 없잖아? 인지하고, 조작할 수 있나 없나 이런 게 중요한 거지 정확히 뭘 하느냐가 중요한 게 아닌데 블로그질이면 어때서 그래?"

지윤이 눈을 뜨고 투덜거렸다.

확실히 시각 정보나 기타 입력 장치, 출력 장치에 의존하지 않고 컴퓨터의 정보를 파악하고 조작하는 데 주안점을 둔 실험이니까 뭘 해도 상관은 없다. 다만 매일매일 달라붙어 있는 블로그질을 또 보자니 살짝 기가 막혔을 뿐이다.

"어쨌든 실험 성공이네. 이렇게 되면 시스템 도움 없이도 타흘룸을 사용할 수 있겠는데."

지윤은 그렇게 말하곤 살짝 실험해 보았다. 그가 정신을 집중해 가공할 병기인 타흘룸의 시스템을 기동시키자 그의 앞에 환한 빛의 구체가 나타났다.

"확실히 발동은 가능하군. 하지만 위력 실험은 여기서 할 순 없겠고… 일단 자리를 옮겨야……."

"아, 잠깐. 쉐도우 머더러가 왔는데?"

이현종이 말을 끊으며 말하자 지윤의 표정이 팍 일그러졌다. 한참 실험이 잘 진행되고 있었는데 그 인간이 올 것은 또 뭐람?

"에이, 됐다. 오늘 실험은 여기까지 하고 일단 나가지."

지윤은 짜증을 내면서 실험실에서 나왔다. 그리고 지상층으로 올라가서 쉐도우 머더러 정도일을 맞이했다. 그 앞에는 모건이 앉아서 환경오염을 가속화시키고 있었다. 즉, 둘이서 담배를 뻑뻑 피워대고 있었다는 말이다.

"여어, 오랜만이다."

지윤을 본 정도일이 손을 들어 인사했다. 지윤은 별로 달갑지 않다는 티를 팍팍 내면서 대꾸했다.

"오랜만이군요. 별로 반갑진 않습니다만."

"녀석, 까칠하긴."

"또 웬일이에요? 본사로 돌아갔으면 돌아올 필요 없잖아요, 댁은?"

"뭐, 그렇긴 한데 난 애당초 여기 자원해서 온 거였다니까. 너무 그러지 마라. 어차피 본사의 명령도 갖고 왔기 때문에 또 같이 싸워야 한다고."

"본사의 명령? 뭡니까?"

수상한 낌새를 느낀 지윤이 묻자 정도일이 USB 메모리 하나를 꺼내서 던져 주며 말했다.

"자세한 것은 그 안에 들어 있고… 일단 가까운 시일 내로 우리가 서울을 급습해야겠다."

"서울을?"

오지윤은 황당해하며 되물었다. 아니, 다른 곳도 아니고 서울이라니, 영적 방어도 장난 아니게 단단하고 위성으로도 모니터링되고 있고 온갖 무장 세력들이 포진해 있는 곳을 달랑 이 병력으로 급습하자고? 그게 도대체 무슨 소리인가?

"자세한 것은 그거 보면 알아. 아크메이지께서 알려주셨다며? 일반인들에게 요괴의 존재를 알려주자 대작전."

"아, 그걸 서울 한복판에서 우리가 하자고요? 물론 그런 촌스러운 이름의 작전은 아니었던 것으로 기억하지만. 본사 쪽에서도 진짜 마음 단단히 먹은 모양이네."

"아마 필요한 것은 일주일 안에 비행 운송해 올 거야. 아니면 여기 대마법사님께서 운반해 주시거나."

"내가 무슨 택배업체인 줄 아느냐, 이 녀석아."

모건이 투덜거렸다. 그렇게 말하는 것으로 보아서 이번 작전에 필요한 준비 물품이라는 것들이 꽤 부피가 큰 것 같았다.

"흐음. 하긴 뭐, 안산도 박살났고 전 세계에서 이만큼 뒤집어놨으니… 슬슬 해도 좋을 때이긴 하군요. 생각보단 빠르지만."

지윤은 USB 메모리를 보며 중얼거렸다. 그리고 일단 그것을 이현종과 함께 보기 위해 연구실로 향했다.

*   *   *

"그럼 그동안 신세 많이 졌습니다."

"정말 감사했어요."

쌍둥이는 유현에게 깊숙이 고개를 숙였다.

일행은 호텔에서 짐을 꾸려 나와서 스타렉스 앞에 서 있었다. 원래는 버스를 타고 가겠다고 했던 두 사람이지만, 여기서부터 백아산까지 가려면 버스를 타건 기차를 타건 보통 고생스러운 게 아니었기에 유현은 한얼에게 두 사람을 데려다주도록 했다. 물론 신우도 함께.

물론 두 사람은 더 이상 폐 끼치기 싫다면서 거절했지만 유현은 억지로 밀어붙였다. 단지 그녀들을 위해서만이 아니고,

일단 다른 일행을 치워둘 필요를 느꼈기 때문이다.

"앞으론 좀 몸 사리면서 살아라."

유현은 그렇게 말하면서 손을 흔들어주었다. 쌍둥이는 네, 하고 얌전히 대답한 다음 스타렉스에 올랐다. 그리고 그 순간,

찌잉—

날카로운 정신파가 울리면서 모든 것이 정지했다.

유현은 흠칫하며 뒤를 돌아보았다. 아니, 정확히는 비스듬히 위쪽을 보았다. 호텔 주차장 옆쪽 4층 건물 위에 한 여자가 서서 이쪽을 내려다보고 있었다.

'텔레파시스트?'

지금 마치 동영상을 일시 정지시키듯 행동 중간에서 딱 멈춰 버린 것은 신우와 한얼, 그리고 쌍둥이 자매만이 아니었다. 근방에 있던 모든 인간이 마네킹처럼 정지해 있었다. 마치 정지해 버린 시간 속에서 바람만이 당황해서 신음하는 듯하고 그 사이를 유현과 그 여자만이 움직이는 것 같았다.

세련된 보라색 옷을 입고 눈에 띄는 값비싼 보석 액세서리들로 몸을 장식한 그녀는 30대 후반이나 40대 초반 정도로 보였다. 하지만 그렇게 호화로운 차림새를 하고 긴 곰방대를 물고 있으니 갑자기 시대가 변한 것 같은 착각이 든다. 복장은 현대의 일반인 감각에서 살짝 어긋나 있고, 행동거지는 100년쯤 전으로 보인달까?

그녀는 곧 훌쩍 날아서 유현의 앞으로 다가왔다.

"무슨 짓이지?"

유현이 적의를 보이며 물었다.

더 접근하면 공격하겠다.

유현에게서 느껴지는 그런 의지가 그녀의 발걸음을 멈추게 한다.

서로의 거리는 10미터가량. 이 거리는 양자 모두에게 별로 의미없는 거리였다. 왜냐하면 그녀는 시간 차 따윈 없는 텔레파시가 무기였고, 유현 역시 0.1초 안에 이 거리를 없는 것으로 만들 수 있었으니까. 그러니까 이 거리는 심리적인 한계선을 그어놓는 것이었다.

그녀는 씩 웃으며 입을 열었다.

"텔레파시를 완전히 차단하고 있군. 말을 걸어도 모르는 것을 보니."

"남의 정신파를 듣는 걸 별로 좋아하지 않아서."

유현은 퀘이사 에너지를 둘러서 정신파가 침범하는 것을 완전히 차단하고 있었다. 모든 채널을 차단해서 오로지 물리적인 수단으로만 의사를 전달하는 것을 용인한다. 퀘이사 에너지의 가호가 있는 한 그녀가 아무리 강한 텔레파시스트라고 해도 승산은 이쪽에 있었다.

"어쨌든 만약 기분이 나빴다면 사과하지. 해를 끼치고자 이런 일을 한 것은 아니니. 내 존재를 드러내지 않고 이야기

하늘의 수족 303

를 하고 싶을 뿐이라."

"차라리 저 애들이 떠날 때까지 기다렸으면 되지 않았을까?"

"짓궂은 마음이 있었다는 건 인정하지."

그녀가 씩 웃었다. 자신의 정신파에 유현이 어떻게 반응할
것인지 기습적으로 그것을 시험해 보고 싶었던 것이리라. 그
리고 유현은 훌륭하게 그녀의 공격을 방어해 냈다.

"나는 김지아. 육도 천상 계급의 한 사람이다. 만나서 반갑
다고 하면 안 믿을까?"

"환몽여제⋯⋯."

유현이 신음처럼 중얼거렸다.

환몽여제 김지아.

천 명을 동시에 조종할 수 있다고 하는 육도 최강의 텔레파
시스트.

실제로 본 적도 없고, 한 번도 같이 일해본 적도 없었지만
그녀의 전설 같은 위명은 귀가 따갑도록 들었다. 유현은 등줄
기를 타고 한기가 흐르는 것을 느꼈다. 육도에 소속되어 있던
이로서 신처럼 군림했던 천상 계급의 존재를 눈앞에 두니 위
압감을 느끼지 않을 수가 없었다.

하지만 여기서 움츠러들면 안 된다.

"이야기를 하고 싶다면 이런 상태로는 곤란하지 않을까?
일단 사람들을 풀어주고 조용한 장소를 찾지."

"나도 그 말에 찬성이야."

김지아는 흠칫했다. 대화에 끼어든 목소리가 그녀가 인식하지 못한 존재의 것이었기 때문이다.

30미터쯤 뒤쪽에 아일라 스카우드가 서 있었다. 그녀는 주변을 장악한 정신파의 영향을 전혀 받지 않는다는 듯 태연한 모습이었다.

'아니, 영향은 받고 있어. 그런데 자기 최면을 통해 어지간한 텔레파시에는 저항할 수 있는 정신 구조를 만드는 건가? 정보 프로텍터도 걸려 있는 것 같고, 본인이 마법과 기감을 이용해서 그걸 보다 복잡한 알고리즘으로 진화시켰군.'

김지아는 아일라 스카우드의 상태를 단숨에 파악해 냈다. 천 명의 정신을 다루는 그녀는 정신 용량이 일반인의 수천 배에 달하고 그것을 가속해서 연산해 내는 능력 역시 상상을 불허한다.

어쨌든 아일라를 정신파로 제압하기가 쉽지 않은 것은 인정해야겠다. 김지아는 분명 천 명을 조종할 수 있다고 해서 한 명에게도 강하다는 법은 없는 통설마저 뒤엎는 존재였지만, 데스트레자의 마이스터였던 아일라 역시 결코 쉬운 상대가 아니었다.

"그렇게 하지. 이 호텔 안이 괜찮겠군. 호텔 카페로 와."

김지아는 그렇게 말하곤 호텔 안으로 들어갔다. 그리고 그와 동시에 그녀의 텔레파시 지배가 풀리며 시간이 다시 흐르기 시작했다.

"어? 스승님, 언제 그쪽으로?"

신우가 놀라서 물었다. 정신적으로 시간이 완전히 정지해 있던 그가 보기에는 유현이 순간이동이라고 한 것처럼 보였던 것이다.

유현은 혀를 차면서 그를 돌아보았다.

"네가 한눈을 판 거겠지. 어쨌든 잘 바래다주고 내일까지는 이쪽으로 돌아와."

"알겠습니다."

한얼이 고개를 끄덕였다. 그는 지금 유현이 갑자기 심기가 불편해진 것을 보고는 뭔가 감을 잡은 것 같았다. 유현이 굳이 아까 전까지만 해도 말하지 않았던 '내일'이라는 말을 덧붙인 것도 이유가 있으리라. 오늘은 이곳에 돌아오지 않는 편이 좋다. 유현은 그런 의사를 전달한 것이다.

이윽고 스타렉스가 떠나고 나자 유현은 호텔 건물로 들어가려고 했다. 그때 아일라가 물었다.

"괜찮겠나?"

"뭐가?"

"그 여자, 엄청난 능력자 같더군. 육도의 여자들이 저격으로 경고하는 것으로 봐서는 육도 상층부의 인간 같은데… 혼자서도 괜찮냐고 묻고 있는 거야."

아일라는 흘끔 반대쪽 건물을 보면서 말했다. 그쪽에서 신아연이 라이플을 거치해 놓고 이쪽을 겨누고 있었다.

아까 전 처음에 모습을 드러냈을 때 아일라는 김지아를 급습해서 제압하고 이야기를 풀어가려고 했지만 자신을 겨눈 총구에서 뿜어지는 살기를 느끼고는 멈출 수밖에 없었던 것이다. 다른 방향에서 진선희의 존재도 느껴지는 것으로 보아 두 사람이 지금 김지아의 경호원 역할을 하는 것 같았다.

"혼자서 안 괜찮으면? 당신이 도와주기라도 하게?"

"물론. 나는 그러려고 너를 따라다니고 있는 거라고."

"…아, 그랬었지, 참."

생각해 보니 이 여자가 한국에 온 목적이라는 게 그런 거였지? 아무 생각 없이 비아냥거렸는데 이런 대답이 돌아오니 참 할 말 없어진다.

여태까지는 이 여자를 신뢰해도 되나 마나로 망설였는데, 뭐, 이런 상황에서는 뒤를 맡겨도 괜찮겠지. 완전히 믿는 것은 아니더라도 보험 정도는 될 것이다.

"좋아, 뒤를 부탁하지. 일단 저 여자도 싸우러 온 것은 아니고 교섭을 위해 온 거니까 큰일은 일어나지 않으리라고 생각하지만… 만약의 경우에는 당신에게 도움을 받겠어."

"그럼 내가 입구를 지키도록 하지."

아일라는 유현과 함께 호텔로 들어가면서 자연스럽게 신아연이 저격할 수 없는 사각으로 녹아들었다. 동시에 마법을 사용, 진선희에게 살의를 보내어서 견제하기 시작했다. 이걸로 이 두 사람을 묶어놓으면 유현은 김지아와 완전히 일대일로 마주하는 게 가능해질 것이다.

카페 안으로 들어가자 신아연은 벌써 커피 한 잔을 시켜놓고 우아하게 마시고 있었다. 정말로 상류 계급의 여성이라는 느낌이 드는 차림새에 행동거지다.

유현은 그 맞은편 자리에 앉았다. 카페 안의 사람들은 다들 정신의 일부를 조작당하고 있어서 그런지 이 특이한 일행에도 전혀 관심을 보이지 않았다.

"뭔가 마시겠나? 여기 커피는 싸구려라 별로 추천하고 싶지 않군."

"나는 레몬에이드로 하지."

유현은 주문을 넣고는 김지아와 시선을 맞추었다. 잠시 후 레몬에이드가 나오자 김지아가 입을 열었다.

"이미 에이전트 신아연과 진선희를 통해 전달했으니 우리 측 제안은 알고 있겠지?"

"육도의 천상 계급으로 들어오라는 이야기, 맞나?"

"그래. 실은 특급 기밀 사항이지만 얼마 전에 천상 계급 중 한 명이 죽었어. 그래서 자리가 비어 있거든. 본래는 인간 계급 중 한 명을 승급시켜야겠지만 예외적으로 너에게 그 자리를 주자는 의견이 나와서 통과되었어. 물론 네가 받아들일 경우에 그렇게 하자는 이야기고."

"천상 급이 죽었다고?"

유현은 왠지 어떤 사건에서 죽었는지 알 것 같았다.

"혹시 설악산의 퀘이사 폭주 사건과 관련이 있나?"

"잘 알고 있군. 놀라운데? 혹시 다른 정보 루트가 있었나? 있다면 소개받고 싶을 정도인데?"

"아니, 그런 것은 아니고… 그냥 직감이랄까?"

"예지에 가까운 직감이로군. 그런 이야기는 못 들었는데."

김지아는 재미있다는 표정이었다. 기밀을 감으로 때려 맞혔으면 놀라거나 경계해야지 재미있다고 웃고 있다니.

"어쨌든 너를 천상 계급으로 받아들이고 싶다는 제안은 우리의 진심이야. 생각이 있나?"

"물론 거절이지만… 궁금하긴 하군. 도대체 이유가 뭐지?"

"역시 거절인가? 하지만 무작정 포기할 생각으로 온 것은 아니니까 일단 너에게 진실의 일부를 들려줄게."

"진실?"

마치 악마가 속삭이듯이 웃으며 말하는 김지아에게 유현은 의문 섞인 시선을 보냈다.

진실이라? 도대체 어떤 진실이 자신을 움직일 수 있다고 생각한단 말이지?

"의아하게 생각한 적은 없나? 어째서 우리가 인류의 그림자로 존재하고 있어야 하는지. 그리고 왜 일반인들은 온갖 신비와 자신들이 낳은 사생아인 요괴의 존재를 모르는 채 계속해 그 성스러운 무지를 지켜 나가야 하는지."

"그건 누구나 생각하는 의문이지."

"그래. 너도 역시 생각해 본 적이 있을 거야. 왜 우리가 희생당해야 하는가? 왜 저들은 우리의 희생을 발판으로 살아가는데, 존재를 인정하기는커녕 무지함을 지켜줘야만 하나? 누구나 그런 생각을 해. 그 답을 알려줄게."

"답이 있는 문제였나, 그게?"

유현은 냉소를 흘렸다. 요즘 들어서 이 문제를 자주 접하게 되는 것 같다. 물론 수만 번도 더 스스로에게도 던진 질문이긴 하지만, 이런 부조리에 명쾌한 해답이 있을 거라고는 생각하지 않았다.

그건 마치 인류가 모두 욕심을 버리고 서로를 사랑하면 전쟁이 없어질 거라고 말하는 것과 같다.

모든 사람이 답을 알고 있지만, 동시에 그런 일이 일어날 리가 없다는 것도 알고 있다. 절대적인 이상론은 현실의 인력 속에서 흔적도 남지 않고 부서져 사라질 뿐이다.

"해결책을 말하라면, 당연히 정답 따윈 없어. 하지만 '왜 그렇게 되었는가?'를 가르쳐 줄 수는 있지. 그건 말이다, 이 세계가 이미 파멸해 있기 때문이야."

"뭐?"

유현은 순간 이 여자가 무슨 정신 나간 소리를 하고 있나 싶었다. 세계가 이미 파멸했다니 이게 무슨 소리야?

"이 세계가 파멸해 있기 때문이라고 했다. 느끼지 못하고 있겠지만 이 세계는 이미 파멸해서 정상적으로는 유지될 수 없어. 인류가 살아 있는 것은 그 자체로 기적이지. 마치 핵이 떨어진 도시에서 사람이 생존해서 생활하고 있는 것처럼."

"비유해서 말하고 있는 게 아니라… 실제로 세계가 멸망했다, 그런 말을 하고 있는 건가?"

유현이 어처구니없어하며 물었다. 갑자기 이야기가 엉뚱한 데로 튀는 것 같은데 상대방은 정말 진지하니 당혹스럽다.

김지아는 너무나 담담해서 거짓이나 허황된 이야기라고는 생각되지 않는 태도로 말을 계속했다.

"그래. 세계는 실은 아주 오래전에 파멸했어. 아마 몇만 년쯤 전일 거야. 지금 인류는 집단 사념으로 영맥을 뒤틀어 요괴라는 존재를 낳는 정도지만, 만약 그들이 연옥의 지식을 온전히 손에 넣고 모든 것을 받아들이면… 그때야말로 세상은 더 버티지 못하고 파멸하겠지."

그렇기 때문에 연옥의 인간들은 인류의 무지를 지켜내야만 한다. 모든 인류가 파멸하는 사태를 막기 위해서. 모든 진실을 공개하고 인류 전체가 그 짐을 함께 나누어 진다는 선택지가 불가능하기에 연옥이 만들어져 진실의 짐을 지고 일반인들의 세계에는 성스러운 무지를 선물한 것이다.

　김지아는 식어버린 커피 잔을 들면서 말했다.

　"그리고 우리 천상 계급은 그렇게 파멸한 세계의 상처를 누더기처럼 깁고 있는 존재들이다. 그렇기에 너의 힘이 필요한 것이다, 진유현."

〈제4권 끝〉

War Mage

워메이지

김재한 퓨전 판타지 소설

사람들이 인식하는 상식의 세계 이면,
짙은 어둠이 드리워진 그곳에 사는 괴물들이 있다.

문명이 드리운 그림자 속에서, 전투기계들과
인간의 사념으로부터 태어난 마물들이 격돌한다.
마법과 주술이 난무하는 초현실적인 전장,
소년은 그곳에 서는 대가로 인생을 잃었다.
운명의 노예가 되어 가족과 인성을 잃어버린 소년, 진유현.

총염(銃炎)과 검광(劍光)이 뒤얽히는
어둠의 거리에서, 운명의 족쇄를 끊고 나온
소년의 눈이 살의를 발한다.

유행이 아닌 자유추구 -
WWW.chungeoram.com
Book Publishing CHUNGEORAM

鬼弓士

참마도 新무협 판타지 소설

귀궁사

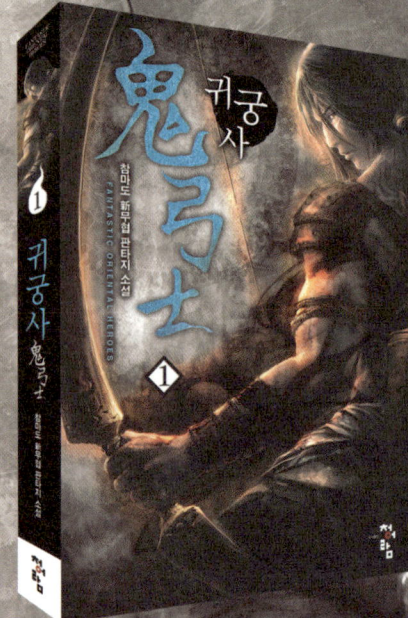

참마도 작가!! 그가 『무사 곽우』에 이어
다섯 번째 강호 이야기를 새롭게 풀어내다!!

"길의 중앙에서 멋지게 서서 당당히 걸어가래.
사람으로 태어난 이상 그 누구도 당당하게 살아갈 권리는 있다고 말이야."

단야의 오른손이 꽉 쥐어졌다. 별것도 아닌 말이다.
하나 이토록 마음에 남는 소리는 없었다.
사람으로 태어나서……

요물, 괴물.
나이를 먹지 않는 월홍과 얼굴이 징그럽게 망가진 단야.
그들 앞에 펼쳐진 강호란……!

유행이 아닌 자유추구 -
WWW.chungeoram.com
Book Publishing CHUNGEORAM

천추공자

청산 新무협 판타지 소설

운명을 뛰어넘는 담대한 도전!

황제마저 농락한 숭문세가의 공자 문천추(文千秋).
용문에 이르기 전까지 그는 시문과 서화를 즐기며 대하를 누비는
한 마리 커다란 잉어였다.
그러나 운명은 그를 용문(龍門) 앞에 이끌었다.
용문의 드센 물살을 거슬러 올라 용(龍)이 될 것인가,
아니면 용문점액의 상처를 입고 추락할 것인가.

죽음의 하늘 사중천(死重天)!
오로지 파괴와 살육만을 일삼는 사마악(邪魔惡)의 결집체.
사중천의 어둠은 태양마저 가리며 천하를 뒤덮는다.
마침내 죽음의 하늘과 맞서는 용 울음소리.

천추(千秋)에 빛날 문무제일공자의 호쾌한 행보가 시작되었다.

유행이 아닌 자유추구 -
WWW.chungeoram.com
Book Publishing CHUNGEORAM

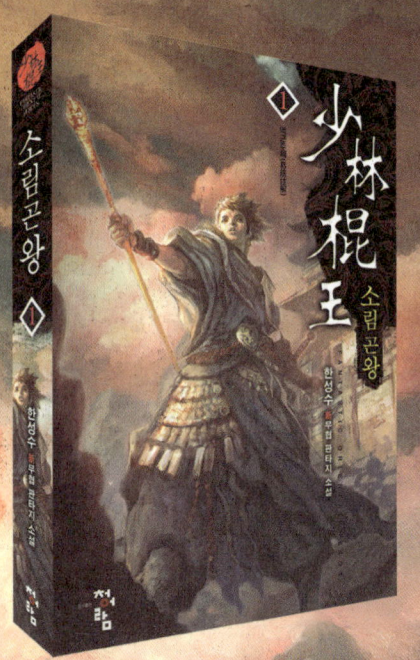